Encontros em Nova York

CB029239

ANNE-SOPHIE JOUHANNEAU

Encontros em Nova York

Tradução
Clara Alves

Copyright © 2023 by Alloy Entertainment
Copyright da tradução © 2024 by Editora Globo S.A.

Publicado mediante acordo com Rights People, London.
Produzido por Alloy Entertainment, LLC.

Os direitos morais do autor foram assegurados. Todos os direitos reservados. Nenhuma parte desta edição pode ser utilizada ou reproduzida — em qualquer meio ou forma, seja mecânico ou eletrônico, fotocópia, gravação etc. — nem apropriada ou estocada em sistema de banco de dados sem a expressa autorização da editora.

Título original: *French Kissing in New York*

Editora responsável **Paula Drummond**
Editora de produção **Agatha Machado**
Assistentes editoriais **Giselle Brito e Mariana Gonçalves**
Preparação de texto **Ana Sara Holandino**
Revisão **Gabriel Farage**
Diagramação **Juliana Brandt**
Adaptação de capa **Carolinne de Oliveira**
Projeto gráfico original **Laboratório Secreto**
Ilustração de capa © **2023 by Andi Porretta**
Design de capa original **Casey Moses**

Texto fixado conforme as regras do Acordo Ortográfico da Língua Portuguesa (Decreto Legislativo nº 54, de 1995)

CIP-BRASIL. CATALOGAÇÃO NA PUBLICAÇÃO
SINDICATO NACIONAL DOS EDITORES DE LIVROS, RJ

J75e

    Jouhanneau, Anne-Sophie
    Encontros em Nova York / Anne-Sophie Jouhanneau ; tradução Clara Alves. - 1. ed. - Rio de Janeiro : Globo Alt, 2024.

    Tradução de: French kissing in New York
    ISBN 978-65-5226-001-7

    1. Ficção francesa. I. Alves, Clara. II. Título.

24-93438
    CDD: 843
    CDU: 82-3(44)

Meri Gleice Rodrigues de Souza - Bibliotecária - CRB-7/6439

1ª edição, 2024

Direitos de edição em língua portuguesa para o Brasil adquiridos por Editora Globo S.A.
R. Marquês de Pombal, 25
20.230-240 – Rio de Janeiro – RJ – Brasil
www.globolivros.com.br

Para Aggie, minha nova-iorquina favorita

Prólogo

O fim da noite é inevitável, mas isso não significa que estou pronta para deixá-la acabar. Para deixar que *isso* acabe.

As luzes da rua tremulam por um instante antes de apagarem todas de uma vez, uma fileira de postes escurecendo depois de horas iluminando nosso caminho pela cidade. O leve brilho rosado do amanhecer de verão se ergue sobre Paris. Zach e eu estamos voltando pelo Champ de Mars, o parque extenso e bem-cuidado que leva até a Torre Eiffel, onde nos conhecemos noite passada. As calçadas estavam praticamente desertas até agora, mas noto alguns transeuntes, seus olhos ainda semiabertos de sono, cobertos pelo lençol fino da névoa matinal. Os sinais estão por todo lado. Paris está acordando, o que significa que nosso tempo está quase acabando. Por enquanto.

Como se lesse a minha mente, Zach pega o celular para conferir a hora. Eu me inclino para olhar também: 5h36. A realidade me encara, nítida demais.

— Falta menos de uma hora — digo, tentando afastar o receio em minha voz.

Chegamos à outra ponta do parque, deserta exceto por algumas pessoas passeando com seus cachorros, e Zach me abraça. Eu me enterro no peito dele e sinto seu perfume, uma mistura de almíscar e grama recém-cortada. O moletom que ele veste é como um travesseiro, e eu dormiria feliz ali, apesar da alça de sua mochila arranhando minha bochecha.

— Vou sentir saudade — sussurra ele em meu ouvido. — Ano que vem tá tão longe.

Meu coração palpita contra o peito dele. Sei o que combinamos, mas minha mente se enche de esperança mesmo assim. E se ele ficasse um dia a mais, uma semana a mais? Falamos sobre isso a noite inteira. Acabei de terminar o curso de verão na Le Tablier, a escola de culinária mais renomada da França, e logo volto à minha cidade, perto de Tours, para começar o último ano do ensino médio. Enquanto isso, Zach vai fazer um mochilão pelo mundo e se divertir pra caramba por um ano inteiro. Paris foi o primeiro destino, e agora de manhã ele vai pegar um trem para Berlim. Estou morrendo de inveja, *claro*, mas também... nosso timing foi tão terrível que eu quero gritar. Por que a gente só foi se conhecer na última noite dele em Paris?

— Também vou sentir saudade — respondo. — E se...

Olho para cima e o encaro.

Ele acaricia meus fios grossos e ondulados, depois pousa a mão no meu queixo e ergue meu rosto para me beijar. Sinto um arrepio maravilhoso. Ficamos perambulando pela cidade a noite inteira, passamos pelo Arco do Triunfo, seguimos em direção às ruas pequenas e sinuosas de Saint-Germain e até fomos a Montmartre, parando para experimentar algumas comidas no caminho.

Comemos batata frita com ketchup numa barraquinha. Compramos um pedaço de queijo de cabra e uma baguete em uma mercearia vinte e quatro horas. Em seguida, encontramos crepes de chocolate, que Zach ainda nem tinha provado desde que chegou à cidade, alguns dias antes. Mesmo depois de duas horas, sua boca ainda tem um gosto adocicado.

Nunca tive uma noite assim, muito menos em Paris. Moro em uma cidadezinha mais a sudoeste, a duas horas daqui, mas é como se fosse do outro lado do mundo. Lá não tem esses restaurantes, lojas e cafeterias, não tem música nem multidões em que se perder; não tem este sentimento de estar em um lugar especial de verdade. Como a boa filha que sou, peguei o trem para casa todos os dias depois das aulas do curso, lamentando por toda a maravilhosidade que estava deixando para trás.

Esta foi a única noite que fiz planos em Paris; pretendia ficar com meus amigos nos dormitórios da escola para participar do piquenique de fim do verão. Mas eu nem mesmo fui.

— Mudou de ideia? — pergunta Zach.

Meu coração acelera ainda mais, movido por uma combinação de sono com o anseio febril.

— *Você* mudou?

— Não! — dizemos em uníssono, alto demais para a quietude de início de manhã.

Dou uma risadinha, mas sou logo dominada pela seriedade da situação.

— Daqui a um ano, eu vou estar terminando o ensino médio. *Finalmente*. E vou estar livre da minha cidadezinha, da minha vida chata.

Paris é linda, empolgante, incrível mesmo. Mas não é Nova York. *Nenhum lugar* é Nova York.

Sonho em voltar a morar lá desde que deixei a cidade, quando tinha dois anos. A *Big Apple* não é só o lugar onde os sonhos são feitos; é onde eu nasci. Aonde eu *pertenço*.

— Nós vamos estar juntos — acrescento. — Nós *vamos*.

É o destino. Não tem outro jeito de descrever. Algumas pessoas sonham em entrar em uma faculdade de prestígio, mas tudo o que quero é pegar meus utensílios de cozinha e sair em uma aventura. Como a que meus pais viveram antes de a minha mãe me arrastar para a França para levar uma vida tranquila no interior.

Quando Zach me disse que era dos Estados Unidos e tinha um emprego de cozinheiro garantido num restaurante renomado de Nova York quando voltasse de viagem, meu coração deu umas doze cambalhotas. Quais eram as chances? Estávamos destinados.

Estamos destinados.

Mas ainda falta um ano inteiro para isso acontecer. Andamos em silêncio por um tempo. Vejo um casal jovem se beijando em um banco escondido nas sombras e meu coração se aperta ainda mais. Noite passada, nós éramos aquele casal. Ontem eu estava lá admirando a paisagem antes de ir para o piquenique, quando Zach sentou do meu lado. Começamos a conversar na mesma hora e nunca mais paramos. Talvez esse casal continue junto o ano inteiro, enquanto eu vou ficar só sonhando com o dia que estarei com Zach de novo.

— Relacionamento à distância é uma merda — comenta Zach. — E se a gente ficar conversando por mensagem e só tentar... Não sei...

— Não vai dar certo.

Disso tenho certeza.

Tivemos essa conversa ao longo da noite e sempre chegamos à mesma resposta. Nunca vivi um relacionamento à distância, mas já vi amigos desesperados para manter contato com pessoas que eles conheceram nas férias quando foram esquiar nos Alpes ou às praias da Costa Azul. Ficavam trocando mensagens o tempo todo por semanas, faziam um monte de planos loucos juntos até que a coisa simplesmente esfriava.

— A gente vai ferrar com tudo. Melhor esperar até que possamos ficar juntos. De verdade. A gente se conheceu por um motivo. Não pode ser só coincidência.

Ele assente com seriedade. Eu sei — e ele sabe também — que o que a gente tem é especial.

— É, mas até lá... — diz ele, a voz ficando rouca.

— Eu vou esperar por você — sussurro.

— Margot... — Ele solta um forte suspiro.
Há uma força entre nós que me faz acreditar que não importa se estivermos separados. Já estamos entrelaçados de um jeito muito mais profundo.
— Me conta de novo: do que você mais gosta em Nova York? — peço, para amenizar o clima.
— Tudo. A energia, as pessoas, a sensação de que tudo é possível. A comida incrível... apesar de que a comida francesa também é bem boa.
— A comida francesa é ótima — digo, ainda que não acredite muito nisso. — Quer dizer, é boa. Ela é famosa por um motivo, né? Mas é *só* o que eu comi a vida inteira. É o que minha mãe cozinha no restaurante, que só tem as comidas mais tradicionais. Então a essa altura me parece... ultrapassada? Meio qualquer coisa? — Dou um sorriso. — Quero provar coisas novas.
Ele me responde com um beijo.
— Nova York é diferente de tudo que já se viu — diz ele.
— Você vai amar *demais*. Mal posso esperar pra viver isso com você.
O corpo dele se agita enquanto fala sobre seus lugares favoritos, sua vida — andar de skate no Central Park, ir a shows de indie rock no Brooklyn, as melhores opções para se pedir em um restaurante que foi cenário de filme. Estou ansiosa para sentir essa empolgação toda.
Quando chegamos à Torre Eiffel, onde tudo começou, Zach e eu sabemos que é hora da despedida. Mas nenhum de nós consegue dizer as palavras, aceitar que não vamos nos ver por um ano inteiro. Cada batida do coração soa como o tique-taque de um relógio.
Ele inspira fundo.
— Tem certeza que não quer vir comigo na viagem?
Solto uma risada. Não seria incrível se eu pudesse largar tudo agora mesmo e segui-lo pelas ruínas de Atenas, pelos

mercados de Marrakech ou pelas praias de areia na Croácia? Mas... tem a escola. Mas... tem minha mãe. Mas... tem o dinheiro. Posso ser uma sonhadora, mas também consigo ser um pouquinho racional às vezes.

Não vai rolar.

Balanço a cabeça em negativa.

— Eu precisava tentar — diz, dando de ombros com tristeza.

Pego meu celular de novo. Zach franze o cenho.

— Pensei que a gente não ia trocar contato.

Isso aí foi minha sugestão, admito. Trocar números ou se seguir no Instagram significaria conversar, e eu veria suas aventuras maravilhosas e me remoeria ainda mais, sentada no fundo da sala durante a aula de química. Sou tão apegada ao meu celular quanto qualquer garota de dezessete anos, mas não dá: tecnologia e romance não combinam. Se Zach e eu vamos ficar juntos — e nós vamos — tem que ser épico. Uma dessas histórias para se contar a vida inteira. Juntos.

— E não vamos — digo, ainda mais convicta. — Só precisamos definir um dia. E um lugar.

— Você escolhe. — Ele dá um sorriso. — E eu estarei lá, esperando você.

Abro minha agenda, que, para a surpresa de ninguém, não tem nada programado por todo o verão.

— Vamos definir dia primeiro de agosto.

Quando me formar na escola, vou precisar trabalhar no restaurante da minha mãe por um tempo para guardar dinheiro antes de ir embora.

Zach digita rapidamente em seu celular e pergunta:

— Ok. Duas da tarde?

Inspiro profundamente. Um horário para daqui a um ano.

— Duas da tarde não soa tão romântico. Que tal meia-noite?

— É verdade. Meia-noite então. Agora, um lugar.

Me sinto pressionada de repente.

— Você conhece Nova York melhor do que eu. Não é você quem deveria escolher o lugar?

Ele reflete por um instante.

— Acho que fica mais divertido se você escolher. Que lugar você quer ver assim que chegar?

— Não tem um só, para falar a verdade. Quero ver tudo: o Empire State, o Central Park, a Chinatown, o Met, as ruazinhas charmosas do West Village...

— A Times Square — respondo num rompante.

Zach solta uma risadinha.

— Humm, tá. Mas a Times Square é gigante e muito cheia, noite e dia.

Fecho os olhos e vejo as luzes neon, o alvoroço, todas as cenas de filmes que retratam a famosa praça como o único lugar possível para se estar. O centro do mundo. Imagino Zach me puxando para seus braços, me girando e me beijando na frente de toda Nova York. É isso.

— Dia primeiro de agosto, à meia-noite, no canto inferior direito da arquibancada da Times Square.

Um plano está formado. É definitivo, e Zach provavelmente enxerga isso em meu rosto, porque ele se inclina e me beija. Eletricidade corre pelo meu corpo. Nós vamos fazer mesmo isso.

Ele se afasta, soltando um suspiro forte.

— E se você decidir não ir pra Nova York, no fim das contas? E se você conseguir um ótimo emprego num restaurante em Paris e preferir ficar aqui?

Dá para ver que ele tem mais "e se..." para dizer, então o interrompo.

— E se *você* decidir não voltar pra Nova York? E se conhecer outra garota durante a viagem? E se quebrar a perna no caminho pra Times Square e não chegar a tempo?

Nos encaramos em silêncio, a Torre Eiffel de pano de fundo.

— O ponto é: sou louca pra sair da minha cidadezinha, no meio de Lugar Nenhum, desde sempre. Eu *preciso* que isso aconteça. Esse curso me fez perceber o quanto estou pronta pra começar a minha vida. Então não tem jeito... jeito *nenhum*... de eu não ir pra Nova York no próximo verão. Estarei lá dia primeiro de agosto na Times Square, mesmo que o mundo esteja acabando.

O peito de Zach sobe e desce quando um sorriso toma seu rosto.

— E eu também. — Ele me puxa para mais perto. — Tchau, Margot.

Os lábios dele estão próximos demais do meu. Um ano é só uma pedrinha no grande trajeto que é nossa vida. O jeito que ele me encara agora, o brilho em seus olhos, me faz acreditar que tudo é possível.

— À *bientôt* — respondo. Diante de sua expressão confusa, traduzo: — Até breve. Muito em breve.

Ele me beija e, simples assim, nosso destino está selado.

Capítulo 1

UM ANO DEPOIS

Sonho com isso desde sempre, mas ainda estou um pouco chocada por estar acontecendo de verdade. Estou em Nova York. Moro aqui agora. Isso é real. Isso é estranho. Isso é... incrível.

O aeroporto parece um shopping do tamanho de uma cidade, com todo o tipo de loja ladeando os corredores, de marcas luxuosas a cafeterias, e gente demais. Mais gente do que já vi minha vida inteira. Nos meus fones sem fio, Taylor Swift canta um hino que selecionei para este exato momento, a melodia alegre abafando a cacofonia do terminal. "Welcome To New York" vibra em meus ouvidos: "Bem-vindo a Nova York! Ela estava esperando por você".

Não como eu estava esperando por ela.

Depois de passar pela alfândega, começo a procurar por placas indicando a retirada de bagagem. Meu coração para de repente. Ao fim da esteira está um cara alto e loiro, de ombros largos e pernas finas. Eu o reconheço imediatamente. É ele.

A pessoa em quem não consigo parar de pensar, aquele que encontro toda noite nos meus sonhos: Zach.

Nosso encontro é só daqui a *dois* dias, e neste minuto me sinto suada, a pele ressecada do ar-condicionado do avião, com bafo da comida industrializada nojenta que é servida. Não é nem de longe como eu esperava que seria nosso reencontro depois de um ano inteiro fantasiando o momento, mas não tenho opção. Zach está aqui. Agora. Então...

Ultrapasso os passageiros entre nós e, antes mesmo de me permitir surtar, abro meu melhor sorriso e cutuco o ombro dele. Ele se vira. Eu o encaro, meu cérebro demorando a processar a realidade. Esse cara não é Zach. Na verdade, ele não parece nada com Zach. Assim de perto, dá para ver que ele nem é loiro. Eu inventei isso. Xingo baixinho, colocando a culpa no cansaço da viagem.

— Hã... O que foi? — pergunta, num tom irritado.

Preciso dizer alguma coisa.

— Oi! Sabe me dizer quando vão liberar as malas? Meu pai está me esperando.

Sem entender, ele aponta para a tela acima de nós. A mesma que todo mundo está encarando, a que indica a hora exata — dali a quatro minutos — que nossas malas vão começar a ser despachadas pela esteira.

— Perfeito! — Minha voz soa alegre demais, mas por dentro estou morrendo de vergonha. — Vou mandar uma mensagem pra ele!

Com as bochechas em chamas, eu me enfio na multidão. Quantos minutos duram dois dias?

O constrangimento fica para trás quando avisto, do outro lado das portas do desembarque, os rostos radiantes de meu pai e Miguel olhando na minha direção. Meu pai balança os braços num gesto que acho que deveria ser um aceno, mas que na verdade faz ele parecer um bonecão de posto.

Assim que me aproximo, nos cumprimentamos com *la bise* — dois beijinhos nas bochechas, como fazem na França. Em seguida, ele me puxa para um abraço bem do jeito norte-americano. É o que sempre me disse quando eu era criança: quando se vive em duas culturas diferentes, você precisa aproveitar o melhor das duas. Às vezes, isso significa a melhor versão das coisas, tipo queijo quente em pão francês. Ou *tarte aux pommes* com aquela crostinha em cima — sim, *eu sei* que no fim das contas é só torta de maçã.

O namorado de meu pai — quer dizer, seu *noivo*, Miguel — me abraça e me dá dois beijinhos. Ele está aprendendo rápido.

Meu pai morou em Manhattan praticamente a vida inteira. Ele visita a sede da empresa em que trabalha — uma distribuidora de vinhos — em Paris várias vezes por ano e passa a maior parte das suas férias na França com a gente. Miguel também já o acompanhou algumas vezes. Mas nunca tive a oportunidade de visitá-los em Nova York... até agora.

Miguel me entrega uma embalagem oleosa de uma loja chamada Dough.

— Seu pai queria trazer balões de boas-vindas — explica, olhando para os balões ao nosso redor —, mas eu tive outra ideia.

Começo a salivar assim que abro a embalagem e encontro seis donuts gigantes, cada um com uma cobertura de cor diferente. E por "gigante" quero dizer que todos são praticamente do tamanho do meu rosto. Não sei nem se vão caber na minha boca — mas eu com certeza estou disposta a tentar.

— Sei que não são *croissants* — continua Miguel, e pelo olhar que meu pai dá a ele percebo que o embate donut-versus-croissant foi tema de muitas discussões —, mas é justamente por isso. *Bienvenue*, Margot! Você não é uma norte-americana de verdade se não tiver sempre um lanchinho com você.

Dou uma risada.

— Desafio aceito.

Meu estômago reclama, e pego o primeiro donut que me chama atenção, um com cobertura rosa-choque, e dou uma mordida. A textura é incrível — densa mas sem ser seca, fofa mas crocante graças à camada de açúcar na parte de cima. O aroma sutil de hibisco me surpreende, de um jeito bom. Tem gosto de verão, indulgente mas leve, tudo na mesma mordida. Estou apaixonada.

— Tenho uma perguntinha pra você. — Eu me viro para meu pai. — Como você se sentiria se Miguel de repente se tornasse meu pai favorito?

Quando comecei a fazer planos de me mudar para Nova York, sabia que teria que morar com meu pai e seu namorado enquanto procurasse um apartamento para mim. Mas não esperava que eles estariam noivos quando eu finalmente chegasse, quatro anos depois. Agora Miguel é meu novo padrasto e o casamento é dali a três meses. Não tinha começo melhor para minha vida na cidade grande.

Meu pai faz uma careta.

— Perdão, *ma fille*, mas quem é que convenceu sua *maman* a te deixar vir morar com a gente mesmo?

— Você tem um ponto. — Dou outra mordida no donut enquanto ele pega minha mala.

À menção de minha mãe, pego meu celular e releio a mensagem que ela enviou durante o voo.

Bien arrivée? J'espère que tu ne vas pas te perdre dans l'aéroport. C'est vraiment grand.

Aff. Ela disse: "Chegou bem? Espero que não se perca no aeroporto. Ele é enorme.". A mensagem ainda me irrita, mesmo que eu *realmente* tenha sentido por um instante que poderia me perder ali. Claro que não vou contar isso a ela. Não quero acrescentar mais um tópico à longa lista de motivos pelos quais eu nunca deveria ter feito isso. Uma cidade tão grande! Tão implacável! E barulhenta também. Deve ser mais do que uma garota de dezoito anos do interior, como eu, consegue aguentar.

Minha mãe não tentou esconder seu terrível descontentamento pela ideia de eu me mudar para cá.

Mas eu estava determinada. Nos últimos meses, à medida que o fim do ano letivo se aproximava, enviei meu currículo para uma lista cada vez maior de restaurantes. Ainda não tinha recebido nenhuma resposta, até que meu pai mencionou ter lido um artigo sobre um novo restaurante chamado Nutrio, comandado pelo renomado chef Franklin Boyd. Imagine minha surpresa quando descobri que minha mãe trabalhou com ele quando morava em Nova York tantos anos atrás, e que eles foram amigos.

Pedi a ela que mandasse um e-mail para ele, mas minha mãe resistiu o quanto pôde. Ela tinha tantas desculpas. *Faz anos que não nos falamos. Não consigo imaginar você trabalhando para ele. Margot, confie em mim, você não vai gostar de cozinhar num restaurante nova-iorquino.* Ela não parava de falar sobre quão diferente eram os negócios gastronômicos numa cidade grande. Foi tão irritante.

Claro que não é como na França. É por isso que estou ali. Minha mãe cozinha o mesmo cardápio enxuto de pratos franceses num restaurante cuja decoração básica não mudou desde que sou criança. Sei que *ela* ama aquilo, mas eu quero mais. Quero algo diferente.

Foi só depois que meu voo já estava reservado que a ficha de que eu realmente estava indo embora caiu e ela concordou em falar com seu velho amigo. Ele não apenas respondeu rápido como também disse algo que me fez dar pulinhos de alegria.

> *Bien sûr, Nadia!* Vou passar as informações de Margot para Raven, uma das minhas sous-chefs, e ela vai entrar em contato quando surgir alguma coisa, o que acontece o tempo todo. E Margot pode falar com a gente quando chegar em Nova York.

Não é incrível? Ainda mandei mais currículos depois disso, mas meu coração me dizia que eu tinha achado minha nova cozinha. Li tudo que encontrei sobre o Nutrio e parecia um lugar incrível. É um restaurante vegetariano moderno no Flatiron District, tinha acabado de receber uma resenha maravilhosa do *New York Times* e dá para ir a pé do apartamento de meu pai. Na minha cabeça, já estou até trabalhando lá. Vou falar com a sous-chef na segunda, assim que me estabelecer direitinho. Falta pouco para minha vida fabulosa em Nova York!

Miguel nos acompanha para a saída do terminal.

— E, *bella* — acrescenta Miguel, usando o apelido que me deu —, não sei se estou pronto para ser o pai de alguém.

Ofereço a minha melhor expressão sentida.

— Ok, então nada de donuts para você.

Está abafado do lado de fora. Úmido. Sufocante de um jeito que, na mesma hora, me faz sentir o peso das minhas calças jeans e camiseta. Não estava esperando por isso.

Alguns minutos depois, nos esprememos no banco de trás de um clássico táxi amarelo, eu no meio com a embalagem de donuts no colo. Terminei o de hibisco, mas quero mais. Talvez o com cobertura de glacê simples seja bom para limpar o paladar. Miguel lança um olhar cheio de vontade para a caixa, e eu a estendo para ele, deixando que escolha um. Ah, qual é? Sabemos por que ele comprou os donuts. É que nem quando faço bolo de aniversário para o meu melhor amigo, Julien. Faço por ele, mas também por mim.

Tudo é maior nos Estados Unidos. É o que dizem. Mas acho que eu não tinha entendido de verdade até o táxi entrar numa rodovia movimentada com mais cruzamentos do que consigo contar. Minhas mãos fechando em punhos enquanto o carro corta para a esquerda e direita, tentando economizar alguns segundos na nossa viagem.

— Como foram os últimos dias em casa? — pergunta meu pai, com um olhar de culpa. Ele sabe que minha mãe desaprova minha mudança.

— Você sabe como a *maman* é. — Reviro os olhos. — Não é emotiva, mas também *não deixa* de ser.

Ele ri sem jeito, e sou *eu* que me sinto culpada agora.

— Ela vai ficar bem. Eu estou aqui agora, ela vai ter que se acostumar — afirmo.

— Eu sei, mas ela tinha uma opinião tão forte sobre...

— Sobre eu não poder correr atrás dos meus sonhos? É, eu sei. Mas já tenho dezoito anos. E *isso* é o que quero. Eu teria dado um jeito de vir mesmo sem a sua ajuda.

Meus pais nunca foram um casal, mas eles se amavam profundamente. Só não de um jeito romântico. Tudo começou quando, recém-formada do curso de culinária em Paris, minha mãe se mudou para Nova York. Enfim, a hipocrisia. Não demorou para ela conhecer outros franceses na cidade — aparentemente, eles estão por todo lugar —, incluindo meu pai, que cresceu ali. Meus avós são franceses, mas moraram nos Estados Unidos por trinta anos e tiveram dois filhos no país. Meu pai foi criado no Upper East Side, aprendendo francês em casa e inglês na escola. Ele sempre quis passar um tempo na França, mas conseguiu um emprego assim que saiu da faculdade e acabou ficando.

Enquanto isso, minha mãe tinha passado seus vinte anos trabalhando em todo tipo de coisa, até finalmente decidir correr atrás da sua paixão pela comida. Meus pais viraram amigos poucos meses depois de ela se mudar para cá e logo se tornaram inseparáveis. Ouvi histórias sobre festas loucas e viagens de última hora para os Hamptons ou Chicago, onde o irmão de meu pai mora.

Meses viraram anos. Minha mãe percebeu que nunca teve um namorado sério, mas ela queria um bebê. Meu pai sempre acreditou que teria um também. Por fim, eles acabaram decidindo fazer isso juntos. Particularmente, não gosto de me imaginar como o resultado de uma inseminação — se é que foi assim —, então nunca perguntei em detalhes como um homem gay e uma mulher hétero fizeram *moi*. Não foi exatamente uma história de amor épica, mas tem uma coisa que sei desde bem nova: meus pais queriam me ter. Eles não ligavam nem um pouco em ter uma família ligeiramente diferente da tradicional.

Antes que meu pai fale sobre minha mãe de novo, mudo de assunto.

— Ganhei uma festa na minha última noite, Julien e alguns outros amigos da escola que organizaram. Eles me deram um álbum com fotos nossas, e cantamos no karaokê por horas. Foi terrível de um jeito ótimo.

— E agora você finalmente está aqui. — Meu pai abre um sorriso aliviado.

— E o Dia do Zach se aproxima! — acrescenta Miguel.

Ah, sim, nós somos esse tipo de família. Não falamos mais do que devemos, mas compartilhamos informações, especialmente quando a fofoca é boa. Tipo o fato de eu ter conhecido um cara numa noite em Paris e feito um pacto para reencontrá-lo um ano depois num determinado horário e lugar em Nova York. Minha mãe ficou uma fera quando soube que eu tinha passado a noite toda com um estranho, mas, dá um desconto, nada de ruim aconteceu comigo. Ainda estava tão eufórica pela endorfina produzida pela companhia de Zach que nem liguei por ficar de castigo por um mês.

Deixo escapar um suspiro exagerado.

— Estou nervosa.

Meu pai olha para mim.

— Nervosa de felicidade porque vai encontrar ele logo ou ansiosa com o que pode, ou *não*, acontecer?

Leva só um segundo para eu pensar na resposta. Aquela noite que Zach e eu tivemos, o que prometemos um para o outro, aquilo foi real. Eu tinha plena certeza disso naquela época, e nada mudou durante o ano. Estou pronta para o amor. Para aquele tipo de amor que muda sua vida. Aquele tipo não-sei--viver-sem-você. Romance mesmo, igual de filme. Houve um momento naquela noite que Zach olhou bem fundo nos meus olhos e disse que nunca tinha se apaixonado *antes*. Ainda lembro como minhas pernas quase cederam enquanto pensava no que estava implícito em sua fala.

— Nervosa de felicidade — respondo. Confiro as horas no celular. — Na verdade, só falta um dia e meio agora.

Miguel solta uma risada entre uma mordida e outra do donuts.

— Acho bom vocês não roubarem a atenção no nosso casamento.

— Não prometo nada — digo, com um sorriso maléfico.

— Olha — diz meu pai.

Estamos cruzando uma ponte — a Williamsburg Bridge, conta ele — e a cidade surge diante dos meus olhos. Vejo o Empire State primeiro, o arranha-céu mais reconhecível no horizonte mais famoso do mundo. Em seguida, passamos por prédios de cor creme e de tijolo, a maioria com escadas de metal acopladas à fachada do térreo ao topo. Saídas de emergência, explica Miguel. Carros, táxis, ônibus e bicicletas nos rodeiam. E as pessoas! Elas se aglomeram junto ao trânsito, todas andando no mesmo ritmo, que nem salmão nadando contra a corrente.

Minha garganta se contrai de empolgação.

Eu. Estou. Aqui.

Finalmente!

— Pode ser muita coisa pra absorver de primeira — comenta meu pai. — *Toto*, não estamos mais em Touraine. — Ele dá uma piscadela. Touraine é a região de minha mãe. E minha também, acho. Ele está certo. Isso aqui é bem diferente das colinas e da vida tranquila em que cresci.

— Eu *amei*. Deixa vir a barulheira, a multidão e toda a empolgação. É para isso que estou aqui.

A cidade que nunca dorme, onde as luzes brilham com mais intensidade e onde os sonhos são feitos. Cozinhar em um dos novos restaurantes mais legais. Com Zach ao meu lado para sempre. Já sinto como se esse lugar enorme fosse meu: cheio de possibilidades e aventuras. E amor, óbvio.

Finalmente minha vida vai começar.

Capítulo 2

Tem alguma coisa muito errada com o apartamento de meu pai. Ou melhor, com a cozinha dele. Para começar, tem a geladeira. É um pedaço gigante de metal, do tamanho de um carro pequeno, com *duas* portas. Três, se você contar a do freezer enorme — que, para completar, ainda tem um compartimento de fazer gelo. E, por falar nas portas, elas são tão pesadas que preciso me apoiar na parede para ter força para abrir uma delas, provocando um som irritante de sucção devido à resistência da gaxeta de borracha. Quando enfim consigo abrir, descubro que essa monstruosidade está tragicamente, bizarramente, inadmissivelmente... vazia. Bem, quase vazia.

Noite passada, meu pai fez um pequeno tour pelo apartamento, que fica no quinto e último andar de um prédio sem elevador do West Village. Tem uma parede inteira de janelas que vão do chão ao teto, com vista direta para os edifícios em frente — eles ficam tão próximos que dá para ver tudo que os vizinhos estão fazendo. A sala de estar é aconchegante, com um sofá largo de veludo azul-escuro, daqueles que se dividem em módulos, e pinturas contemporâneas em tons de branco e bege na parede atrás dele. A cozinha é o que os franceses chamam de *une cuisine américaine*: um corredor aberto de um lado com vista para a área de jantar. Os dois quartos ficam na outra ponta do apartamento, e cada um tem seu próprio banheiro sem janelas.

    Eu estava tão cansada da viagem que tomei um banho demorado, vasculhei minha mala atrás de uma camisola e, às 21h do fuso horário daqui — 3h na França —, já estava deitada na cama. Nem sei o que meu pai e Miguel fizeram para jantar. Talvez eles ainda estivessem cheios dos donuts, como eu. Acordei algumas vezes durante a noite, confusa com tanto barulho. Carros. Sirenes. Pessoas gritando lá na rua. Está aí uma coisa que Nova York *não* é: silenciosa.

    Quando acordei de verdade, a luz se infiltrava no quarto através das cortinas finas. Levantei devagar, me sentindo tonta e um pouco desorientada. Minha boca estava seca feito o deserto, e eu estava com muita, muita fome. Fui até a cozinha na ponta dos pés, enchi dois copos de água e comecei a fuçar pelo lugar à procura de algo para comer, algo que pudesse *preparar*. Era meu primeiro café da manhã em Nova York, tinha que ser especial.

    Após uma inspeção minuciosa dos armários da cozinha, minha inspiração decai ainda mais. Dou outra chance à geladeira. Tem uma caixa de leite de aveia quase vazia, uma embalagem espremida de ketchup e uma garrafa de molho shoyo. A única comida de verdade é a meia dúzia de ovos em uma cartela de papelão, mas quem come ovos no café da manhã? Eu sei. *Eu sei*. Norte-americanos comem. Quando se trata de café da manhã, não tenho nada de americana: não tenho vergonha de assumir que só pode ser doce e, mesmo assim, há muita variedade.

    A opção mais óbvia é *tartines*, claro. Você corta um pão francês ao meio, passa manteiga em cada lado e por cima coloca a geleia de sua preferência. Nada daquela baboseira de "torrada". Pão francês se come fresco, recém-comprado da padaria e de preferência ainda quentinho.

Aí tem também croissant, um clássico entre os clássicos, que sozinho está acima de todas as outras célebres *viennoiseries*. Outras opções semelhantes ao pão incluem *pains au chocolat*, *pains aux raisins*, *brioche* ou ainda *pains au lait*. Todas essas massas podem — e devem — ser mergulhadas em uma caneca fumegante de café ou de chocolate. E, sim, o líquido *vai* escorrer pelo seu queixo enquanto você inspira o aroma de doce molhado. É assim que se sabe que está fazendo a coisa do jeito certo.

Ainda estou sonhando acordada com as opções de café da manhã quando ouço a porta de entrada se abrir. Um instante depois, meu pai aparece por trás do balcão da cozinha. Está vestindo roupa de academia e o cabelo grisalho está ensopado de suor, as bochechas coradas.

Ele olha para trás para conferir o relógio. São 10h33.

— Você tá acordada!

— Não tem comida. — Meu tom de julgamento é proposital.

— Imaginei que você diria isso. — Ele abre o zíper de sua bolsa de academia e tira dela uma sacola branca de papel toda oleosa. — Uma coisinha típica de casa — diz ele, com um sorriso. — Caso já esteja com saudade.

— Não tô — nego, mas arranco a sacola de sua mão. O aroma de manteiga entrega o conteúdo antes mesmo de eu dar uma espiada: croissants. Daqueles bem dourados, crocantes e macios. Do tipo que traz felicidade. — Minha casa agora é *aqui*. Eu quero provar bagels. E cronuts. E aqueles cafés gelados que vêm em copos tão grandes que a gente sente que vai fazer xixi o dia inteiro.

Meu pai franze o cenho.

— Mas você ama croissant. Sempre diz que não existe café da manhã como o dos franceses.

O ponto definitivamente *não* é esse, mas seria um crime jogar croissants no lixo. O que mais eu deveria fazer? Claro que dou uma mordida. E, para a minha surpresa, a casquinha da massa derrete na minha língua que nem os da França. Esses croissants são *bons*.

— É gostoso, né? Isso aí vai enganar sua fome até Luz chegar.

Solto um gritinho, apesar da boca cheia. Luz não é apenas a sobrinha de Miguel. Ela é minha irmã de outra mãe — além de ser da família, é uma das minhas melhores amigas. O fato de não termos nos conhecido pessoalmente ainda é só um pequeno detalhe.

— Tenho que me arrumar!

Com os pés descalços, saio desembestada para o quarto, quase escorregando no chão de madeira encerado.

Cerca de seis meses depois de começarem a namorar, meu pai foi com Miguel para Miami. Ele disse que era uma folguinha para aproveitar o sol, mas sabíamos o que estava fazendo. Ele ia conhecer a família: os pais de Miguel, a irmã, Amelia, e a filha dela, Luz, que é um ano mais velha que eu. Um dia, Miguel, meu pai, Amelia, Luz, minha mãe e eu nos ligamos por FaceTime para um encontro virtual dos mais chegados. Luz e eu não paramos de nos falar desde então, revezando entre chamadas de vídeo frequentes e conversas constantes pelo Instagram. Ficamos tão próximas quanto duas pessoas separadas pelo Oceânico Atlântico conseguem ficar. Quando ela me contou que iria estudar design na Parsons — ela está no primeiro ano da faculdade agora —, fiquei com mais vontade de me mudar para Nova York, como se eu precisasse.

— *Tu es ici!* — grita ela, rindo, no momento que cruza a porta. O som é animado e cintilante, bem Luz. — Você tá aqui mesmo!

— *Estoy aqui!* — respondo, pulando do sofá para me aproximar dela. — E você tá aqui. Nós duas estamos aqui!

Estudei seis anos de espanhol na escola, e Luz fez francês por quatro anos, então às vezes misturamos *un poquito de español* ou *un peu de français* nas nossas conversas. Ambas dizemos que queremos aprender mais, porém sempre acabamos voltando para a língua que dominamos.

Nos lançamos para um abraço apertado, pulando sem parar enquanto praticamente gritamos uma no ouvido da outra. Miguel e meu pai se afastaram para a outra ponta da sala, parecendo ligeiramente assustados com a gente.

Quando nos afastamos, eu a analiso. Ela é mais alta do que imaginava, ainda que seja um pouco mais baixa do que eu, e os cabelos são mais brilhantes ainda pessoalmente. Também está muito mais bronzeada do que na última vez que conversamos por vídeo. Ao lado dela, pareço ter uma *teint de navet*, a pele da cor de um nabo.

Passamos o restante da tarde e da noite colocando o papo em dia. Miguel tem um jantar de trabalho importante e meu pai se oferece para ficar comigo — é minha primeira noite em Nova York! —, mas a verdade é que estou muito cansada. Depois das últimas semanas de aula, do trabalho no restaurante da família para juntar dinheiro, de ter que fazer mala para a mudança e do próprio voo, estou acabada. E é claro que preciso estar cem por cento amanhã, para o Dia do Zach.

Luz e eu pedimos pizza e estudamos o mapa do metrô, garantindo que eu saiba exatamente quais linhas podem me levar até lá. Ela me alerta sobre a multidão que vou encontrar na Times Square — em que estávamos pensando, marcando num sábado! — e insiste em me acompanhar. Mas não preciso que ela faça isso. Esse encontro está há um ano esperando para acontecer.

Zach e eu fomos feitos um para o outro. E agora ele está tão perto que eu quase posso senti-lo.

Capítulo 3

No dia seguinte, nós quatro vamos tomar um brunch tardio no Cafe Cluny, que fica a alguns quarteirões ao norte. Por dentro, o lugar parece francês, e suspeito que tenha sido por isso que meu pai o escolheu — ele sempre me apoiou em tudo, mas não gosta de ir contra as vontades de minha mãe. Espelhos estão dispostos lado a lado nas paredes, com uma moldura elaborada acima deles. As cadeiras são feitas de vime, as mesas são pequenas, a iluminação aconchegante.

Em poucos minutos, somos atendidos por três pessoas diferentes: a recepcionista, que nos leva até a mesa; o garçom, que nos entrega os cardápios antes mesmo de sentarmos; e ainda um outro homem, todo vestido de preto, que pergunta nossa água de preferência. Sei que ele só está perguntando se queremos com gás ou sem, mas soa muito chique.

Antes que eu consiga decidir, meu celular toca. Meu pai descolou um chip dos Estados Unidos para mim, mas, tirando minha mãe, todas as pessoas que têm esse número estão ali comigo.

— Alô? — Prendo a respiração.

— Margot Lambert? — pergunta a mulher na outra linha, pronunciando o *t* do meu sobrenome mesmo que ele seja mudo.
— Aqui quem fala é Raven Jones. Eu sou sous-chef no Nutrio. Tudo bem?
— Tudo bem. Tudo ótimo. — Tento me recompor. *É o restaurante*, gesticulo com a boca para a minha família, *Nutrio!*
— Bem, hum, que *ótimo*. Estou ligando pra todo mundo da nossa lista porque temos uma emergência. — Ela suspira e então acrescenta, mais baixo: — De novo.
— Que perfeito — digo, no meu melhor tom profissional. — Eu ia ligar pra vocês na segunda. Ficaria muito feliz se me dessem a oportunidade de trabalhar no Nutrio. Sei que o chef Boyd deve ser exigente, mas trabalhei na cozinha minha vida inteira. Estou pronta para me mostrar. De um jeito bom, quero dizer. Sou ótima com trabalho em equipe.

Luz acena em aprovação. Miguel e meu pai apertam a mão um do outro com entusiasmo.

— Que bom ouvir isso! — diz Raven, com um tom agudo exagerado. — Então, você tem disponibilidade pra, tipo, hoje de tarde?

Hã... Quê? Sei que ela disse "emergência", mas não achei que era *tão* urgente assim. Meu plano para esta tarde é me aprontar para encontrar Zach à noite. Apenas isto.

— Espere um segundo — pede Raven, antes que eu responda.

Ouço um barulho de panelas no fundo, pessoas gritando, andando de um lado para o outro, um burburinho de movimento. Meu peito inflama. A maior equipe que minha mãe teve consistia em seis pessoas, incluindo ela e eu mesma. Percebo de novo o quanto quero trabalhar lá.

— Você pode vir para uma entrevista? — pergunta Raven, de volta à linha. — Pode ser às 16h? E aí, se correr tudo bem, você já ficaria para o turno da noite.

Não. *Não não não não não.* Esta noite não. Não é possível.

— Eu sinto muito mesmo, mas esta noite... — começo a dizer. Meu pai franze o cenho, e Luz faz uma cara de quem diz "mas que merda?". Eu hesito. Mas o que mais posso dizer? É muita coisa para assimilar, é cedo demais. Preciso de um minuto. — Infelizmente...

A mão de Luz pousa em meu braço, me pedindo para parar.

— Está tentando acabar com sua vida? — sussurra ela.

— Margot — chama meu pai, com a voz gentil. — Esse é o seu emprego dos sonhos.

Cubro a entrada do microfone.

— Mas Zach...

— A gente vai dar um jeito — garante Luz. — Vamos fazer você chegar na Times Square na hora.

— Luz está certa — concorda Miguel. — Estamos em Nova York. Quando uma oportunidade surge, você aceita, e resolve os detalhes depois.

Eles não entendem.

— Eu estou aqui faz cinco segundos. Ainda estou perdida com o fuso horário, e essa umidade...

— *Oui, oui* — me interrompe Luz. — Mas o tempo passa mais rápido aqui. Essa cidade não espera por ninguém.

Inspiro fundo. Meu pai, Miguel e Luz me encaram, afirmando em silêncio para que eu faça a coisa certa. Zach e eu estamos destinados a ficar juntos. Tudo vai se resolver. Eu não queria uma aventura? Pois então, aí está ela. A excitação borbulha dentro de mim. Vou garantir o emprego e o cara dos sonhos, tudo em um único dia.

Levo o celular à orelha de novo.

— Estarei aí às 16h.

— Até logo — diz Raven, mas parece que a mente dela já está em outro lugar.

Luz sorri.

— Já deu tudo certo, *ma sœur*.

Retribuo o sorriso.

— *Gracias, bonita*. Você é a melhor irmã que eu já tive.

O letreiro na frente do prédio é marcante e moderno, exibindo o nome **NUTRIO** em letras grandes e grossas. Em seu interior, enormes lustres brilhantes pendem de canos expostos pintados de branco. Semicerro os olhos para ver melhor através da janela e avisto alguns fregueses de um brunch fora de hora enrolando para sair mesmo depois que seus pratos foram retirados, conversando com os copos já vazios. Também consigo vislumbrar uma movimentação lá atrás, algumas silhuetas andando de um lado para o outro nas sombras. Meus novos colegas estão se preparando para o turno da noite.

Sinto um tremor de empolgação quando entro no lobby minimalista e paro no balcão vazio da recepcionista. Ando devagar, como se estivesse invadindo a casa de alguém, mas minha intromissão não passa despercebida, porque logo uma mulher jovem, vestindo um dólmã, surge dos fundos, um sorriso cordial congelado no rosto. Ela tem a pele negra e estatura mediana, e o cabelo trançado está preso por uma bandana de seda colorida, combinando com seu batom vermelho.

— Margot? Eu sou a Raven.

Chuto que Raven tem uns vinte e cinco anos — o que significa que, se ela já é sous-chef, deve ser uma profissional incrível.

— Olá — respondo com a voz estridente.

Ela ergue a mão, e retribuo o cumprimento, por mais estranho que seja. Os franceses, principalmente os jovens, não cumprimentam ninguém com um aperto de mãos.

— Obrigada por vir mesmo tão em cima da hora. Você sabe como essas coisas são. As pessoas nunca param num lugar só nessa área. Às vezes sinto que metade do meu trabalho é tentar descobrir quem *não* vai aparecer no dia.

— Bom... sorte a minha! — digo, tentando não me embolar. — Eu mal podia esperar pra começar, então tô muito feliz.

Olhei algumas fotos do Nutrio on-line, mas estar ali é diferente. As paredes e os móveis se destacam demais com uma extensão tão grande de espaço vazio. Alguns quadros pintados em cores fluorescentes pendem do teto alto por fios quase invisíveis, pairando próximos às paredes. É tão moderno e descolado. É um lugar dez anos à frente do seu tempo.

— Aqui, meu currículo. — Estendo uma folha para Raven. Por sorte, coloquei algumas cópias impressas na minha mala quando vim para cá. Mandou bem, Margot do passado.

Quando Raven se volta para o currículo, começo meu discurso.

— Minha mãe é dona de um restaurante em Loire Valley, na França, e eu trabalhei lá, em várias funções, desde que aprendi a segurar uma faca. Praticamente cresci na cozinha. Além disso, no verão passado, fiz um curso na Le Tablier. Acredito que você conheça.

Sei que isso soa um pouco nariz em pé da minha parte, mas Luz me deu alguns conselhos quando estávamos no táxi a caminho dali. *Venda seu peixe, Margot. Dê todos os motivos pra eles te quererem na hora. Mostre a sorte que eles têm em contratar você.*

— Sim, sim — diz Raven, parando para ouvir o tumulto que vem da cozinha. Não acho nem que ela esteja prestando atenção em mim. — Parece bom.

Sorrio.

— A Le Tablier me trouxe uma experiência de aprendizado incrível, e... — continuo, mas ela me interrompe.

— Muito bom mesmo, Margot. — Os olhos dela estão presos nas portas duplas da cozinha. A barulheira que vem de trás delas está aumentando. — O chef vai estar aqui em um instante, se quiser sentar. — Ela indica uma das mesas mais próximas, que já estão arrumadas para o serviço da noite.

Antes que eu sequer responda, ela já foi embora. À medida que os minutos se arrastam, meu coração acelera e o suor pinica minha nuca. Penso no que Raven disse mais cedo. Eles precisam de alguém para começar hoje à noite. *Hoje à noite*, quando eu deveria encontrar Zach. Mas isso presumindo que eu consiga o emprego, claro. E o restaurante não é tão longe da Times Square. Preciso acreditar que vai dar tudo certo.

Olho para as horas uma, duas, três bilhões de vezes. Alguma coisa com certeza está acontecendo na cozinha, mas ninguém sai de lá por um booooom tempo.

Em pânico, puxo o celular e mando uma mensagem para Luz.

> Ainda esperando a entrevista com o chef ahhhhhh. Acho que vou ter um treco.

A resposta chega na mesma hora.

> Respira fundo! Você é uma estrela, minha amiga, e eles são uns idiotas se não virem isso.

Respirar fundo ajuda, mas por poucos minutos. Não posso ficar aqui plantada esperando. Vou lá dentro procurar o chef Boyd, é isso que vou fazer. Não vai ser nada esquisito. *Hum, com licença, chef, você pode me entrevistar logo pra eu saber se consegui o emprego e se ainda vou ter tempo de encontrar o amor da minha vida? Merci beaucoup!*

Claro que agora, parando para pensar, parece uma ideia horrível. Me convenço a ficar quietinha, olhando toda sonhadora para a cozinha. E então, *finalmente*, um homem baixo, robusto e pálido, vestindo um casaco de algodão bem ajustado, cruza as portas duplas da cozinha. Franklin Boyd. Ele franze o cenho quando me vê do outro lado do restaurante.

Pulo da cadeira e vou ao seu encontro.

— Oi, eu sou a Margot Lambert.

O chef franze uma sobrancelha, como se não conseguisse identificar quem sou.

— Filha de Nadia Lambert — acrescento.

— Ah, é verdade. Olha só como você cresceu.

É estranho lembrar que eu costumava morar nesta cidade, que minha mãe já teve uma vida completamente diferente. O tipo de vida que eu quero ter agora, mesmo que ela não goste disso.

— Ela falou tão bem do senhor — comento, ainda que, pensando bem, ela não tenha dito nada. Só sei que os dois trabalharam juntos.

Ele ergue a sobrancelha.

— Falou?

Um sorriso está congelado no meu rosto enquanto assinto, o suor escorrendo pelas minhas axilas. Consiga o emprego, Margot. *Só consiga o emprego.*

— Eu agradeço *muito* a oportunidade de vir para uma entrevista. Prometo que o senhor não vai se arrepender se me der uma chance. Eu li tudo sobre o senhor e como deu a volta por cima depois da pandemia. É uma pena que tenha precisado fechar seu antigo restaurante, mas também inspirador que o novo tenha crescido tão rápido. Espero ser como o senhor um dia.

Ele responde com um sorriso desconfortável.

— Hum, Raven te passou as informações, né?

Congelo. *Ela passou?* Mal trocamos uma palavra.

— Acho que... Eu trabalho duro, eu...

— Que bom, que bom — corta o chef, impaciente. — Vamos te dar uma chance.

Espera aí, o quê? Ai, meu Deus! Quero fazer uma dancinha, mas me contenho porque o chef sinaliza para que eu o siga.

— Obrigada! Muito obrigada. Prometo que não vai se arrepender.

— Bem-vinda à equipe, Margot. — O tom dele não é muito caloroso.

Tento não fazer a pergunta que queima dentro de mim: vou conseguir sair a tempo de encontrar Zach?

Mas, por agora, é isto, consegui o emprego. EU CONSEGUI O EMPREGO! Luz estava certa. Eu posso, *sim*, ter tudo o que quero: a aventura louca e incrível e o romance louco e incrível.

Um já foi. Agora falta só o outro.

Capítulo 4

Nos fundos do restaurante, é hora do jantar em família: quando toda a equipe se reúne para comer antes do turno da noite. As mesas mais próximas da cozinha estão todas unidas, formando uma mesona comprida. Dois funcionários colocam talheres e copos ao longo dela.

É só eu piscar que o chef desaparece por trás das portas duplas de metal. Outras pessoas, incluindo Raven, saem carregando coisas — com jarras de água, uma cesta de focaccia — e vão as passando de mão em mão com agilidade, movimentos ensaiados. Enquanto isso, fico ali, parada, ainda atordoada, mas principalmente empolgada com o dia que estou tendo. Cidade nova, vida nova, emprego novo e, mais tarde… Zach. É coisa demais para um só dia, mas coisa demais é exatamente o que eu sempre quis. Vida demais, diversão demais e amor demais.

— Então, praticamente todo mundo está aqui. — Raven indica a equipe com um gesto de mão. Ela está perto de mim, na ponta da mesa, e espero que continue a falar, que me apresente aos meus novos colegas, mas seu olhar cansado me diz que ela tem coisas mais importantes com que se preocupar. Acho que ficou por minha conta causar uma boa impressão.

— Olá, oi! — Minha voz sai aguda, mas enfrento o nervosismo. — Eu sou a Margot. Acabei de me mudar da França. Meu pai mora aqui e eu nasci na cidade, mas não volto desde os meus dois anos. Eu estou muito animada por estar aqui. Animada *demais*.

Raven me olha de soslaio, mas, tirando isso, seu rosto está desprovido de emoção.

— Eu cresci cozinhando no restaurante da minha mãe e faz um tempão que sonho em trabalhar em Nova York.

Enquanto falo, o grupo começa a servir seus pratos, vez ou outra me olhando. Meu lado sensato sabe que eu deveria calar a boca — sério, quantas vezes vou repetir *animada*? —, mas deixei esse lado para trás no momento que abri a boca. Viro para Raven, torcendo para que pelo menos ela se importe. Afinal, eu devia ter sido entrevistada para essa vaga, mas isso não aconteceu exatamente.

Parando para pensar, é meio estranho, *non*? Franklin Boyd confia tanto assim em minha mãe que ele só precisou me ver pessoalmente para me oferecer o emprego?

— E no verão passado, estudei na Le Tablier, uma escola de culinária famosa em Paris. Foi legal, mas *isso aqui* é muito melhor.

Algumas pessoas assentem ou dão um sorriso forçado. Outras começam a comer. Pelo amor de Deus, que alguém me impeça de continuar esse falatório sem fim. Por sorte, um cara ouve meu apelo e levanta. Ele tem a pele marrom-clara, cabelo raspado e olhos muito pretos e brilhantes. Lábios grossos, covinha nas bochechas, não muito alto.

— E aí, Margot. Bem-vinda. Eu sou o Ben — se apresenta, limpando as mãos com batidinhas na calça de algodão antes de vir me cumprimentar.

Acontece que... Eu assisti a vários seriados norte-americanos. Sei que as pessoas ali não se cumprimentam do mesmo jeito que os franceses. Quando Raven estendeu a mão mais cedo, eu nem titubeei. Mas apertar a mão de um cara me parece estranho. Ben deve ter a minha idade, talvez um pouquinho mais velho e... ele é bonitinho. Do tipo que te deixa com as bochechas coradas. Não que eu me importe com isso, mas é difícil não notar quando estamos de frente um com o outro.

Ele fica ali com a mão estendida por um bom tempo até eu perceber que realmente preciso retribuir o gesto. Na verdade, leva tanto tempo que ele começa a recuar a mão, um sorriso desconfortável se formando no rosto. Sinto o olhar de todo mundo cravado em nós e minha respiração fica entrecortada.

Por sorte, Ben vem em minha salvação de novo. Toda a nossa interação durou poucos segundos, mas fico muito aliviada quando nossas mãos se tocam. O aperto dele é quente e firme. Até que não é tão ruim assim apertar a mão de um cara.

— Sou um dos cozinheiros — explica Ben, sem desviar o olhar. — Na parte de preparo dos pratos quentes.

— Legal! Vamos trabalhar juntos... — Eu me refreio, incerta se deveria transformar a frase numa pergunta ou se pode haver tantos cozinheiros que nem todos interagem uns com os outros.

Umas duas pessoas riem pelo nariz. Essas pessoas não são apenas uma equipe. São uma multidão. Me pergunto quanto tempo vai levar para eu aprender quem faz o quê. Tem os responsáveis pelo salão: garçons, recepcionista, cumins. Lá atrás, tem os lavadores de pratos, os auxiliares de cozinha, os cozinheiros, sous-chefs... e eu com certeza estou esquecendo de alguém.

Me viro para Raven.

— Você ainda não disse em que área vou trabalhar. Sou muito boa com molhos. E saladas. Mas meus legumes assados também são uma delícia. A gente precisa aprender a ser multitarefas quando se trabalha num restaurante pequeno, então, de verdade, eu posso trabalhar em qualquer função.

— Certo, bem... — Raven se interrompe quando o chef sai da cozinha.

— Beleza, pessoal, a casa tá cheia hoje à noite — começa ele, se dirigindo à mesa. — Ari, ainda precisamos terminar o gaspacho. Tá muito aguado, muito salgado. Pedro, se o que aconteceu ontem se repetir, você entra em cena e ajuda Ben e Martin na praça quente. Não sei por que nossa couve-flor assada fica tão popular no auge do verão, mas, se as pessoas querem, a gente faz.

O chef Boyd continua a falar com a equipe, e deduzo algumas das funções da equipe com base em suas instruções: Diego, que deve ter seus trinta e tantos anos, é quem prepara os molhos; Ari, que é bem mais novo, como eu, trabalha com as comidas frias; e Angela, que com certeza é mais velha que meus pais, é responsável pelas saladas. Ao que parece, os dois caras caladões na outra ponta da mesa cuidam da preparação das comidas. Tem uma chef confeiteira também, cujo nome começa com D. Diane, talvez? Depois disso, perco o fio da meada. Quando o chef finalmente termina as instruções de todos na mesa, ele olha para mim.

— Ah... — diz, como se não conseguisse lembrar meu nome. Ele estava conversando comigo tem literalmente dez minutos.

— Eu sou a Margot Lambert. A filha da Nadia.

De repente, sinto como se todo mundo tivesse parado de comer e nos observasse. Eu podia ser uma estranha aleatória há alguns instantes, mas agora sou uma estranha aleatória com uma ligação pessoal com o chef.

— Todo mundo começa de algum lugar — diz o chef. — E, sabe, todo mundo na equipe tem importância. A cozinha é como uma orquestra. Se um músico toca mal, toda a apresentação é afetada.

— Com certeza — concordo, me empolgando. — Cada cozinheiro tem o seu valor. — Eu sempre ouvia isso dos instrutores da Le Tablier.

Todo mundo fica em silêncio. Não tem como não notar os olhares debochados que algumas pessoas trocam. Ben, o cozinheiro da praça quente, me dá um sorriso gentil mas triste.

— Você não passou as informações pra ela? — pergunta o chef para Raven.

Ela me lança um olhar exaurido. Não pega bem para mim se eu a meter em encrenca antes mesmo de começar.

— Nosso lavador de pratos do turno da noite se demitiu mais cedo — explica Raven.

Tento continuar sorrindo, mas estou confusa. Talvez seja o cansaço. Ainda.

— Você já operou uma lava-louças industrial, né?

Assinto, chocada.

— Ótimo — responde Raven, despreocupada. — De qualquer maneira, vou te mostrar como funciona. Só por via das dúvidas.

— Mas eu sou uma cozinheira experiente — digo, baixinho.

Sei como devo estar parecendo. Reclamona, infantil. Nada legal. Mas é a verdade. Cozinhei a vida inteira.

Raven suspira.

— No fim da noite, você vai ser uma lavadora de pratos experiente também.

Alguns minutos mais tarde, sigo Raven para um tour pela cozinha, onde conheço o outro sous-chef, um francês na casa dos trinta chamado Bertrand. Ele mal nos olha. Raven explica que ela é a responsável pela equipe e que Bertrand cuida das especialidades da casa. E que ele não deve ser incomodado.

A cozinha está toda preparada para o turno da noite: em cada praça, vasilhas de plástico com ingredientes variados estão perfeitamente alinhadas, panelas limpas descansam sobre o fogão de nove bocas e listas de tarefas escritas à mão foram penduradas no painel das comandas. Fora isso, o lugar está imaculado. Os talheres de aço impecavelmente limpos e o piso de azulejo brilham sob a luz forte das lâmpadas de halogênio. O lugar tem cheiro de água sanitária e detergente cítrico. É tão grande — maior do que qualquer cozinha em que já estive — que me sinto como se estivesse cruzando uma nave espacial enquanto Raven vai apontando para as praças — das comidas frias, das quentes, dos molhos, da salada, da preparação, da confeitaria; um layout básico, como era de se esperar, já que não usam nenhum tipo de carne nos pratos.

— Chegamos — diz ela, quando paramos no fim da cozinha, uma parte mais estreita, perto da entrada dos fundos.

A pia grande tem uma torneira com ducha móvel e, perto dela, uma caixa de metal está presa na parede, na altura dos olhos, acima de um caixote de plástico. Eu a encaro, sem saber o que dizer.

A expressão de Raven se contorce em pena. Apesar disso, há trabalho a fazer, e eu não estou aqui para desperdiçar o tempo dela, por isso, ela continua:

— Os cumins colocam a louça suja naquele cesto cinza. — Ela aponta na direção oposta da cozinha, onde está a porta que leva ao salão do restaurante. — Tem sempre que ter espaço no cesto pra quando eles forem limpar uma mesa.

— Claro. — Tento soar mais otimista, mas com certeza não fui bem-sucedida.

Ela continua as explicações numa velocidade assustadora. Traga o cesto de louça suja para perto da pia. Enxague tudo. Separe os pratos, copos e talheres no caixote de plástico com as divisórias correspondentes. Vá para o lado. Puxe a alça da máquina. Então, quando a lavagem terminar, deixe o caixote de lado para a louça esfriar.

— Você também está encarregada de limpar o chão e esvaziar as lixeiras. Basicamente, manter tudo limpo, levar louça limpa para as praças e facilitar o trabalho de todo mundo.

— Tranquilo, entendi tudo!

Raven dá dois tapinhas na bancada de metal, como que dizendo que o treinamento acabou.

— Rodrigo, você achou a beterraba em cubos quando estava vindo?

E então estou sozinha no meu novo local de trabalho.

Será que posso me demitir antes mesmo de começar?

Capítulo 5

Notícia urgente: facilitar o trabalho de todo mundo não é nada fácil. Eu logo descubro que meus bracinhos fracos não conseguem carregar os cestos mesmo que eles só estejam meio cheios, o que significa que tenho que prestar atenção nos cumins com olhos de falcão e fazer três vezes mais viagens até a pia para conseguir carregar esses recipientes quando eles ainda não estão pesados demais. Mas chegar ao meu destino é como uma corrida de obstáculos; preciso passar por todos os cozinheiros andando por aí, da esquerda para a direita, dos fundos para a frente, enquanto cortam, grelham, batem e empratam. Se dou uma encostadinha sequer, eles grunhem e gritam para que eu fique fora do caminho.

Parecia tão grande mais cedo, mas agora a cozinha está abarrotada, quente e cheia de fumaça. Uma estranha mistura de odores paira no ar; alho frito com pistache, pimentão vermelho com essência de flor de laranjeira. É nojento, mas só se tiver tempo para realmente sentir.

— Ei, Bambi — chama Ari, um dos cozinheiros da praça de comida fria, atrás de mim.

Ele e alguns funcionários mais velhos estão me chamando assim desde o início do turno. A garota francesa burra que achou que chegaria ali e ganharia uma vaga na linha de produção porque a mamãezinha conhece o chef. E eles estão certos: eu realmente acreditei nisso. Senti que estava tudo às mil maravilhas, com o emprego e o garoto dos sonhos a meu alcance. E, falando nisso, estou morrendo de vontade de perguntar para Raven que horas posso sair do trabalho, mas é difícil encontrá-la estando no canto sombrio da cozinha. Tudo o que sei é que tenho tempo; ainda estamos na hora mais movimentada do serviço.

— Preciso de cumbucas de gaspacho AGORA! — grita Ari por cima do barulho das cenouras glaceadas de Ben grelhando no fogão.

— É pra já! — respondo sem pensar.

O problema é: não tenho certeza do que sejam cumbucas de gaspacho. Tem tantas tigelas diferentes — fundas, rasas, azuis... Não tive um segundo para estudar quais louças eram usadas em cada prato. E pior ainda: só as cumbucas rasas estão limpas. Todo restante está ou na lava-louças ou ainda sujo.

Ari se aproxima e me encara, as narinas infladas. As batidas do meu coração falham enquanto procuro no cesto duas cumbucas que pareçam ter servido para o gaspacho, mas não vejo nenhuma manchada de vermelho, nenhum sinal de qualquer tipo de tomate. O que faz sentido, porque estudei o cardápio antes de vir e tenho certeza que não havia nada de tomate nele.

Ari se aproxima.

— Você tá de sacanagem? Não tem nenhuma cumbuca limpa? Você veio pra Nova York passar férias? Isso aqui é só pra você se divertir?

— Desculpa! — peço, aflita, enquanto continuo a procurar na pilha de louça suja.

— Tem certeza que já trabalhou numa cozinha profissional?

— Quase certeza. — O sarcasmo borbulha em minha garganta.

Ari respira fundo, irritado, mas, antes que ele possa responder, Ben aparece ao seu lado, limpando a mão num pano de prato.

— Ei, Ari, relaxa, tá bem?

Nenhum dos outros cozinheiros presta atenção em nós três.

— Ela é lerda *pra caraca* — reclama Ari, erguendo o queixo para mim.

— Que tal você *mostrar* pra ela o que precisa e economizar o tempo de todo mundo? É o primeiro turno dela. Dá um tempo.

Ari revira os olhos, mas a expressão em seu rosto ameniza um pouco. Finalmente ele se rende, vasculha a pilha, tira de lá duas cumbucas pequenas manchadas de verde e as joga na pia à minha frente. Elas tilintam alto, me sobressaltando.

— Essas são as cumbucas de gaspacho? — pergunto, incrédula.

— É gaspacho de *pepino*. Não ouviu o chef gritar as especialidades? Você sabe o que é pepino? Sua mamãezinha serve pepino no restaurante dela?

Ele sai pisando duro antes que eu consiga responder. Estou enfurecida por dentro; milhares de respostas gritam em minha mente, mas seguro a língua. Em vez disso, abro a torneira com muita força e água quente espirra para todo lado, encharcando meu corpo inteiro, meu cabelo e até entrando no meu nariz. Eu acho que odeio este lugar.

As três horas seguintes seguem praticamente do mesmo jeito, com uma série de pessoas cujos nomes não sei gritando comigo ou reclamando de algo que fiz errado: o prato de pão em falta, a faca "limpa" que ainda estava coberta de comida, a montanha crescente de panelas. Quando Raven vem me dizer que posso dar uma pausinha, quase corro pelo cais de carga na direção do beco dos fundos.

Preciso desesperadamente de ar fresco, mas lá fora a noite está abafada e úmida. Ao meu redor, sinto um mormaço intenso e o cheiro indubitável de lixo e urina. É tudo muito nojento, combinando perfeitamente com meus sentimentos.

— Tudo bem por aí? — Ouço uma voz atrás de mim.

Eu me viro, já me preparando para alguma merda, mas é só Ben. Ele está encostado na parede a alguns passos, bebendo água em uma garrafa de metal, segurando o celular com a outra mão. Ainda não gravei o nome e função de todo mundo, mas tenho certeza que ele é a única pessoa da cozinha que não encheu meu saco. Ainda.

— Tá tudo incrivelmente péssimo, por que a pergunta? — Forço uma risada.

Ele faz uma careta.

— Todos nós passamos por isso, sabe. É um ritual de passagem. Difícil, mas necessário.

— Eu *já* passei por isso. Não é como se eu nunca tivesse lavado louça num restaurante, mas...

— Você não esperava ter que começar do zero aqui?

Me aproximo dele e encosto na parede ao seu lado, me afastando das latas de lixo. Mal dá para ver o céu escuro nesse beco minúsculo; ele se espalha pelo topo dos prédios acima de nós.

Dou de ombros.

— Bom, hum, não.

Ben dá um gole.

— É o que dizem sobre Nova York. Não importa o que você fez em outros lugares. Você chega aqui e vira um zé-ninguém, não importa quem você acha que seja.

Assinto devagar. Meu corpo todo dói, meus ombros estão tensos e minhas pernas, bambas.

— Lição aprendida. Eu sou uma zé-ninguém.

Ben dá uma risadinha. A expressão dele é afetuosa, gentil.

— Uma zé-ninguém *essencial*. Acho que eu não preciso te dizer que não há serviço sem louça limpa.

— Humm — resmungo, fazendo bico.

Normalmente, eu seria a primeira a concordar que todo o processo — desde recepcionar fregueses na porta até entregar a conta no fim da refeição — é uma parte importante do serviço de um restaurante, mas, para a surpresa de zero pessoas, não estou com humor para isso.

— E é impressionante que tenha estudado na Le Tablier. Muitos grandes chefs estudaram lá.

Quase posso ouvir os pensamentos de minha mãe sobre isso. *Mal dá pra aprender a cortar cebolas num curso de verão. Você precisa estudar lá uns dois anos e treinar de verdade. Estudar culinária como nos velhos tempos. Devagar. Chato. Nova York não é um lugar acolhedor.* Traduzindo: ela não acha que eu consigo dar certo aqui.

Em vez de dizer tudo isso, dou de ombros.

— Só fiz um curso de três semanas.

— Ainda assim. — Ben arqueia as sobrancelhas.

Balanço a cabeça, tentando afastar os pensamentos.

— Ah, que horas são?

Deixei meu celular no vestiário, seguindo as instruções de Raven, mas já deve estar perto da hora do encontro com Zach. Não acredito que vou ter que encontrá-lo assim: suada, com o cabelo oleoso e cheirando a louça suja.

— São 22h37 — responde Ben, conferindo o relógio em seu pulso.

— Ai — digo, sem fôlego.

Fico tonta com a proximidade da hora. Que dia.

— Tá tudo bem? Você ficou muito pálida.

— É que eu......

Não deveria contar a esse cara — meu novo colega de trabalho — que eu preciso muito sair na hora no meu primeiro dia para encontrar um garoto...... quero dizer, o meu...... hum, Zach. Mas Ben olha para mim com expectativa, como se ele realmente se importasse, e, bom, ainda preciso descobrir como vou estar na Times Square à meia-noite. Porque eu preciso estar. *Preciso* estar. Não cheguei tão longe para perder Zach agora.

— Preciso encontrar um amigo à meia-noite em ponto.

Ben começa a sorrir, e sinto minha garganta apertar com a possibilidade de ele ter perguntas a fazer sobre isso.

— Eu *preciso* estar na Times Square à meia-noite. Não posso me atrasar.

Ben assente, ainda parecendo achar graça, mas também com uma certa confusão no olhar.

— Não acho que deixariam a garota nova fechar a cozinha no primeiro dia. Vai dar tudo certo.

Mordo o lábio. "Vai dar tudo certo" não é o suficiente.

Ben parece ler minha mente, de alguma forma.

— O metrô é seu melhor amigo, e o Google Maps é superpreciso. Minha dica é: descubra qual saída você precisa pegar...... leste, oeste, norte, sul...... e vá seguindo as placas enquanto sobe. A Times Square é um labirinto.

Engulo em seco, porque não entendo de verdade o que ele está tentando dizer. Do jeito que falou, parece que eu deveria ter trazido uma bússola na mala. Luz disse algo parecido sobre a Times Square, e estou começando a achar que eu nem sempre tenho a melhor das ideias.

— Entendi. — É o que digo a Ben, depois de um longo silêncio.

Ele assente, toma um último gole de água e olha para a entrada do cais de carregamento. Nosso intervalo está quase acabando.

— Obrigada. Você é tão...... — Tento descobrir como terminar a frase, e Ben ergue uma sobrancelha em expectativa. — ...... legal — escolho, por fim.

Ele murcha, como se não fosse o que gostaria de ouvir. Para falar a verdade, não é exatamente o que eu queria dizer. Com certeza ele é muito mais do que *legal*.

Quero dizer mais alguma coisa, mas, pelo canto do olho, vejo um vulto escuro vir correndo do lado oposto do beco. Eu dou um pulo para longe dele.

— Que merda foi essa?

— O quê? — pergunta Ben, olhando para onde aponto.

O vulto se mexe de novo, próximo à parede, e dou outro passo para trás. Uma espécie de corda o segue. Não, não é uma corda, é uma cauda. A cauda de um...

— AI. MEU. DEUS. É UM RATO? — Já estou no cais de carregamento, pronta para correr para dentro do restaurante.

Ben nem se mexe.

— Você nunca viu um? — pergunta, me olhando assustado. Assustado comigo! Quando tem um rato bem ali na rua. No meio da cidade.

— Não. — Estou quase ofendida. — Olha! Ele é enorme.

Ben ergue as mãos, como se dissesse "e daí?".

— É o que mais tem por aí, ainda mais nos becos atrás de restaurantes, onde só se acha do bom e do melhor. Daqui a algumas semanas, vai parecer até que eles são parte da decoração.

Meu coração continua acelerado.

— Isso ninguém mostra nos filmes.

Ben dá uma risada.

— Por que será?

— Bambi! — grita Ari lá de dentro. — Tá uma pocilga aqui dentro. Que tal fazer seu trabalho?

Olho, nervosa, para Ben.

— Pelo menos não tem rato na cozinha.

— Não que você saiba — brinca.

Mas eu não acho nada engraçado.

Nova York deveria ser mágica, onde seus maiores sonhos podem se tornar realidade, onde algo ordinário se torna... bem... extraordinário. Ninguém disse nada sobre ratos.

Capítulo 6

Quando dão 23h35, as batidas do meu coração vão de aceleradas para ai-meu-deus-não-consigo-respirar. Às 23h, procurei Raven e expliquei que eu realmente precisava sair em breve. Ela confirmou o que Ben havia comentado: outra pessoa fecharia a cozinha. Além disso, os últimos pedidos de sobremesa já tinham saído, então tudo ficaria bem.

A não ser pelo fato de que havia mais um conjunto de panelas para lavar, e então alguém derrubou um pote de vinagrete no chão e o piso continuava grudento mesmo que eu já tivesse esfregado várias vezes. Às 23h26, quase consegui chegar ao vestiário, mas um dos cumins comentou que a praça dele precisava estar completamente organizada para o turno do dia seguinte. Não entendi se ele quis dizer que *eu* precisava fazer isso. Ele só foi embora, e eu não quis correr o risco de acabar demitida no meu primeiro dia.

São 23h42 quando jogo meu avental no cesto de roupas sujas e 23h46 quando, depois de trocar de roupa, saio pelo beco dos fundos, sem me despedir de ninguém.

O suor escorre pelas minhas costas enquanto corro para a estação da Union Square. *Pegue o trem expresso se ele estiver passando!*, foi o que Luz me instruiu mais cedo. Ela explicou que trens expressos só passam em determinados horários e que eu precisava ler as placas com atenção. Puxo o cartão do metrô que meu pai me deu enquanto cambaleio pelas escadas. Preciso deslizar ele uma, duas, três vezes antes que libere minha passagem. Faltam dez minutos para o Dia do Zach. Eu posso fazer isso. Está tudo certo. Quer dizer, não está, mas tem que ficar.

Assim que chego lá embaixo, descubro que estou totalmente despreparada. Tem. Tantas. Escadas! E todas levam a níveis ainda mais baixos. Encontro a plataforma "N/Q Uptown" — *Confirme se está indo para o norte mesmo! Todo mundo comete esse erro ao menos uma vez!* — e consigo pular num vagão antes de os sinais sonoros indicarem que as portas estão se fechando.

Ufa. Me acostumei a pegar o metrô em Paris durante o curso na Le Tablier, mas o sistema de Nova York é completamente diferente, com suas ruas numeradas e as opções locais e expressas. De qualquer forma, estou a caminho agora. E realmente espero ter entrado no trem certo. Olho para a minha roupa: uma blusa de renda branca por dentro de uma saia preta e sapatilhas prateadas. Foi o look que coloquei na bolsa quando voltamos do brunch, enquanto Luz me dava as dicas, e estou bem satisfeita com o resultado. Só falta uma coisa. Abro minha bolsa tiracolo e pego duas pulseiras de ouro, que coloco no pulso. Pronto, estou perfeita para o segundo primeiro encontro mais incrível.

Estou procurando meu gloss quando percebo algo pela janela. Tem uma placa dizendo "14th Street — Union Square", que é a estação de onde vim. Há vários minutos. Espera aí. O trem não está se mexendo. Eu estava tão empolgada por estar *no* metrô, e provavelmente no certo, que nem notei.

— Com licença, mas... hum... por que o trem não está andando? — pergunto ao cara ao meu lado.

Ele dá de ombros e aponta para o alto. Estão avisando algo pelos alto-falantes, mas o som está abafado.

— Não consigo entender nada.

— Estamos presos, é a informação que importa. — Ele parece inabalado.

— Mas eu preciso ir pra Times Square agora! — digo, meio que para ninguém. — Ou eles têm que deixar a gente sair!

Eu me levanto para olhar para fora, mas não adianta nada, exceto perder o meu lugar na mesma hora. Balanço a cabeça, sentindo o pânico surgir. Eu devia ter aceitado a oferta de Luz de me esperar do lado de fora do restaurante. Eu devia ter deixado meu pai chamar um Uber para mim. Eu também estava nervosa de sair sozinha à noite na cidade, mas estou cansada das pessoas me tratando como se eu fosse uma flor delicada que precisa de proteção. Eu chegaria à Times Square *sozinha*. Eu conseguiria reencontrar meu grande amor *sozinha*. Eu mostraria a todos eles que sabia me virar.

Volto a me sentir suada, mesmo que o ar no vagão esteja gelado. Minha respiração fica pesada enquanto olho ao redor. Algumas pessoas parecem um pouco agitadas, como eu, mas todo o restante está tranquilo com o fato de estarmos presos numa lata de metal a tantos metros no subterrâneo.

Pego meu celular. Faltam cinco minutos para o Dia do Zach. Mandar mensagem para alguém não vai resolver nada, até porque o único número que eu preciso é o que não tenho. De quem foi essa ideia mesmo? É, eu sei.

Enfim o trem ganha vida. Estamos nos movendo. Estamos realmente indo a algum lugar. Acho que eu poderia chorar de felicidade, mas perdi dois minutos preciosos ajeitando minha maquiagem depois do trabalho, e não estou disposta a testar quão à prova d'água meu novo rímel é de verdade.

Meia-noite na Times Square. Arquibancadas, canto inferior direito. Meia-noite na Times Square. Arquibancadas, canto inferior direito. Meia-noite na Times Square. Arquibancadas, canto inferior direito.

O Dia do Zach tomou meus pensamentos por um ano e agora está acontecendo.

Sou a primeira a sair quando chegamos à estação e vou subindo as escadas dois degraus por vez, antes de todo mundo. Olho para as placas, tentando encontrar a saída. Mas não tem uma só. Há várias, tantas quanto se pode imaginar. 40th Street. 44th Street. Noroeste. Sudeste. Foi *isso* que Ben quis dizer! Eu vou de um lado para o outro, tentando me decidir. Todas as saídas parecem iguais. Cinza, sem graça e fedidas também. Eu só preciso sair daqui.

Já passou da meia-noite. Mas Zach vai esperar. Quando enfim saio, não sei bem para que lado ir. Os prédios são ainda maiores aqui do que os próximos ao restaurante, dando a impressão de que o céu não existe. Tem gente literalmente por todo lado, em cada centímetro de cada calçada. Placas indicando ambientes lotados, carrinhos de comida, pessoas vendendo lembrancinhas para turistas direto no chão. Começo a correr numa direção, mas, instantes depois, a setinha no meu celular me diz que estou me afastando do ponto de encontro. Isso é muito confuso. Dou meia-volta, refazendo meus passos.

— Com licença! Com licença! — grito, tentando me desvencilhar e contornar a multidão. Ninguém se importa. A maioria das pessoas está com fones no ouvido, ou nem está prestando atenção.

Já é 00h10 quando viro uma esquina e dou de cara com o que *só pode ser* a Times Square. Tem luzes néon por todo lugar, piscando e brilhando. É opressor, de um jeito quase assustador. Quem consegue ver essas coisas e não ficar maluco? Tem uma bandeira dos Estados Unidos enorme e iluminada, turistas tirando foto com o Elmo, o monstro vermelho da *Vila Sésamo*, e cinco caras me entregam panfletos em menos de cinco minutos, todos gritando algo sobre um show e cupons de desconto.

Este lugar deve ser o ponto *menos* romântico que eu poderia escolher. É enorme, barulhento, sujo e, que merda... As arquibancadas! Zach deveria ter me feito desistir disso. Nunca deveríamos... Não importa mais.

Eu estou aqui. Estou aqui. Estou aqui.

Onde ele está?

Os degraus estão lotados de pessoas comendo, tirando selfies ou só mexendo no celular. Ali perto, um casal vestindo uma roupa colorida e cheia de glitter faz uma performance de dança de salão.

Analiso cada rosto, vou para trás e para a frente, para cima e para baixo, ignorando os olhares incomodados que cruzam meu caminho.

— Zach! — grito. — Zach! Zach! É a Margot, eu estou aqui.

Mas a minha voz não é alta o suficiente para todo aquele barulho. É 00h15. Não é possível que ele já tenha ido embora. Dou voltas nas arquibancadas, por ela toda, encharcada de suor, a boca seca, exausta. Minha cabeça gira toda vez que vejo um cara vagamente alto e meio loiro. Ele está aqui. Ele tem que estar.

De minuto em minuto, volto às arquibancadas, canto inferior direito, e procuro um pouco mais. Dois adolescentes carregando sacolas da loja da M&M's me lançam um olhar de pena. Não posso culpá-los; com certeza dá para ver o desespero em meu rosto.

Meu celular vibra com uma notificação.

E aí?

É Luz, claro, querendo notícias porque é 00h30 agora. Ela deve estar pensando que estou no céu de felicidade, e não consigo criar coragem de contar a ela a verdade. Não antes de ter certeza. Mando emojis de joinha e guardo o celular.

Talvez porque minhas pernas não aguentem mais andar, decido parar. Não estou desistindo, claro que não! Só vou sentar aqui, nas arquibancadas, canto inferior direito, até Zach aparecer. Ele pode ter se atrasado. Quer dizer, *eu* fiquei presa no metrô a caminho daqui. Ou talvez tenha acontecido alguma coisa no trabalho. Quantas vezes não pensei em ligar para o famoso restaurante Le Bernardin, onde ele disse que tinha uma vaga garantida depois da viagem pelo mundo? O tempo todo. Mas fizemos um trato. Não era só um plano; tínhamos um sonho. É isso.

Então eu sento.
E espero.
Zach vai vir. Ele vai vir. Ele vai vir.
Ou não vai.
Meu celular toca de novo, dessa vez com uma mensagem de minha mãe.

Alors, ton premier service?

Mandei mensagem para ela mais cedo, para contar do meu primeiro dia no Nutrio, e prometi que a atualizaria sobre como foi. Mas não consigo responder. Não agora.

Já é 1h quando finalmente deixo as lágrimas caírem. E elas não param mais. Em poucos minutos, estou soluçando, tremendo, fungando. Nunca me senti tão humilhada em toda minha vida, chorando na frente de milhares de estranhos. Nem sei se alguém percebe, mas eu sim, e não consigo suportar. Estraguei tudo. Meu emprego dos sonhos é um desastre e agora perdi meu garoto dos sonhos para sempre. Minha aventura em Nova York sofreu um baque durante a decolagem, e eu não faço ideia de como vou catar os destroços.

Capítulo 7

— **Então... — diz Luz** no café da manhã do dia seguinte. — Não foi nada bom.
— Pois é. — Sinto um nó em minha garganta. — Não foi nada bom como eu destruí completamente a minha vida.
Na noite anterior, acabei ligando para meu pai, que pediu um Uber para mim e esperou acordado até eu chegar em casa. Ele queria saber tudo sobre meu primeiro dia no Nutrio, mas eu estava chateada demais para falar sobre isso, ou sobre qualquer outra coisa. Quando acordei, ele e Miguel já tinham saído para o trabalho. Uma sacola de papel branca, com a logo amarela da Dominique Ansel, uma padaria francesa famosa que fica no SoHo, estava na bancada da cozinha.
Meu pai tinha deixado um bilhete: *A sua aventura em Nova York está só começando.*
Não era o que parecia, e nem comer o famoso cronut me animou, por mais gostoso, docinho e macio que fosse, com seu sabor sutil, mas interessante.
— Isso aqui é bom demais — comenta Luz, o queixo sujo de açúcar. — Juntar croissant e donut foi uma ideia genial.

Ela grunhe de satisfação. Sei que eu deveria rir disso, mas não consigo.

Pouso o resto do meu cronut.

— Será que me mudar foi uma péssima ideia?

— Faz anos que você sonha com isso. Eu lembro quando a gente conversou pela primeira vez no FaceTime e você me contou seus planos. Você queria vir pra Nova York antes de conhecer Zach.

Essa garota está sempre certa. Às vezes é até irritante.

— Sabe quanto uma lavadora de pratos ganha?

Quando Raven me contou na noite anterior, eu tive que pedir para ela repetir.

— Imagino que não muito — diz Luz, fazendo uma careta.

— É ainda menos que isso.

Adeus ao meu sonho de viver no West Village. Dei uma olhada nos apartamentos para alugar durante meu segundo intervalo na noite anterior e quase chorei com os preços.

— Você não vai ser lavadora de pratos para sempre. Só tem que trabalhar duro e ir conquistando seu crescimento. É assim que as coisas funcionam.

Luz levanta para limpar seu prato. Eu jogo o último pedaço de cronut na boca, termino o chocolate quente e vou atrás dela.

— Talvez eu devesse voltar pra França.

— Você não vai desistir de tudo porque um cara...

Arqueio uma sobrancelha, esperando para ouvir o que ela vai dizer. Mas Luz não termina a frase.

— O que quero dizer é que só faz dois dias que você chegou. Minha irmã não é arregona. Vamos lá, vamos nos arrumar.

Seguimos juntas para o quarto. Quero acreditar na atitude positiva de Luz, mas a questão é: *só* faz dois dias que cheguei aqui e tudo já deu totalmente errado.

— Eu nunca vou saber se não encontrei ele, ou se ele só não apareceu — comento, enquanto mexo na mala.

Luz já esvaziou e guardou a dela, mas a minha ainda está aberta no chão, com metade do conteúdo para fora. Ela vai morar nos dormitórios da Parsons quando começar o segundo ano, dali a algumas semanas, mas por enquanto seremos colegas de quarto.

— A palavra *nunca* não existe em Nova York. Tudo muda o tempo todo. *Vale, bella*, já que você não trabalha hoje, vamos nos aventurar por aí.

Puxo um short jeans, uma regata azul-marinho e uma sandália rasteirinha. Luz escolhe um vestido vermelho de saia rodada, que ela combina com brincos de argola enormes e tênis slip-on. Ela me ajuda a amarrar o cabelo em duas tranças, para deixar a nuca fresquinha, e então saímos.

Tem uma coisa que aconteceu exatamente como eu esperava: finalmente posso sair com Luz. Sempre gostei de ser filha única — e tenho vários amigos na cidade que cresci —, mas, quando comecei a conversar com ela pelo FaceTime, algo mudou. Nós duas somos filhas únicas de mães solo que se empenharam muito para nos dar uma boa vida. O pai de Luz se casou de novo quando ela tinha quatro anos, e ele é um pouquinho atencioso demais com sua nova família. Mas era mais do que isso: como se a distância entre nós desse espaço para tudo, desde nossos segredos mais secretos até nossos sonhos mais loucos.

Lá fora continua a parecer uma sauna, e não de um jeito bom. É sufocante, ou talvez eu só esteja mal porque destruí minhas chances com o amor. Com meu primeiro amor. Nunca vou me perdoar por deixá-lo escapar. Não consigo nem ficar com raiva de Zach; só estou irritada comigo mesma.

Apesar de me sentir morta por dentro, é impossível não notar o céu azul. Aparentemente, é assim o ano inteiro, mesmo nos dias mais frios do inverno. O que é um pouco difícil de imaginar no momento, considerando que, mesmo de regata, sinto como se vestisse roupa demais e o suor escorre pela minha nuca.

Começamos a seguir para algum lugar que não conheço, porque sou nova por aqui e é Luz quem nos guia. No caminho, falamos sobre o casamento — meu pai e Miguel estão tendo discussões acaloradas sobre a música da primeira dança —, sobre os colegas de faculdade de Luz, que ela mal vê a hora de reencontrar, e as mensagens de Julien, que quer saber se eu já fui ao Central Park e quer relatórios detalhados de tudo. Luz também menciona Zach umas duas vezes — *talvez ele tenha sofrido um acidente, já pensou se ele errou a data* —, mas estou arrasada demais para entrar na dela. Os "e se?" não vão me ajudar no momento.

Logo chegamos ao Meatpacking District, com suas vias de paralelepípedo e edifícios que parecem armazéns. Não tem muitos indícios de que ali um dia foi o lugar onde se processava carne. Agora é um bairro glamoroso, com uma penca de lojas: uma Sephora, várias marcas de luxo, uma loja da Apple. Alguns quarteirões mais ao norte, paramos na frente de um prédio de tijolos na Ninth Avenue. Um letreiro brilhante anuncia "CHELSEA MARKET" acima de uma cobertura em formato de trilho. Grupos entram e saem pelas portas duplas, já antecipando a multidão que encontraremos lá dentro. Inesperadamente, sorrio. O Chelsea Market estava no topo da minha lista de lugares para visitar desde que ouvi falar nele; eu vivo acompanhando pelo Instagram.

— Pensei que isso te animaria — comenta Luz.

Não sei se é possível eu ficar animada, mas pelo menos ajuda a me distrair.

— A peixaria daí aparentemente é uma das melhores da cidade — digo. — Ainda mais se você quiser lagosta. — Nem sei como é que eu sei essa informação.

Fico pensando nisso enquanto cruzamos as portas largas. Talvez Zach também tenha me falado deste lugar. Ele me contou vários dos seus pontos favoritos na cidade, os olhos brilhando de encanto, mas eu estava distraída demais com o momento para anotar todos.

O corredor é escuro, com o chão pintado de preto e as paredes cobertas por trilhos expostos e tijolos. A vibe industrial constrói uma mistura emocionante de pessoas e cheiros: o aroma de rosas, pimentas e manteiga se mesclando. Meus sentidos estão totalmente aguçados. Tudo é maior ali: mais claro, mais reluzente, mais barulhento — até o tamanho do lugar. É com esta Nova York que sonhei a vida toda. Bem, *sans* Zach.

Tem uma loja da Anthropologie do lado de uma de cookies e uma floricultura em frente a uma loja de vinhos. Uma barraquinha de tacos e uma de lámen competem em lados opostos do corredor. Quero parar em todos os lugares e provar todas as coisas, do vestido xadrez na vitrine aos cookies de chocolate branco e preto.

Seguimos até uma área mais larga onde, um após o outro, passamos por uma *fromagerie* artesanal — tá, tudo bem, um empório de queijos —, uma barraquinha de comida mexicana inspirada nos balcões de comida japonesa (que... como é que é?) e até um lugar chamado Bar Suzette, *Oi, França!*, que vende crepes doces e salgados para viagem. O aroma de nozes tostadas e coco preenchem o ar, me transportando àquela fatídica noite. Crepe de Nutella foi a última coisa que Zach e eu comemos juntos em Paris. Nós fizemos uma promessa. Foi importante para mim. E se ele estiver achando que eu o esqueci? Será que está sentado por aí, em algum lugar desta cidade gigantesca, arrasado por eu ter dado um bolo nele?

Sinto um peso no peito de novo.

— Você tá muito calada — observa Luz, enquanto me pergunto se estou com fome ou se só quero conferir se esses crepes valem mesmo a pena. — Tá fazendo aquele negócio? De ficar cozinhando na sua cabeça?

Normalmente, quando estou no mercado, eu vou montando pratos enquanto caminho pelos corredores. Não é só *o que eu posso preparar com esses cantarelos?* Eu realmente vejo o passo a passo: o alho sendo descascado e amassado, os pedaços moídos libertando seu aroma; a manteiga deslizando na frigideira imaginária, formando bolhas à medida que a gordura derretida escorrega pela superfície.

— O que você preparou aí dentro? — insiste Luz. — Você tem noção de que passei os últimos anos ouvindo você falar sobre comida através de uma tela e do quanto eu me sentia frustrada por não poder provar nada daquilo, né?

Odeio mentir para ela, mas sinto como se não tivesse outro jeito.

— Ok, então... Até agora, já assei barrinhas de granola de aveia com amêndoas, usei um pedaço inteiro de queijo Gruyère pra fazer *gougères*... Sabe, aquela massa fofa picante, tipo pão de queijo? E no momento tô fazendo crepe com recheio de ratatouille e usando uma quantidade ridícula de queijo de cabra.

Por um instante, tenho certeza de que Luz vai gritar comigo, porque é óbvio que estou pensando em Zach.

— É, eu não devia ter perguntado — diz ela. — Tô morrendo de fome. Como é que se diz queijo de cabra em francês mesmo?

— *Fromage de chèvre*.

Luz franze o cenho.

— Não vou nem tentar pronunciar. Deixa pra lá, vou comprar um sorvete pra você.

Tem uma *gelateria* na saída do Chelsea Market, com uma bancada cor de melão e um letreiro rosa indicando o nome "L'Arte del Gelato". Todas as lojas têm paletas de cores e fachadas lindas. Tudo parece perfeitamente projetado em Nova York.

Eu uso um critério específico para escolher sabores de sorvete. O primeiro é sempre meu favorito, aquele que me salta aos olhos em meio à infinidade de bandejas transbordando de misturas cremosas e espiralantes. Naquele dia de verão, para mim, é o de pêssego. A segunda escolha é sempre um sabor incomum, algo que nunca provei antes ou que só soe esquisito. Isso já me rendeu algumas combinações não tão incríveis, mas o que digo a mim mesma é que ser surpreendida é um jeito de treinar o paladar. Tem algumas opções para o meu segundo sabor ali, mas um em específico chama minha atenção.

— Canela? — pergunto, com uma careta. — Não suporto o gosto de canela.
— Ah, Margot... — Pelo tom dela, parece que vai me dizer que Zach é uma ilusão da minha cabeça. — Isso vai ser um problema.
— Ah, é?
— Canela é a especiaria nacional. Colocamos canela em tudo.
— Em tudo tipo o quê?
— Você vai se acostumar — retruca Luz, quando andamos um pouco mais na fila de pedidos. — Espera só até você provar o pumpkin spice latte.
Um quê picante?!
— Latte, a bebida?
Luz assente.
— Aquela de café?
Ela assente de novo.
— Vocês colocam abóbora no café?
A cabeça dela balança mais uma vez.
— Bom, tecnicamente, *nós* colocamos, porque você é uma norte-americana agora. Mas enfim. É uma combinação de especiarias: canela, noz-moscada, gengibre, cravo e um pouquinho de purê de abóbora.
— No *café*? — repito, como se estivéssemos falando idiomas diferentes. De certa forma, estamos mesmo.
— Não julgue antes de provar. — Ela então vira para o caixa. — Eu vou querer sorvete de morango com melão, e o dela vai ser de canela.
— E pêssego! — acrescento depressa. Quando enfim percebo a péssima combinação que escolhi, já é tarde demais para mudar de ideia.
Luz paga e andamos para o lado, esperando as casquinhas.
— Ok, talvez eu prove esse latte não sei das quantas, se é tão importante assim. Onde tem isso?

Luz semicerra os olhos.

— Você só vai conseguir provar em algumas semanas. É uma bebida de outono. Não somos animais, né?

— Vocês têm cafés sazonais?

Simplesmente. Não. Dá.

— Margot, tem coisa sazonal *de tudo*. Faz parte de quem a gente é. E de quem você é agora também, *mon amie*.

Levamos nossos sorvetes para o High Line Park — uma antiga linha férrea redesenhada como uma passarela suspensa, que fica acima de uma grande faixa na parte sul de Manhattan. Já vi uma dezenas de fotos do parque antes, mas é surreal finalmente estar ali. É estreito, bem-cuidado e lotado, o que significa que temos que manter o ritmo de todo mundo enquanto tomamos nosso sorvete. Não é só a enorme quantidade de pessoas que me atordoa, é o zumbido no ar, a *vibe* — como se não houvesse nenhum outro lugar em que aquelas pessoas quisessem estar. E por que elas iriam querer estar em outro lugar?

Mexo o braço de um lado para o outro, apontando não só para o High Line, mas também para a cidade inteira. Ok, isso é incrível.

Luz nota minha expressão encantada.

— Garota, eu te falei. Essa cidade é incrível.

— Você esqueceu de, tipo, o dia inteiro de ontem?

Ela balança a cabeça e ergue as mãos, na defensiva.

— Claro, vai ter dias que você vai odiar, mas as partes boas compensam tudo. Eu juro.

Assinto, meu olhar preso no cenário, nos arranha-céus de vidro, nos de formato esquisito, no Empire State à distância e nas ruas abaixo, se estendendo até o horizonte. Minha mãe nunca gostou de falar sobre o tempo que viveu ali, mas meu pai falou pelos dois, me entretendo com histórias sobre a cidade desde que eu era pequena. Mas a verdadeira Nova York é tão melhor. Ou seria, se Zach e eu estivéssemos juntos agora.

Continuamos a caminhada e passamos por duas garotas da nossa idade, também tomando sorvete. Uma delas usa um vestido branco longo completamente transparente, por cima de algo que pode ser um biquíni ou uma lingerie simples azul-royal. A outra amiga está com um vestido bufante curto rosa-chiclete — mais indicado para a cerimônia do Oscar — combinado com coturnos pretos da Dr. Martens.

— *Nossa!* — sussurro, quando a garota vem na nossa direção.

Luz franze o cenho.

— Você não acha a roupa delas meio... extravagante? — Eu me encolho, porque sei que parece que estou julgando as garotas, e isso não é nada legal. Mas, é, estou julgando elas.

— Se é isso que elas querem usar...

— Claro. — Estou me esforçando para soar tranquila. — Mas se duas garotas andassem assim lá onde eu moro, as pessoas iriam ficar encarando e rindo delas.

Luz olha para *mim* de cima a baixo.

— Só porque elas não estão usando roupas perfeitamente passadas e neutras?

Sei que ela está brincando, mas eu coro mesmo assim.

— *Chica*, estamos em Nova York. Você poderia dançar valsa com a bunda de fora e um papagaio na cabeça, cantando "A Bandeira Estrelada" a plenos pulmões ou o hino da França, seja lá qual for o nome dele...

— "A Marselhesa" — respondo, a interrompendo.

— Tá. Então, você poderia estar cantando a Marse-qualquer-coisa às alturas e ninguém iria nem piscar.

Deixo escapar uma risada, mas Luz permanece impassível.

— Sério mesmo? — pergunto.

— Sério mesmo. Você *deve* ser esquisito em Nova York. Assim fica mais fácil de lidar com tudo.

— Eu posso ser esquisita.

— Duvido — provoca Luz.

Eu paro, com sorvete derretendo pelos meus dedos. Respiro fundo e começo a cantar o mais alto que consigo.

— *Allons enfants de la patrie...*

— Ei, cuidado! — Ouço uma voz atrás de mim. Eu me viro e vejo dois caras quase trombando comigo.

— Margot! — grita Luz, em meio a um ataque de riso. — Você não pode fazer isso. — Ela faz um gesto para que eu continue andando. — Não pode parar no meio do caminho do nada. Isso é coisa de turista! Você tem que aprender a ser uma nova-iorquina.

Eu me apresso para caminhar ao lado dela.

— Tudo bem dançar valsa com a bunda de fora e cantar o hino da França, mas não posso parar de andar?

Ela revira os olhos, como se eu estivesse me fazendo de idiota.

— É diferente.

— Eu literalmente só parei de andar. Foi tudo que eu fiz.

— Bom, só... não faça isso. Enfim, o que achou do sorvete?

— Ainda odeio canela. Desculpa, mas só uma parte de mim é norte-americana.

Luz faz biquinho.

— Acho que agora posso admitir que não gosto de sorvete de canela também.

Dou um peteleco em seu braço, fingindo estar ultrajada.

— Como é que é?

— É... — Ela dá de ombros e toma mais um pouco do sorvete, deixando os lábios todos melecados. — Você precisa aprender a ser norte-americana. Eu já sei.

E, naquele momento, entendo exatamente o que ela quer dizer. Ainda preciso aprender muita coisa.

Capítulo 8

— **Você voltou** — **diz Raven,** quando chego para o meu segundo dia de trabalho. A frase soa quase como uma pergunta, ainda que eu esteja escalada neste sábado.

— Ué, claro que voltei.

Ela parece surpresa, como se não fosse ela mesma quem definisse o cronograma.

— Às vezes as pessoas não voltam.

Abro um sorriso confiante.

— Eu estou aqui, né?

Inclusive, vou fingir que meu primeiro dia nunca existiu. Eu *não* fiquei tagarelando para meus novos colegas sobre como sou uma cozinheira incrível. *Não* agi como a garota do interior que pensou que ganharia Nova York em um mísero dia. Sou só uma funcionária. Nada mais.

Ben, Ari e dois dos garçons mais jovens estão no vestiário quando entro. Estão contando uma fofoca quente, ao que parece; eles riem enquanto os cozinheiros tiram os tênis e calçam os Crocs. Todos se calam ao me ver entrar. Só Ben sorri e me cumprimenta silenciosamente. Eu me escondo atrás da porta do armário para vestir a calça e a camiseta pretas e pego um avental limpo do armário. Diferentemente dos cozinheiros, eu não tenho um uniforme. Enquanto amarro o avental no pescoço e na cintura, digo a mim mesma que eu escolhi isso. Eu *quero* isso. Ou algo parecido com isso, pelo menos. Mas as coisas mudam. Eu tenho que me adaptar. Faz parte da aventura.

Dou uma última olhada no espelho para conferir se meu cabelo está totalmente preso e então é hora de começar.

Muitas regras da vida se aplicam à cozinha. Por exemplo: é preciso ter um lugar para guardar tudo e tudo deve estar em seu lugar. Organização é a chave. Deixando tudo organizado, se economiza tempo. Economia é um princípio-base na culinária profissional. Economia de espaço. De movimento. De ingredientes. Gaste mais do que deve e tudo dá errado.

Como lavadora de pratos da noite, meu turno começa um pouquinho mais tarde do que o dos outros, o que significa que, quando entro na cozinha, o lugar já está a toda. Cozinheiros abrem as portas de balcões refrigerados e pegam vasilhas de plástico para os *mise en place*. Enormes tigelas lacradas com papel-filme são descobertas. O som de facas sendo afiadas cria um ritmo estranhamente meditativo na atmosfera agitada.

Por um instante, a inveja me domina, me estagna. Mas o trabalho errado numa cozinha renomada é melhor do que trabalho nenhum, e eu preciso chegar ao outro lado para começá-lo. Preciso enfrentar isso — lavar louça, trabalhar duro, provar meu valor — para conseguir o que quero. É isso que Luz diria. E Ben também. É nisso que preciso acreditar.

Decido transformar o trabalho em um jogo: encontrar louça suja e levá-la até a pia o mais rápido possível. Ganho o dobro de pontos se não atrapalhar ninguém. O triplo se eles nem me notarem.

Algumas horas mais tarde, minha pontuação continua muito baixa.

Se no primeiro dia quase não vi o chef, naquela noite ele está por toda parte: "É pra ser rápido, Ari, não desleixado. Preciso disso perfeito *e agora*!", "Quem cortou as cebolas? Você já segurou uma faca alguma vez na vida?", "Se precisarmos refazer mais algum prato hoje, eu vou enxotar todos vocês da minha cozinha!"

É preciso refazer um prato quando um cliente reclama que algo não está do seu agrado, ou que erraram o pedido. Quando isso acontece, o pedido se torna prioridade porque precisa ser feito o mais rápido possível, atrasando a fila. Ou seja, bagunça o processo inteiro.

Prendo a respiração enquanto ando pela cozinha, na falsa esperança de que isso me torne invisível.

— Cuidado, Bambi! — grita Ari, irritado, quando quase trombamos.

Não chegamos a nos tocar, e o conteúdo do prato que ele segura — uma salada de beterraba assada — permanece intacta. Já eu não tenho tanta sorte. Perco o equilíbrio da pilha de cumbucas limpas em minhas mãos, e a que está no topo cai com força na praça das massas, derrubando um pote de calda de framboesa, que... *ufa*... não derrama porque a tampa está bem presa.

Ainda assim, congelo, aguardando a ira do chef, que me encara, calmo.

— Tome cuidado, *oui*?

Engulo em seco.

— Chef, *oui*, chef.

Ele se afasta, mas ainda não acabou para mim.

Quando dou meia-volta, Ari está balançando a cabeça.

— Passe livre pra filhinha da mamãe!

É quase meia-noite quando entro no vestiário. A maior parte da equipe já se trocou e está pronta para ir embora. Alguns dos funcionários mais novos estão comentando sobre uma boate, em algum lugar do East Village.

— Você vem com a gente? — pergunta Ben quando me ajoelho na frente do meu armário para recolher minhas coisas.

Não respondo de primeira, certa de que ele está falando com outra pessoa. Meu cabelo fede a fritura, e estou mais do que pronta para me enfiar na cama. Talvez até chorar um pouquinho. O dia foi intenso demais. Mais uma vez.

— Margot?

Dou meia-volta. Ele está sorrindo para mim, e é impossível não retribuir. Esta é a minha chance de conhecer melhor o pessoal. Não quero ser a novata para sempre e preciso lutar pelo meu lugar na equipe, começar a sentir que pertenço ao Nutrio. Se eu sair com eles, talvez os outros até aprendam meu verdadeiro nome. "Bambi" está começando a pegar.

— Ben — chama Ari lá da outra ponta, gesticulando para que ele ande logo.

— Tô indo! — Mas Ben não desvia o olhar de mim. — E Margot vai também.

— Mas eu só tenho dezoito anos! — digo, me sentindo ainda mais nova que a minha idade.

Na França, já tenho idade para beber e ir a boates — não que eu tenha aproveitado muito. Quando se vive no interior, as opções são um pouco limitadas. Mas essa é a questão: não estou mais na França.

— E eu ainda nem tenho vinte — retruca Ben. — Não se preocupa, a gente dá um jeito. E aí?

— Vamos lá.

Eu me troco o mais rápido possível e encontro Luz na saída do restaurante, me esperando. Ela estava jantando com alguns colegas de faculdade e me mandou uma mensagem, meia hora atrás, dizendo que ainda estava na rua e viria me encontrar.

— O pessoal tá indo pra uma boate — explico, apontando para os meus colegas, que já estão se afastando. — E eu acho que nós vamos junto?

Dizer isso em voz alta faz eu me sentir um pouquinho ansiosa, mas de um jeito bom. Estou indo para uma boate em Nova York com um monte de gente que eu nem conhecia alguns dias atrás (bom, tirando Luz). Minha vida vai ser assim agora? Quer dizer, minha vida vai ser assim agora!

Luz assobia em aprovação.

— Sua primeira vez saindo à noite na cidade grande.

— *Nossa* primeira vez saindo à noite juntas — digo, entrelaçando nossos braços.

Apresento ela a Ben, e então aceleramos o passo para seguir ele e o restante do grupo.

Ainda não consegui superar como a cidade é diferente à noite. As luzes adquirem um tom alaranjado e uma brisa ameniza o ar quente do dia.

— Hoje não foi tão ruim — admito. — Quer dizer, foi difícil pra caramba, mas eu sabia o que esperar.

— Já é um progresso.

Quando chegamos à boate, Luz recebe uma ligação da mãe e me diz para ir na frente. Eu vou atrás do grupo, no fim da longa fila de espera do lado de fora.

— Minha mamãe conhece o chef — fala Ari para Raven e Erica, uma das garçonetes, com um tom infantil. Elas riem. — Olha pra mim, eu sou uma cozinheira francesa de verdade! Eu sei fazer comida francesa com minhas próprias mãos francesas! Mas agora só estou lavando louça do jeito francês: muito devagar. — Ele faz o que deveria ser uma expressão engraçada, e as garotas riem ainda mais.

Ben e Robby — um dos cumins — estão conversando, distraídos.

— Quer apostar que ela não dura uma semana? — pergunta Ari, a voz mergulhada em sarcasmo.

Erica dá de ombros.

— A maioria não dura.

Eu respiro bem fundo. Que bom que Luz ainda está no telefone e não ouviu nada daquilo.

Quem eles pensam que são?

— Paga só pra ver! — retruco em voz alta.

Eles olham para mim.

— Tô falando sério. Você não me conhece e não faz ideia do quanto já trabalhei nessa vida. Você vai ver.

— Você não devia julgar quem não conhece, Ari — diz Ben, com um sorriso no canto da boca. Não tinha me tocado que ele também estava ouvindo tudo.

— E aí — chama Luz, se aproximando da gente. Ela deve ter notado a expressão em meu rosto, porque pergunta: — Tudo bem?

— Tudo *ótimo*. — Mas continuo com o olhar preso em Ari. Nesse instante, ele recebe uma mensagem e faz um gesto para que a gente o siga. Viramos uma esquina em direção ao beco dos fundos. O chão está úmido e reluzente, apesar de não ter chovido. Encaro meus pés, pronta para fugir ao menor sinal de ratos, mas não vejo nenhum. Paramos à porta dos fundos e ficamos ali por alguns minutos enquanto Ari digita rapidamente no celular.

Pouco tempo depois, as portas pesadas de metal se abrem, revelando uma jovem de avental preto. Ela tem uma tatuagem de rosa no pescoço, muitos piercings nas orelhas e uma silhueta esguia.

— Ari, meu amor!

Ela e Ari se abraçam, e a garota dá um passo para o lado, abrindo passagem.

— Ela trabalhou no Nutrio — explica Ben para mim e para Luz.

Luz franze o cenho.

— Ela não caiu de nível um pouquinho, não, vindo pra cá?

— Depende do que você procura — retruca Ben. — Gosto de pensar que, em Nova York, tem uma cozinha ideal para todo cozinheiro. — Seguimos eles por um corredor bem escuro. — Essa boate tem um cardápio limitado, por exemplo, o que significa que a equipe é menor e a pressão também.

Meus batimentos aceleram enquanto absorvo o ambiente. Eu me sinto tão *adulta* ali. Na outra ponta do salão, algumas pessoas devoram pequenas porções de anéis de lula e guacamole enquanto bebem drinques elaborados e de cores vibrantes. Uma multidão se aglomera ao longo do bar, que ocupa toda a extensão do espaço. Música indie pop toca nos alto-falantes. A iluminação é baixa, a atmosfera elegante. Talvez eu demore a me acostumar. Fica tranquila, Margot, fica tranquila.

— Bora beber! — grita Ari.

Luz ergue os braços no ar, toda empolgada, mas talvez eu pule essa rodada. Não estou muito no clima de curtir com Ari e preciso ficar sóbria na frente dos meus colegas de trabalho.

— Vai lá — digo para Luz.

Ela acompanha Raven, Ari e a maior parte do grupo até o bar, enquanto eles tentam abrir espaço na multidão. O bartender enfileira copinhos de shot um ao lado do outro e começa a enchê-los com um líquido transparente.

— Obrigada por me apoiar — agradeço a Ben. Só sobramos nós dois, e não estou nem um pouco ansiosa para ficar perto do Zangado. — Posso te pagar uma bebida em agradecimento?

— Com o salário de lavadora de pratos? — caçoa ele. — De jeito nenhum. É por minha conta.

Antes que eu possa protestar e dizer que só quero uma água, ele já se aproximou da ponta mais próxima do bar. Do outro lado, Luz e Erica riem, jogando as cabeças para trás. Ben tenta chamar a atenção de alguém. Enquanto isso, aproveito a oportunidade de analisar o lugar. Ninguém diria que é uma quinta à noite. A boate está abarrotada de gente. Ouvi boatos de que o East Village é um bairro badalado, principalmente entre os jovens. Fico tensa de repente com um pensamento. Mesmo que pequena, existe sempre a possibilidade de encontrar Zach ali com seus amigos.

— Procurando alguém? — pergunta Ben, me entregando uma garrafa de vidro marrom suada.

Nós brindamos, e um pouco da bebida vaza da minha garrafa.

— Mais ou menos... Quer dizer, estou.

Eu não devia contar. Ben é um semiestranho. Pior ainda: é um colega de trabalho. Já pensou se ele conta para todo mundo no restaurante que eu sou tão boba que levei um bolo de um garoto que conheci um ano atrás? Mesmo assim, sinto que posso conversar com ele. Eu *quero* conversar com ele.

— Conheci um cara em Paris no verão passado. Daqui dos Estados Unidos. Ele mora aqui. — Tomo um gole para tomar coragem. — Tivemos uma noite incrível e prometemos nos encontrar de novo quando eu me mudasse. O problema é que não tenho o número dele, nem nenhum outro jeito de falar com ele.

Ben assente, toma a bebida e assente de novo. Será que me ouviu? A música está tão alta que estou quase gritando.

Faço um gesto para um banco próximo, não muito longe da entrada. Temos que empurrar as pessoas para conseguir chegar. Depois que nos sentamos, explico o restante da história. Conto sobre o estranho bonito no banco perto da Torre Eiffel, sobre nossa noite mágica vagando pela cidade, a promessa que fizemos e nosso desencontro na Times Square. Desencontro, ou bolo.

— Ele deveria ser minha aventura nova-iorquina, ou pelo menos uma parte importante dela — admito, envergonhada.

— Eu não consigo entender — diz Ben, franzindo as sobrancelhas grossas. — Por que esse cara não pegou seu número?

— Foi um gesto romântico. — Desvio o olhar, as bochechas queimando.

— Foi romântico ele *não* pegar seu número? E arriscar nunca mais te ver? — Seu tom de voz é incrédulo.

Quero dizer a Ben que ele entendeu tudo errado. Zach e eu tivemos nossos motivos. Nós conversamos sobre isso. O ano inteiro, fiquei pensando na história que contaríamos pelo resto das nossas vidas. Nós esperamos um pelo outro. Nós *acreditamos*. Reencontrá-lo na Times Square seria a coisa mais incrível que já me aconteceu — depois daquela noite em Paris. O que tivemos foi real. Aproveitamos o momento, vivemos plenamente e confiamos no universo para nos guiar, já que ele tinha nos unido de um jeito tão perfeito. Em vez de dizer tudo isso, tomo outro gole da minha bebida. Não tenho mais certeza de nada.

— Aposto que ele esteve lá — diz Ben, quebrando o silêncio depois de um tempo. — Ao que parece, vocês foram feitos um pro outro. Você não pode desistir dele.

— Não precisa tentar me animar. De verdade.

— Não estou fazendo isso.

Procuro seus olhos. Ben parece estar falando sério.

— Eu liguei ontem pro restaurante em que ele disse que iria trabalhar depois da viagem. Eles disseram que não tem nenhum cozinheiro chamado Zach lá. — Suspiro. O que mais eu poderia fazer?

Ben reflete por um instante.

— A gente deveria procurar por ele.

Meu coração dá um pulo no peito com a ideia, mas...

— Como?

Ele vira o rosto e me olha nos olhos.

— Margot, você se mudou pra Nova York logo depois da escola. Sim, eu sei, sua família ajudou, mas foi corajoso. Você conseguiu um emprego no Nutrio e praticamente mandou o Ari se ferrar. Não me parece o tipo de garota que desiste das coisas.

— Eu não sou.

Ben está certo, mas às vezes preciso de um lembrete. Respiro fundo. Tem que ter um jeito. Eu só preciso encontrá-lo.

— O que você lembra sobre ele? — pergunta.

— Hum... — começo, puxando meu celular e abrindo o aplicativo de notas. — Ele andava de skate às quintas, é... no parque. Acho que ele disse "no" parque, como se só tivesse um. E então disse algo sobre ir comer um cookie gigante logo depois. Um cookie que é quase um bolo. Isso faz sentido? — Vasculho minha memória por detalhes que não escrevi. — Sinto que era uma padaria que tinha um nome meio francês? Um lugarzinho bem pequeno?

— Levain? — Ele está perguntando, mas não há dúvidas em sua voz.

— Isso! — respondo na mesma hora, então paro para refletir. Acho que é isso mesmo. Consigo até visualizar Zach dizendo o nome do lugar, em uma calçada qualquer de Paris.

— E andar de skate no parque? Acredito que seja o Central Park. Eu chuto que ele vá ao Levain original, no Upper West Side.

Uma onda de adrenalina me atinge. Devem ter mais lembranças dos meus momentos com Zach enterradas na minha memória. Em pouco tempo, Ben e eu estamos inspecionando cada conversa, cada pedacinho daquela noite mágica, procurando pistas que poderiam me levar ao amor da minha vida. E Ben é como um feiticeiro nova-iorquino. Ele conhece tudo.

O melhor pastrami da cidade. Uma lanchonete.

— Katz's Deli — responde Ben.

Gato. Pingue-pongue.

— O Fat Cat no West Village — diz, sem nem pensar. — Eu adoro aquele lugar.

Sorrimos um para o outro, irradiando de alegria. Algo enorme está tomando forma bem na nossa frente.

— Viu, Margot? A gente vai achar ele.

— Mas Nova York é tão grande. — Eu quero acreditar em Ben, mas estou com medo. E se eu ficar toda esperançosa de novo? Será que eu aguento outra decepção?

— É mas não é. Você tem uma ótima lista de lugares e disse que vocês tiraram algumas selfies. Não custa tentar. — Ele estende a mão livre. — Me dê seu celular.

Nossos dedos se tocam quando eu o entrego, e minha pele pinica. Só faz alguns dias que cheguei em Nova York e estou num bar bebendo com um cara que não é Zach. Sei que não é assim, mas o restante do nosso grupo ainda está do outro lado do salão, então é como se estivéssemos sozinhos.

Ben dá alguns toques na tela.

— Pronto — diz, com confiança, me devolvendo o celular. — Agora você tem meu número. Não significa que precisamos nos casar e viver felizes pra sempre. É só um número de celular, pra gente marcar de se encontrar na próxima folga.

Sei que ele está zoando com a minha cara, mas eu rio mesmo assim.

— Entendido.

Ben abre um sorriso, um sorriso gentil e caloroso, que me diz que estamos nessa juntos agora. A operação Encontrar Zach está em andamento, e acho que posso ter feito meu primeiro amigo em Nova York.

No fim das contas, não foi uma noite ruim.

Capítulo 9

As bolhas em meus dedos começaram a virar calos. Percebo isso enquanto coloco meu vestido rosa de alcinha com estampa floral, depois meus sapatos espadrille bege. À medida que termino de me aprontar, as batidas do meu coração ficam mais aceleradas. Estou indo encontrar Zach. Ele está em algum lugar nesta cidade grande e vibrante, esperando por mim.

Penduro a bolsa no ombro, dou uma conferida na bateria do celular e me certifico de que estou com minha carteira e que, sim, tem dólares americanos nela, antes de me dirigir à porta de entrada. Luz saiu com um amigo, e meu pai e Miguel estão trabalhando. É a primeira vez que vou explorar a cidade sozinha. Quer dizer, sozinha não.

Ben mora em Williamsburg, no Brooklyn, com mais três pessoas, mas ele tinha um compromisso em Manhattan nesta manhã, então combinamos de nos encontrar na West 4th.

> Na saída sudeste

Ele especificou por mensagem.

Mandei um joinha como resposta, tentando não pensar na primeira vez que andei de metrô, presa no subterrâneo perto da Times Square e desesperada para encontrar a melhor saída, ainda acreditando que Zach estaria me esperando lá fora. Já aprendi que Nova York inteira funciona em códigos. A maioria das ruas não tem nome, só números, e são organizadas como se fossem uma grade. O SoHo, por exemplo, que é um bairro logo ao sul do West Village: parecia um nome verdadeiro, até eu descobrir que significava South of Houston. Sul de Houston, a rua! Por que tudo tem que ser norte, sul, leste ou oeste de algum outro lugar?

A entrada principal da estação de metrô de West 4th fica ao lado de uma enorme banca de jornal que vende mais biscoitos e bebidas que jornais de fato. Mas é só quando me aproximo que descubro a verdadeira atração desta esquina: uma quadra de basquete cercada, coberta por árvores e grudada num edifício de arenito marrom-avermelhado. Um grupo de caras muito altos e fortes, está jogando ali. A maioria usa bermudas de nylon compridas, regatas de basquete e tênis tão grandes e cheios de detalhe que parecem minifoguetes. Tem ainda outros caras nos cantos da quadra, vibrando e torcendo por eles.

Estou totalmente entretida pelo jogo quando sinto alguém se aproximar. É Ben, que na mesma hora vem me abraçar. Ele tem cheiro de protetor solar e âmbar, caloroso e suave.

— Quem está ganhando? — pergunta, com um sorriso fofo. Quer dizer, um sorriso. Um sorriso comum.

Ben não é dos mais altos, ainda mais se comparado àqueles caras, mas ele se destaca em outras coisas. Seu sorriso é tão alegre e genuíno que faz você sentir como se fosse a amiga mais querida dele. O brilho nos olhos, como se estivesse vendo algo precioso.

— Não tenho certeza — respondo. — Mas esses caras são bons. Estou aqui há pouco tempo, mas já vi darem um arremesso perfeito.

O público irrompe em comemoração, e desviamos o olhar a tempo de assistir outra enterrada épica.

— Agora, sobre o cookie — começo a dizer, virando para Ben. — Você parecia muito seguro na outra noite, mas tem certeza que é do Levain?

Ben solta uma risada.

— Margot, as pistas indicam que sim. Você está mesmo me perguntando se eu conheço o cookie mais famoso de Nova York?

— Então você tem certeza?

Ele ri.

— *Oui*, tenho certeza.

Não demora para estarmos sentados em dois bancos laranja-vivo no vagão do metrô, que, num contraste absurdo à última vez, começa a se mover na mesma hora. Juro. É como se o universo tivesse conspirado para me afastar de Zach naquela noite. A temperatura congelante se mistura com uma catinga indistinguível. Nova York pode ser deslumbrante e incrível, mas, fala sério, às vezes a cidade fede, literalmente.

Assim que estou bem acomodada, viro para Ben.

— Você já sabe tudo sobre meus planos profissionais e minha vida amorosa estranhamente dramática, mas até o momento você ainda é um mistério pra mim.

Meu tom sai mais sério do que eu pretendia, mas, como sempre, Ben responde com um sorriso.

— O que você quer saber?

Dou de ombros.

— Que tal... hum... tudo.

Ele dá um tapinha no peito.

— Sou Benjamin Saint George, madame. Nasci no Queens, aqui em Nova York. Vivi lá minha vida inteira, a alguns quarteirões dos meus avós maternos, até me mudar para Williamsburg neste verão. Nunca viajei pra lugar nenhum. Sou o mais chato da família.

— Vou precisar de muito mais detalhes, senhor.

— É que eles viajaram tanto. Os pais da minha mãe são haitianos e moraram em vários lugares: Canadá, França e aqui, claro. Minha mãe ficou na França pra fazer faculdade. Então eu cresci falando *français*, lendo *Le Petit Prince*, ouvindo música francesa, comendo *bûche de Noël* no Natal e *galette des rois* no Dia de Reis. Tipo, eu sou francês pra caramba, mas nunca saí de Nova York. Isso não é esquisito?

— Tá zoando? Eu sou a garota dos Estados Unidos que acha que os carros daqui são grandes demais, que o futebol americano é só uma releitura do rugby e, sério, pra que vocês penduram a bandeira em todo lugar?

— Patriotismo?

— Não dá pra amar o país discretamente?

Ben dá uma gargalhada.

— Esse aqui não. Você tem que gritar seu amor, senão você nem existe.

— Ok, bom... Isso só prova meu ponto. Eu sou a estadunidense menos estadunidense que existe, então não te acho esquisito por ser o francês menos francês que existe.

— Justo. — Ele abre um sorriso.

— Também sempre invejei as aventuras dos meus pais.

— Eles ficaram juntos quanto tempo?

— Ah, não, eles nunca foram um casal. Mas sempre foram inseparáveis. — Explico o resto da história: um pai gay, uma mãe hétero, uma infância tranquila no interior da França.

Ben assente, impressionado.

— Eles parecem bem divertidos.

— Tá vendo, nós somos iguais. A gente só quer ter uma vida mais animada. — Coro antes mesmo de terminar de falar. Mal conheço Ben, então como parece que já somos amigos?

Quando saltamos do vagão na 72nd Street alguns minutos depois, há uma mudança de ares. As ruas são mais amplas, os edifícios, mais altos. O lugar passa uma energia mais calma —

algumas crianças andando de patinete, velhinhos passeando. É quase como se fosse outra cidade.

Ben me avisou que haveria fila nessa loja ultrafamosa dos cookies, mas ainda fico surpresa de ver tanta gente esperando na frente de um lugar tão pequeno.

— É aqui? — Aponto para a fachada azul estreita. — *Essa* é a instituição nova-iorquina?

Ben dá de ombros.

— Loja pequena, cookies grandes.

Quando chega nossa vez de entrar, fico surpresa de novo, desta vez com quão simples o lugar é — tem só uma bancada separando os fogões dos fundos, onde dois confeiteiros trabalham. O cardápio também é bem minimalista, com uma pequena variedade de doces e só quatro cookies disponíveis: um de nozes com gotas de chocolate, um de chocolate meio amargo com gotas de chocolate, um de aveia e passas e um de chocolate meio amargo com gotas de pasta de amendoim. Na minha não-tão-humilde opinião, é um crime colocar passas num cookie. Isso conta como comer frutas, afinal? *Pelo. Amor. De. Deus.* Ben e eu concordamos em dividir os dois primeiros. Por minha conta, claro, já que estamos aqui por minha causa. Por causa de Zach, na verdade.

Quando termino de pagar, tento ignorar a crescente fila atrás da gente e pego meu celular. Abro uma foto minha com Zach. É a foto que ele sugeriu que a gente tirasse uma hora depois que nos conhecemos. Zach parecia empolgado que a viagem tivesse começado tão bem e insistiu que precisávamos registrar o momento. Nosso primeiro beijo foi logo depois disso.

Mostro a foto para a garota atrás do balcão.

— Isso pode parecer meio estranho, mas por acaso você reconhece esse cara? O nome dele é Zach. Ele é alto e ama os cookies de vocês. Acho que ele vem bastante aqui. Às quintas, normalmente.

A garota olha para a tela. Eu meio que esperava que ela fosse me dar um fora, mas ela apenas dá de ombros.

— Sei lá. Vem muita gente aqui.

— Claro — concordo, como se ela tivesse dito algo útil. Transfiro o peso do corpo de uma perna para a outra e abro um sorriso constrangido. — Será que você mostraria essa foto pros seus colegas? — Aponto para um cara que está puxando uma bandeja de cookies do forno. Mais atrás, outro prepara a massa.

A caixa hesita um instante, mas enfim pega meu celular. O que não ajuda em nada, porque os confeiteiros negam com a cabeça ao verem a foto. Antes que eu consiga pensar em alguma outra ideia, o pessoal atrás da gente resmunga, tentando nos tirar do caminho. É isso. Pelo menos por agora.

Mas ainda temos os cookies, então nos sentamos no banco azul-claro em frente à loja, que nos permite ver a fila inteira. Mantenho o olhar totalmente focado nela, mesmo com uma vozinha no fundo da minha cabeça me dizendo que o leite nunca ferve mais rápido quando a gente está olhando. O que é uma besteira porque se você ligar o fogão e colocar o leite para esquentar ele *vai* ferver alguns minutos depois, mesmo que o restaurante inteiro fique de plantão.

Ainda estou examinando a fila quando levo o cookie à boca e demoro um segundo para me dar conta de que isso não é um cookie. É macio, consistente e esfarelento. Como se fosse uma mistura de bolo, brownie e cookie. Tão simples e ainda assim tão diferente de tudo que já comi. É amor à primeira mordida.

Ben me observa, entretido. Tem farelo em seu queixo, e eu limpo o meu próprio, de repente muito autoconsciente.

— E aí? — pergunta. — *C'est délicieux, non?*

Assinto, engolindo o restante do pedaço.

— Agora a fila grande faz sentido.

— Pois é, o povo de Nova York não desperdiça tempo a não ser que tenha um ótimo motivo. Acredita em mim agora? Um cookie gigante, que é quase um bolo, de uma padaria que tinha um nome meio francês?

Afirmo com a cabeça, mas estou com um sorriso amarelo no rosto, porque, de uma hora para outra, meus pensamentos voltam a Zach. Ele esteve aqui. Talvez até esteja a caminho. Quase posso imaginá-lo, esperando a vez de comprar seu cookie semanal, ciente de que a espera será recompensada. Meus olhos voltam à fila e me sinto devastada de novo por não o encontrar ali.

— Dificilmente vamos encontrar ele na primeira tentativa — diz Ben, como se lesse minha mente.

— É. — As palavras ficam presas na minha garganta. Eu não deveria ter que encontrar Zach. A gente ia esperar um pelo outro. Primeiro de agosto. À meia-noite na Times Square. Arquibancadas, canto inferior direito. — Desculpa tomar seu tempo.

Ben dá de ombros.

— Ah, pelo menos eu garanti um cookie grátis. — Ele me encara, então acrescenta: — Tem jeitos piores de desperdiçar uma folga.

Ele está certo.

— Pra onde vamos agora?

Ben reflete por um momento.

— Já que estamos aqui, poderíamos ir até o Central Park. Está um dia bonito; aposto que vários caras saíram pra andar de skate. Nunca se sabe.

Meu corpo inteiro vibra com a ideia — não só porque Ben lembrou que é quinta e Zach poderia estar andando de skate lá, mas também porque sempre quis conhecer o parque.

O Central Park parece gigante no mapa, então não fico surpresa quando, depois de andar por alguns minutos lá dentro, sinto como se tivéssemos saído da cidade. Claro, ainda dá para ver arranha-céus à distância, mas a sensação de paz é quase imediata. Estamos rodeados por árvores e grama, esquilos correndo pelo chão e pulando de banco em banco. É Nova York, então é óbvio que está cheio de gente. E de cachorros, ciclistas, corredores, skatistas e pedestres caminhando sem rumo, aproveitando o sol e o ar fresco.

Sinto que andamos e conversamos por horas. Conto para Ben tudo sobre o restaurante de minha mãe — principalmente sobre o famoso *gratin dauphinois* — e respondo todas as dúvidas dele sobre crescer na França. Ben fica chocado em descobrir que as escolas francesas servem uma refeição de quatro pratos para as crianças no almoço, mas que não temos festa de formatura nem nenhum tipo de baile. Descubro que ele começou a trabalhar no Nutrio há nove meses, o que é tipo cinco anos no mundo dos restaurantes, ainda mais em Nova York, onde tudo muda tão rápido.

— Eu também comecei lavando louça — conta quando chegamos na Mall, uma rua que começa no meio do parque. — É meio que um hábito do chef. Se é uma pessoa muito nova e que ele não conhece, ela precisa passar por um teste, pra ele ver do que a pessoa é capaz. Pra saber se tá disposta a fazer o trabalho pesado ou se vai dar chilique.

Bom, tudo faz sentido agora. Eu falhei e falhei de um jeito espetacular.

Aponto para mim mesma.

— É... eu sou uma francesinha bem chiliquenta!

Ben ri.

— Não liga. Você não foi a primeira e com certeza não vai ser a última.

Torço o nariz. É uma verdade difícil de engolir; eu realmente fui uma completa idiota naquela noite. Mas que bom que Ben está sendo sincero comigo. Sim, eu fiz merda, mas vou compensar tudo.

Estamos andando pela Mall, atentos a cada mísero skatista, quando meu celular me notifica. É Luz.

Passando pra conferir se você não tá perdida!

Não tô! Vim até o Central Park com Ben. Amei aqui.

> Hum, tá. Vou precisar de mais detalhes quando você chegar.

Respondo com um joinha e guardo o celular. Qual é o problema? É tão surpreendente assim que eu esteja me divertindo com um amigo?

À nossa direita, um homem de cartola enche balões. À nossa esquerda, um casal de velhinhos está sentado em um banco, lendo em silêncio. Descemos uma escada e chegamos a uma passagem em arco, onde uma banda de música clássica entretém um pequeno público. O som do violino ecoa pelo local escuro e úmido, me arrepiando toda. Para além da passagem, crianças correm em volta de um chafariz enorme. Pela milionésima vez, sou atingida pela constatação: meu Deus, eu estou em Nova York.

— Esse lugar é de verdade? — pergunto, tentando olhar tudo, digerir tudo. Mas tem tanta coisa, coisa *demais*, e é tudo tão... emocionante. Sei que acabei de me mudar, mas ao mesmo tempo me pergunto... como alguém pode não *querer* morar ali?

Ben acompanha meu olhar e sorri.

— Pois é, é especial mesmo. Não é nenhuma Paris, mas é legal.

— Paris é *magnifique*, é verdade. E você sabe que lá tem restaurantes também, não sabe?

— Ouvi dizer. — Ele dá uma risada.

— Só estou dizendo... Você poderia ser cozinheiro lá, se quisesse. Ou poderia estudar na Le Tablier — acrescento, lembrando a conversa que tivemos no meu primeiro dia de trabalho.

— Isso seria muito incrível. — O sorriso de Ben murcha de repente. — Mas não se encaixaria no planejamento que fiz pros próximos dez anos.

Deixo escapar uma risada. É só quando olho para ele de novo que percebo que está falando sério.

— Dez anos? Me parece um pouco radical.

Ben observa outro homem enchendo balões em forma de animais para um grupo de crianças. A girafa em especial é bem maneira. Quase penso em pegar para mim, mas não estou disposta a entrar numa briga com a garotinha vestida de princesa.

— É — responde. Arqueio uma sobrancelha, pedindo mais informações. Então ele continua: — Três a quatro anos na linha de produção do Nutrio pra incrementar meu currículo. Mesmo que nenhum dos restaurantes dele tenha tido um grande destaque, Franklin Boyd tem bastante prestígio. Pode ser até que eu chegue a sous-chef, mas só o tempo pode dizer. Depois disso vou pra alguma rede de franquia, algo descolado e cheio, que seja praticamente uma mina de ouro. É nesses lugares que a gente encontra quem faz e acontece na indústria, principalmente os investidores. Mas o objetivo final, claro, é abrir meu próprio negócio: um lugar com um ambiente mais dark e simples, talvez no Brooklyn. Se tudo der certo, é isso que vou estar fazendo daqui a dez anos.

Sinto meu estômago se contrair.

— Nem sei se aguento até semana que vem. É bem intenso lá no restaurante.

— Tudo é mais difícil quando se está começando. O pessoal das antigas é muito arrogante. Eles olham pra gente como se nem devessem permitir nossa presença no lugar. Não ligam se estamos trabalhando tanto quanto eles. — Ben suspira, mas mal dá tempo de respirar. É como se tivesse puxado um gatilho. — Para o chef, quanto mais experiente você for, mais prioridade tem com os turnos. Eu, por exemplo, quero trabalhar seis dias na semana, mas dou sorte quando pego cinco. O que significa que o salário não é dos melhores.

Engulo em seco. Acho que minha estadia no apartamento do meu pai e Miguel ainda vai durar um tempo. Os dois disseram que eu poderia ficar o quanto quisesse, mas eles vão se casar em breve e eu quero meu cantinho, minha própria aventura nova-iorquina. Ainda que eu seja muito sortuda por não precisar pagar aluguel. Se eu tiver que me manter com o salário de lavadora de pratos...

— Não sei se eu aguentaria aquela cozinha seis vezes por semana.

— Vai ficando mais fácil, eu prometo.

É impossível não estremecer. Fico exausta só de pensar no trabalho.

— As emoções ficam à flor da pele numa cozinha grande — continua Ben. — A maior parte da equipe usa a adrenalina como combustível. Ficam viciados na pressão. Metade das coisas que são ditas durante o trabalho não é no que eles acreditam de verdade. Eu particularmente prefiro me desligar de tudo.

— Você vai ter que me ensinar como fazer isso.

Ele dá de ombros e então olha para a frente.

— Tá bem, vamos começar mudando de assunto. Que tal outra clássica experiência nova-iorquina pra encerrar o dia?

— Topo! — concordo, intrigada.

Ele me leva na direção de uma barraquinha de comida com uma decoração colorida.

— Me vê quatro cachorros-quentes — pede.

Quero acreditar que ouvi errado.

— O quê? Não! Não sei se percebeu, mas aquele cookie era quase uma refeição inteira. Não me leve a mal, tava uma delícia, mas, caraca! Era grande demais. Fora que somos só dois.

— Foi mal, Margot. — Ben assente para o homem dentro da barraquinha. — Competição de quem come cachorro-quente mais rápido. É uma tradição em Nova York. Você precisa fazer.

— Peraí...

Tarde demais. Ele paga pelos cachorros-quentes e me entrega dois.

— Vamos lá, Margot.

— É, então... como é que faz?

— É uma disputa de agilidade.

Franzo a testa.

— A gente não curte brincar com comida lá na França.

— Você não tá mais na França. — Ele dá uma piscadela. — Quem terminar primeiro os dois ganha.

— Ganha o quê?

Ben faz uma careta. Ele não tinha pensado nessa parte.

— Certo, hum... o vencedor escolhe o próximo destino na lista da operação Encontrar Zach, aonde iremos da próxima vez.

Justo, então. A operação Encontrar Zach mal começou. Ele ainda está por aí, em algum lugar, esperando por mim.

— Combinado.

Eu perco a competição. Óbvio. Mas enquanto vejo Ben fazer sua dancinha da vitória, rindo com minha boca ainda cheia de cachorro-quente, quase esqueço o motivo de estarmos ali antes de tudo.

Capítulo 10

Começo a me acostumar com o ritmo da vida em Nova York. Trabalho seguindo a vontade da Raven, de quando ela diz que precisa de mim, o que varia de acordo com o cronograma dos outros lavadores de pratos. Com o fim da minha terceira semana no Nutrio, fica cada vez mais claro que não tenho muito tempo para pensar em nada mais. Lavar louça, dormir, comer, repete.

Além disso, tenho chegado mais cedo para jantar com os outros funcionários. Os lavadores de pratos do primeiro turno trabalham a tarde inteira, limpando tudo depois da preparação das comidas, então meu turno só começa com a reabertura do restaurante, mas quero conhecer melhor meus colegas. Preciso que eles *me* conheçam, que me vejam como parte da equipe, se tenho alguma pretensão de entrar na linha de produção. Toda vez que me liga, minha mãe diz que não tem problema se eu mudar de ideia e decidir voltar para casa. Eu fico indignada. Ela não acredita que sou capaz de dar certo nesta cidade; acha que sou muito avoada, muito imatura, muito *delicada*. Queria que ela pudesse ver minhas mãos vermelhas e ressecadas e sentir como minhas pernas estão doloridas. A verdade é que pulei de cabeça no meio de um tornado, e, considerando tudo que aconteceu, até que estou me virando bem. Então por que ela não consegue entender que eu *sou* capaz? Que estou fazendo acontecer. Mas tudo bem, não importa; vou provar a ela.

Ben e Ari são os responsáveis pela refeição do dia, então nos demos bem. Tem pão ázimo recheado com abobrinha e ricota, arroz frito com bastante acelga chinesa, shitake e óleo de gergelim torrado, e uma versão moderna da salada Caesar, com couve kale, queijo parmesão e croutons regados com um vinagrete cremoso apimentado. Não é tão bem apresentado quanto os pratos do cardápio, mas ainda assim as cores e texturas se destacam na mesa — como se estivéssemos comendo num restaurante sofisticado. E, bom, nós estamos mesmo.

Esse é o momento de botar o papo em dia e relaxar antes da correria do serviço, e todo mundo está bem falante enquanto nos servimos. Raven foi a uma festa ao ar livre em Bushwick na noite passada e chegou às seis da manhã. Ela nos mostra vídeos no celular. Parece louco, com palmeiras (em Nova York?) e pessoas usando figurinos elaborados. Ben está tendo uma conversa animada com Ari e alguns dos cozinheiros mais antigos, porém não consigo ouvir o assunto. Nossa visita ao Levain foi só há uma semana, mas parece mais tempo. Não conversamos muito desde então. Aqui, entramos no modo trabalho, amistoso, mas profissional ao mesmo tempo.

Estamos no meio da refeição quando ouvimos algo quebrando na cozinha, como se alguém tivesse se metido numa briga lá dentro. É uma barulheira que só, mas quando olho pela mesa não dou falta de ninguém.

— É o chef — explica Raven, levando mais uma garfada de salada à boca. — Ele está fazendo testes para o cardápio de outono.

Fico curiosa.

— Ahh! O que ele está planejando?

Tenho algumas ideias: ragu de cogumelo com vinho tinto, acompanhado com uma massa que absorva bem o sabor, como o rigatoni. Ou talvez sopa de castanhas.

Raven arqueia uma sobrancelha, o trejeito que denuncia que estou sendo sem noção ou irritante. Possivelmente um pouco dos dois.

— O chef não compartilha seu processo. Às vezes com Bertrand, mas em geral só fica na dele e nos conta quando quer que saibamos.

Apesar de Raven também ser sous-chef, como Bertrand, a hierarquia ali é óbvia. Ela fica com o trabalho sujo, administrando a equipe em constante transição, garantindo que as linhas de comunicação com a recepção estejam sempre abertas, enquanto Bertrand desfruta da glória de ser o confidente do chef. Dá para ler no rosto dela como se sente sobre isso.

— Ah, sim, claro — digo, encarando meu prato vazio. Mas minhas engrenagens estão trabalhando a todo vapor. Ainda não tive oportunidade de falar com o chef desde que entrei, e ele está sozinho na cozinha. Dou outra olhada pela mesa. Todo mundo ainda está conversando, mas estão quase acabando de comer. É agora ou nunca.

Espero Raven começar a falar com Erica e me levanto. Vou até o vestiário primeiro, onde me troco e amarro o avental antes de ir para a cozinha. O chef não me nota de primeira. Está debruçado sobre uma panela quente, o aroma de cenoura, cominho e leite de coco flutuando sobre ela, apetitoso e adocicado. Atrás dele, cascas de laranja e de cebola se amontoam em cima de uma tábua de cortar. As narinas inflam enquanto mexe a colher de pau, avaliando a combinação de fragrâncias. A imagem me lembra de minha mãe, apesar de ela não ser do tipo que faz experimentos na cozinha. O negócio dela são as receitas velhas.

Ao contrário de mim, que amo o processo de descoberta, a mistura minuciosa de ingredientes, adicionando e tirando itens até alcançar o equilíbrio perfeito. De repente fica claro o quanto eu quero aquilo, quantas oportunidades tenho perdido desde que comecei a trabalhar ali.

Pigarreio. O chef não se mexe.

— *Bonjour...* hã, quero dizer, *bonsoir*.

Antes de ir embora, minha mãe me disse que eu deveria usar mais o meu lado francês, que isso poderia me ajudar a me destacar com o chef. Quando eles trabalharam juntos, ele costumava usar seu francês limitado em qualquer oportunidade que tivesse, sempre deixando escapar na conversa que estudara em Paris. Você não é mesmo bom na cozinha até que entenda de *cuisine*. E, fala sério, a essa altura, eu faço qualquer coisa.

— *Oui?* — pergunta o chef, sem se mexer, indicando que tinha notado minha presença, mas que não tinha interesse algum em demonstrar isso até que eu insistisse.

— Soube que está trabalhando no novo cardápio... — Eu me interrompo. Não tenho ideia do que dizer além de: *e estava pensando se você podia me dar uma vaga de cozinheira. Já faz três semanas, meu chapa. Estou esperando.*

Ele pega uma colher limpa e, sem erguer os olhos, faz um gesto para eu me aproximar.

— Prove aqui. — Ele mergulha a colher na panela, a enche pela metade e estende para mim. — Não fique com vergonha. Ser capaz de avaliar um prato é uma habilidade extremamente importante pra quem trabalha na cozinha.

— Eu sei. — Espero ter deixado transparecer que me sinto um pouco ofendida.

Assopro devagar a sopa na colher. A fumaça aquece meu rosto.

Ele solta uma risadinha seca.

— É verdade, sua mãe é chef.

— E eu cresci dentro de um restaurante — acrescento, me sentindo boba pela minha própria arrogância, mas não o suficiente para ficar quieta.

Finalmente provo o caldo quente. Os sabores invadem minha boca, suavizando a situação. Sinto outono na minha língua. Tem gosto de noites à beira da fogueira, como o som de folhas secas que cobrem o solo da floresta sendo pisoteadas.

— O que falta? — pergunta, sem rodeios, os olhos em mim agora.

— Manteiga — respondo, sem hesitar. — Muita manteiga.

— Já tem gordura no creme de coco. — Seu tom é monocórdico e não dá nenhuma indicação do que ele está pensando.

— Claro — digo, insegura da minha resposta. Estou falando como minha mãe. Adicionar gordura é a resposta para praticamente tudo na França, mas não estamos na cozinha de um simples restaurantezinho francês. O Nutrio é moderno e criativo. Chique, até. O chef deve ter outro jeito de fazer as coisas.

A expressão do chef se mantém séria por um bom tempo, até que seus olhos se iluminam ligeiramente.

— *Ah, le beurre, bien sûr.* À moda francesa.

— Eu só estava, é... — Mas não sei como voltar atrás. — Deixa eu pensar. Consigo sugerir uma ideia melhor.

Enquanto estou falando, o chef remexe o nicho da bancada atrás dele e tira de lá um grande pedaço de manteiga enrolado em papel-manteiga. Ele abre, corta um pedaço grosso e solta na panela.

— Como você deve saber, a cozinha francesa tem uma longa história — diz ele. — Muitas tradições e regras não verbalizadas, mas é justamente por isso que tendo a achar que "à moda francesa" é o melhor jeito de fazer as coisas. Sua mãe te ensinou direitinho.

Espera.

Eu estava certa? Mandei bem. Agora eu *tenho* que perguntar.

Voltando a mexer o caldo, o chef vira para mim.

— Como ela está, aliás?

— Ela tá ótima. Com certeza amaria te encontrar pra botar o papo em dia quando vier pro casamento do meu pai.

Ele inclina a cabeça, como se estivesse surpreso.

—Ah, espero que ela venha comer aqui. Vou dar a ela nossa melhor mesa.

— Ela vai vir com certeza! — *Vas-y*, Margot. É agora. — Eu queria perguntar uma…

De repente, as portas vaivém se abrem e alguns cozinheiros entram. Ao me ver, Ari arqueia uma sobrancelha, desconfiado, como se soubesse exatamente o que estou tramando. O chef grita por Bertrand, chamando-o para o escritório.

Apesar de estar chateada com a interrupção, duas coisas incríveis acontecem durante o turno. A primeira é que eu não sobrevivo ao trabalho. Quer dizer, eu não *apenas* sobrevivo ao trabalho, correndo atrás de louça suja, empilhando as limpas toda desajeitada, queimando os dedos na porcelana ainda quente. Eu consigo me virar bem com tudo isso e ainda absorver o que acontece ao meu redor. A organização das folhas de alface-romana em um círculo perfeito. O sibilar do molho aioli sendo preparado. O chiado da berinjela grelhando. Eu vejo tudo. Sou parte disso. Eu *pertenço*.

A outra coisa incrível é que Ari não dirige uma só palavra a mim. Tenho certeza de que ele está tentando encontrar algo que possa criticar, mas não dou motivo algum. Ele não apenas recebe tudo que pede, como também antecipo algumas de suas necessidades vez ou outra. Aquelas benditas cumbucas de gaspacho não me surpreendem mais.

— Você parece feliz — comenta Ben quando me esgueiro lá para fora para um intervalo curto, na mesma hora em que ele está voltando do seu.

Hesito por um instante, refletindo.

— Acho que estou.

Ele arqueia uma sobrancelha, e percebo como minha resposta deve ter soado.

— Não, eu estou. *Sim*, eu estou, quero dizer. Ari não me chamou de Bambi nenhuma vez, então acho que tenho algo pra comemorar, né?

Ben puxa as cordas do seu avental e começa a amarrá-las.

— Não querendo te decepcionar, mas não acho que isso tenha a ver com você. Ari conheceu uma garota. Tenho quase certeza disso. Ele estava mandando mensagem pra ela mais cedo, no vestiário. Ele ficou todo desconcertado quando um dos caras zombou dele por isso.

Sinto um aperto no peito. Se o universo consegue dar até para Ari, um cara rabugento e sarcástico, alguém para amar, por que não posso encontrar Zach? Zach, cujas orelhas, não as bochechas, ficam vermelhas quando ele cora. Zach, cuja família inteira se reúne na casa do tio dele, na costa de Nova Jersey, durante o Dia de Ação de Graças. Zach, que está por aí na cozinha de algum restaurante de Nova York neste mesmo segundo. Me pergunto se ele ainda pensa em mim, se ainda lembra cada coisinha que sussurramos entre beijos há um ano.

— Bom pra ele — digo, mas não há verdade alguma nas minhas palavras. — Se isso tira ele do meu pé.

Olha pelo lado bom, Margot. Só aproveita. Se recomponha.

E é o que faço. Porque, pela primeira vez desde que cheguei aqui, minha noite é quase toda desprovida de drama. Não vou fingir que por *pouquinho* não derrubei uma pilha de frigideiras nos pés de Bertrand quando ele estava passando os pratos para o chef, mas fiz meu trabalho e o fiz bem.

No fim da noite, eu ainda tenho cabeça para lembrar como o turno começou, com minha conversa com o chef. Só porque perdi aquele momento, não significa que não possa haver outro. Como agora.

Você perde cem por cento das oportunidades que não aproveita, me disse Luz, no dia anterior, quando reclamei do trabalho como lavadora de pratos pela vigésima vez. Não vou desperdiçar minha chance.

Encontro o chef no escritório ao lado do vestiário. É um cômodo claustrofóbico, com uma mesa coberta de papéis, uma pequena geladeira e caixas de amostras alinhadas numa estante. De certa forma, é um lugar até melhor de conversar com ele, menos intimidante. Ainda está usando o dólmã, mas a roupa está amassada e manchada agora e ele não parece tão sério quanto na cozinha.

A porta está totalmente aberta, e ele ergue a cabeça quando bato. Não sou exatamente convidada a entrar; o chef apenas assente. Meu estômago está embrulhado. Ainda dá tempo de desistir e dar o fora dali. Mas aí não vou conseguir o que mereço.

Tem uma cadeira do outro lado da mesa, mas o chef não fez nenhuma menção de oferecê-la para que eu sente, então fico de pé perto da porta. O que garante uma saída rápida, se eu precisar.

— Eu... hum... eu queria perguntar uma coisa. — Já sou bem grandinha, uma adulta. Acabei de mudar de país. Consigo fazer isso. — Como você sabe... — Paro. Não é o jeito certo de fazer isso. Respiro fundo. Tento de novo. — Sou uma boa cozinheira. Mais do que uma boa cozinheira, na verdade. — Faço uma pausa, mas ele não diz nada. — O seu restaurante é... Eu amo o que você faz aqui. Seu cardápio é criativo e muito diferente. Eu quero trabalhar aqui, aprender aqui, crescer aqui. Como uma cozinheira. Na linha de produção. Fiquei feliz em ajudar quando você precisava de um lavador de pratos e gosto mesmo de trabalhar em equipe, mas...

— Você não quer mais fazer isso?

Droga. Agora eu o irritei, né?

Ele solta um longo suspiro.

— Eu conheço sua mãe. Sei exatamente que tipo de treinamento você recebeu. Mas eu acredito em merecimento, em aprender a conquistar cada degrau, devagar, mas com segurança. Pra mim, essas habilidades são mais valiosas que o talento.

Isso dói, mas ainda tenho argumentos.

— Raven é sous-chef, e ela só tem vinte e quatro anos. Ben e Ari estão na linha de produção e...

— Minha casa, minhas regras. Eu decido quem faz o quê. Ninguém mais.

Os pensamentos espiralam na minha mente. Ele precisa me conhecer, mas isso não vai acontecer enquanto eu estiver presa num canto lavando louças. Vim para Nova York para viver uma vida de aventuras. Esfregar queijo endurecido perto de um beco fedorento não faz parte disso.

— Mas eu sou uma boa cozinheira. Se você me deixar mostrar isso...

O chef me encara com indiferença, como se já tivesse ouvido essa conversa milhares de vezes.

— O que eu preciso é de alguém que lave bem as louças. Alguém em quem eu possa confiar pra fazer o trabalho. Não tem vaga na linha de produção. Então suas opções são simplesmente: ser uma lavadora de pratos *neste* restaurante ou tentar a sorte em outro lugar. Mas esteja avisada: cada pessoa que contratei foi recomendada por alguém. Você não é ninguém se não tiver alguém pra te indicar. Então é isso que você tem por agora. É o suficiente?

Assinto com firmeza. *Exageradamente.*

— Claro que é. *À demain*, chef.

Enquanto me afasto, as palavras dele — "Você não é ninguém se não tiver alguém pra te indicar" — me atingem com força. Só consegui essa vaga porque conhecia alguém que me indicasse. E agora me pergunto se eu teria conseguido sozinha. Levou três meses para Ben deixar de cuidar da louça suja. Não sei como vou aguentar tanto tempo.

Por agora, tudo que posso fazer é me agarrar à esperança de que Zach ainda esteja por aí, esperando e procurando por mim. Senão, eu sou só uma lavadora de pratos. Senão, eu não sou ninguém.

Capítulo 11

Surpreendendo um total de zero pessoas, de todas as coisas relacionadas à organização do casamento, o bolo é a parte pela qual estou mais ansiosa. *Provar* bolos, para ser mais exata. Luz está criando a arte para as plaquinhas de mesa e para o cardápio, e nós duas vamos ajudar a escolher as flores, já que as opiniões de meu pai e Miguel são completamente opostas — um tem se empolgado sobre uma floresta tropical de flores coloridas, enquanto o outro diz ficar satisfeito com um punhado de rosas brancas.

Mas o bolo de casamento é todo meu. É manhã de sábado, e eu planejei um brunch muito especial. Bolo, bolo e mais bolo! *C'est parfait, non?* Nós quatro estamos prontos para uma missão, organizada por esta que vos fala. Pesquisei confeitarias por semanas, entrei em contato com aquelas que pareciam fortes candidatadas e reduzi a lista a apenas quatro.

Nosso dia de se encher de bolo começa no Upper East Side, num lugar chamado Two Little Red Hens. É uma confeitaria americana tradicional, famosa por seus cupcakes e bolos simples mas, ainda assim, luxuosos. Eles têm sabores que nunca nem provei, como Brooklyn Blackout, que esbanja quatro camadas de massa de chocolate, três camadas de recheio de chocolate cremoso e cobertura firme. É basicamente só chocolate de todos os jeitos, formatos e formas.

A Two Little Red Hens não é só um lugarzinho pequeno, é um buraco na parede. Tem um toldo vermelho acima da loja, uma porta de madeira antiga e algumas galinhas decorativas na janela, como se fosse sempre Páscoa ali. Nosso plano ao entrar é pegar uma variedade de cupcakes de vários sabores para provar. Luz insiste no de limão-galego, e eu fico tentada pelo de pasta de amendoim espiralado. Luz e Miguel sentam numa das mesas perto da janela, enquanto meu pai e eu entramos na fila e ficamos analisando todos os bolos da vitrine. As decorações são charmosas e coloridas, com flores de tamanhos variados. Singelas, mas com um toque de elegância, exatamente como pensava que uma confeitaria americana tradicional faria.

Faço nossos pedidos e imagino como seria abrir um lugar como aquele, criando novas decorações e inventando novos sabores. Parece muito mais divertido do que lavar louça.

Meu pai franze o cenho.

— Você parece triste.

— Porém com certeza ansiosa pra comer bolo no café da manhã, almoço e janta.

— Você anda trabalhando tanto.

Desvio o olhar, sem querer entrar no assunto, e nossa bandeja de cupcakes aparece. Pouco tempo depois, nós quatro caímos dentro. Meu pai e eu experimentamos o Brooklyn Blackout primeiro.

Deixo escapar um suspiro. Isso é *bom*.

— O sabor é tão marcante — opina meu pai, lambendo um pouco da cobertura de ganache que ficou no garfo.

— Humm. — Miguel revira os olhos de prazer, claramente curtindo o sabor do de pasta de amendoim. — Indecentemente perfeito.

O sino da porta tilinta quando uma mulher entra, trazendo com ela uma brisa fresca.

O sorriso de Miguel se desfaz.

— Credo, primeiro dia frio do ano. Chegou muito rápido.

Ele está certo; ainda estamos em setembro, e a temperatura já caiu tanto essa manhã que tive que voltar para pegar minha jaqueta jeans.

Meu pai balança a cabeça.

— Ainda tem muito tempo até o clima começar a esfriar. — Então, mais para mim, ele acrescenta: — É comum em Nova York. Um dia está quente e insuportavelmente abafado, e no próximo: olá, outono! Mas lá pro fim de setembro, geralmente parece que o verão começou de novo. Você vai ver.

— É verdade. — Luz puxa o prato com um cupcake de red velvet comido pela metade. Ela se mudou para o dormitório faz dois dias, quando eu estava no trabalho, e é a primeira vez que conseguimos sair desde então. — E o outono é mágico de verdade, Margot. Você não vai acreditar em como ficam as cores das árvores. É como se usassem um filtro laranja e vermelho.

O brilho em seus olhos me faz desejar que esse momento chegue logo, mas sou distraída pelo olhar divertido que Miguel e meu pai trocam.

Meu pai dá uma risada.

— É aquela época do ano que Miguel começa a falar sem parar sobre mudar de volta pra Miami.

— Onde é quente e ensolarado o ano inteiro! — diz Miguel, sonhador.

— É o que você quer? — pergunto. Meu pai é tão nova-iorquino que não consigo imaginá-lo em meio às palmeiras.

— Nosso trabalho está aqui — responde, encerrando a conversa com certa rispidez.

Miguel dá de ombros, e Luz balança a cabeça sutilmente para mim. *Melhor não*, ela parece dizer. Dou uma mordida no cupcake de limão-galego, e a acidez deixa um gosto estranho na minha boca. Meu pai encara o próprio prato. Parece que toquei num tópico sensível.

Ele se vira para mim de repente.

— Eu voto no de chocolate. Ótima escolha, Margot.

Concordo com ele.

É tão cremoso e suntuoso, uma combinação ideal da leveza da massa e da maciez do recheio de ganache. Mas a vibe do nosso grupo deu uma azedada.

Quando voltamos ao centro, a estranheza que se instaurou parece ter se dissipado. Nossa próxima parada é a Empire Cake, no Chelsea, conhecida por seus bolos criativos e coloridos, com cobertura fondant, que são exibidos na vitrine com vista para a Eighth Avenue. Preenche todos os nossos requisitos, mas não conseguimos chegar num consenso quanto ao sabor; ficamos entre o de limão com framboesa e o de avelã.

Depois disso, vamos para a França. Ou, pelo menos, para o lugar mais francês que existe no Lower East Side, pelo que eu sei: uma *pâtisserie* chamada Ceci-Cela. Essa é uma das poucas confeitarias em Nova York onde dá para achar uma *pièce montée* — o bolo de casamento tradicional da França. Ali, as pessoas o chamam de croquembouche, que significa "crocância na boca". É uma torre de *choux*, um bolinho macio, recheado com creme de baunilha e coberto por uma camada de calda de caramelo. Na minha opinião, é meio coisa de velho — sem contar que parece com o emoji de cocô —, mas, bom, o casamento não é meu.

Fico surpresa com o quentinho e a sensação de conforto que me atingem quando paramos na frente da *pâtisserie*. O nome está escrito numa fonte maiúscula e dourada em um letreiro preto luminoso acima do toldo, igualzinho os que encontramos na França. É estranho ver algo tão familiar em um lugar tão estranho. Lá dentro, o aroma reconfortante de *viennoiseries*, da gordura da manteiga, me preenche, me acalenta. Não sabia que precisava disso.

Pedimos café e chá gelado enquanto esperamos a fatia de *pièce montée* para provar.

— Margot, você acha que conseguiria tirar um fim de semana de folga? — pergunta Miguel quando nossas bebidas chegam.

Dou um gole no chá preto gelado, saboreando o gosto sutil de tangerina.

— Pro casamento? Hum, mas é claro, óbvio que sim. Como se eu fosse perder!

— Mas e outro fim de semana? — pergunta meu pai.

Franzo o cenho.

— Raven disse que às vezes o pessoal troca os turnos do fim de semana uns com os outros. É mais difícil pros novatos, mas se encontrar alguém que te cubra, então tudo bem. Por quê?

— Porque vamos pros Hamptons mês que vem.

— O quê? — Dou um pulinho na cadeira, mas Luz parece inabalada. — Você não ouviu ele dizer que vamos pros Hamptons?

— Hum, ouvi? E você não me ouviu te contar isso dias atrás? — Ela repara a falta de reação em minha expressão. — Você devia estar distraída.

Ela não está errada. Tem muita coisa rolando na minha vida no momento.

— Uns amigos nossos têm casa lá — explica Miguel, retomando a conversa — e ficaram de fazer uma despedida de solteiro pra gente.

— E *nós* estamos convidadas? — pergunto, me referindo a mim e Luz.

— Não é uma despedida de solteiro tradicional. Tá todo mundo convidado. Vamos só curtir, tomar uns drinques, comer bem, e vocês duas ficam livres pra fazer o que quiserem.

Viro para Luz.

— Querida, nós vamos pros Hamptons! — Ergo a mão, e ela bate a palma na minha.

Por um instante, esqueço tudo: a desavença de meu pai e Miguel, meus ombros doloridos pelos dias intermináveis de trabalho, e o fato de eu *não* estar cozinhando. Mas não Zach. Nunca esqueço Zach. E apesar de uma viagem de fim de semana e uma folga serem muito bem-vindas, é inevitável pensar que serão mais dois dias nos quais não poderei procurar por ele. A não ser que eu o encontre antes. Eu *preciso* disso.

Sinto que estou começando a esquecer o calor em seu peito quando encostava o rosto nele; suas histórias sobre só comer miojo por um mês inteiro quando estava planejando a viagem pelo mundo, adicionando temperos diferentes todos os dias para parecer que era uma refeição diferente, e como ele chorou na frente de todos os amigos quando a namorada do ensino médio terminou com ele. Acho uma fofura imaginar Zach tendo seu coração partido pela primeira vez. A cada minuto separados, é como se eu estivesse jogando meu futuro fora. Estávamos destinados a ficar juntos. *Estamos*.

Nossa fatia chega, e sou lembrada dos meus deveres. Não só de provar bolo; também prometi à minha mãe que ela poderia se divertir com a gente. Pego meu celular e abro uma chamada pelo FaceTime.

— Tem certeza de que está em Nova York? — brinca ela quando vê o *pièce montée* e o ambiente inspirado pela França ao nosso redor.

— Oi, Nadia! — cumprimenta Luz, antes de dar uma mordida num pedaço do bolo. — Isso aqui é simples, mas é bom *demais*.

— É a simplicidade que o torna bom — digo, sem pensar. Realmente acho isso? Simplicidade e Margot não costumam combinar.

— Viu só, Pascal? — pergunta ela quando viro o celular para meu pai. — Ela puxou *algumas* coisas de mim.

Ele ri, mas antes que eu possa reclamar da piadinha interna deles, minha mãe pergunta:

— Como vai o trabalho? Aposto que está feliz pela folga.

Minha mãe só fala comigo em inglês quando estou com meu pai. Ele até fala francês — os pais dele falavam a língua nativa em casa —, mas sempre se comunicou em inglês com minha mãe; era mais fácil quando estavam com os outros amigos de Nova York. O sotaque dela ficou mais carregado com o tempo, já que não fala mais o idioma com tanta frequência. Não recebemos muitos turistas dos Estados Unidos na nossa cidade de interior.

— O trabalho tá *ótimo*! — Abro um sorriso feliz. — Tô aprendendo muito e é a melhor experiência que já tive.

Por cima do celular, vejo meu pai, Miguel e Luz me lançarem olhares estranhos. E me certifico de não estarem enquadrados na câmera. Qual é o problema? Só estou fazendo um resumo das coisas mais importantes para minha mãe.

Ainda assim, ela franze o cenho.

— Ah, que bom.

— Juro, *maman*, tem sido incrível.

Sinto um gatilho dentro de mim, esperando que ela diga algo além. Coloco um segundo *chou* na boca quando meu pai vira o celular para ele.

— Não se preocupe, Nadia. Estamos cuidando dela.

Em seguida, arqueia uma sobrancelha para mim. Eu o ignoro.

Melhor mudar de assunto, até porque precisamos tomar decisões importantes.

— Gente, precisamos ser sinceros. Não vamos conseguir escolher um só bolo. E ainda nem fomos à confeitaria no Brooklyn, que faz os *naked cakes* mais incríveis do mundo.

— Naked cake? — pergunta Miguel com uma risada. — Não é esse tipo de casamento.

— Eles são "naked", pelados, porque não têm cobertura. Têm uma aparência mais natural — explico com um sorriso. — Acho que você vai gostar. Vamos, bora lá.

Minha mãe solta uma risada.

— Ok, vou desligar. Parece que vocês têm uma missão a cumprir. — Ela manda beijos para todos nós. — À *bientôt!*

Acenamos em despedida, e ela desliga.

— Margot — chama meu pai —, por que vamos para o Brooklyn provar mais bolo quando nem conseguimos decidir entre todos esses?

— Porque — respondo, levantando — acabei de decidir: vamos ter uma mesa de doces. Vamos fazer um bolo principal, um mini *pièce montée*... até porque é tradição! E cupcakes de diferentes sabores. Ah, e macarons. *Évidemment.*

— E quem vai pagar? — pergunta, mas dá para ver que está brincando.

— Vou ficar dentro do orçamento, prometo. — Para ser sincera, essa brincadeira de busca do bolo perfeito está sendo a primeira diversão que tenho em dias. É quase suficiente para me distrair da conversa que tive com minha mãe.

— Margot entende bem do assunto — diz Miguel, também levantando. — Se ela quer que a gente vá ao Brooklyn por causa de um naked cake, então é isso que vamos fazer.

E é exatamente *isso* que a Margot quer.

Capítulo 12

A cozinha parece uma zona de guerra. Tiras de casca de vegetais estão espalhadas pela bancada como soldados feridos. Rastros de azeite se reúnem em círculos, cercados por potes de *herbes de Provence* e outras especiarias que estão alinhadas, prontas para o serviço. Colheres, garfos e facas estão em batalha no campo. Estou preparando o jantar para minha família apreciar mais tarde durante meu turno de trabalho, e esse é o meu tipo de luta. O chef pode até me manter fora da linha de produção, mas ele não pode me impedir ali.

Dou uma olhada no celular enquanto corto tomates coração-de-boi, as pontas afiadas da faca serrilhada deslizando pela casca e fazendo espirrar esguichos de suco. Achei burrata caseira no Eataly — um mercado italiano enorme no Flatiron District, não muito longe do restaurante — e um maço de manjericão com um aroma tão intenso que fiquei parada no corredor cheirando, sentindo como se estivesse em casa, no nosso jardim, colhendo as folhas direto da terra.

Estou trabalhando no vinagrete, para deixá-lo mais espumoso, quando vejo a notificação de uma nova mensagem na tela.

> Tudo certo pra gente se encontrar daqui uma hora?

Meu coração quase para. Vamos partir para o segundo dia de busca por Zach, mas Ben e eu ainda temos que chegar ao trabalho às 16h. Combinamos de nos encontrar em Jackson Heights, no Queens, uma região famosa por abrigar a culinária de várias regiões do mundo, e levo uma hora para chegar lá. Devo ter perdido a noção do tempo.

Pouso a mistura abruptamente, e respingos de vinagrete voam na minha camiseta branca.

— *Génial* — murmuro para mim mesma, limpando as manchas com um pano de prato.

Me apresso para terminar o restante do jantar, então corro para o quarto e vasculho meu guarda-roupas. Pego uma minissaia e uma blusa de seda com estampa de estrelas e pretendo complementar com uma jaqueta jeans. Uma roupa bonitinha, só por precaução. Vai que hoje é o dia?

Em pouco tempo estou na rua, desviando de pedestres e apertando o passo até a estação de metrô. Tenho sorte por Ben ter me oferecido ajuda. Luz tem me consolado por todo o desastre que rolou na Times Square, mas sei que no fundo ela acha que vou superar. Que Zach e eu não estávamos destinados *de verdade*, já que no fim, bom, o destino *não* nos juntou.

Mas, no caso de Ben, é como se ajudar os outros estivesse em seu sangue. Na cozinha, ele está sempre prestando atenção para ver se alguém precisa de uma mãozinha. É o primeiro a acalmar os ânimos, a soltar uma piada, a sorrir e amenizar a situação. Mesmo os cozinheiros mais antigos, que olham para a gente como se estivéssemos tentando roubar seus empregos, no fundo amam Ben. Ele só é essa pessoa.

Ou, pelo menos, eu acho que ele é essa pessoa. Às vezes tenho a sensação de que só conversamos sobre meus problemas e que sei pouquíssimo sobre os dele. Talvez ele não tenha nenhum, já que tem aqueles planos tão bem traçados. Para começo de conversa, nunca ouvi nada sobre a vida amorosa de Ben. Custo a acreditar que um cara como ele — tão gentil, tão bonitinho, que se dá com todo mundo — estaria solteiro. Quando pego a saída da Roosevelt Avenue, no Queens, estou ardendo em dúvida.

Ben já está na esquina, sorrindo enquanto me aproximo.

— Tava aqui pensando — digo. — Você tem namorada?

Ele recua, surpreso, uma expressão satisfeita em seu rosto.

— Eita, é... Oi, tudo bem? — Ele solta uma risada esquisita, talvez levemente constrangida.

Agora eu não só quero saber. Eu *preciso*.

— Sim, oi, tudo bem. Mas você sabe *tudo* sobre mim. — Olho de soslaio para ele quando começamos a caminhar pela rua. — Não é justo.

Passamos por vários food trucks, uma variedade de comidas que vai das arepas colombianas aos chouriços e bolos de batata equatorianos. Cheiro de comida defumada e carne assada preenchem o ar e o barulho do trem ressoa sobre nossas cabeças. Nova York tem sempre uma mistura tão estranha de aromas e barulhos, pessoas e ambientes.

Finalmente, Ben olha para mim.

— Eu não tenho namorada, mas estou saindo com alguém. Com uma garota, digo.

Isso me abala. Só um pouquinho. Como isso *não* surgiu nas nossas conversas antes? E por que eu esperava, apesar de todos os bons motivos para o contrário, que a resposta fosse não? Mas então foco algo que ele disse. Parando para pensar, a frase de Ben não faz sentido nenhum.

— Se você está saindo com uma garota, por que ela não é sua namorada?

Passamos por alguns restaurantes, a maioria com placas luminosas de ABERTO na janela e pôsteres com fotos das comidas em promoção, cujos nomes são listados em vários idiomas. Já é quase hora do almoço e, apesar de ter provado a comida que fiz mais cedo, meu estômago começa a roncar.

— Porque só estamos saindo.

Franzo o cenho. Ele retribui. Algo não está fazendo sentido.

— Sair e namorar são duas coisas diferentes. — O tom de voz é gentil, mas dá para notar o "dã" implícito, como se isso fosse um fato incontestável.

Só que não é.

— Vocês dos Estados Unidos são estranhos.

Ben solta uma risada.

— É, somos, mas nesse caso com relação a quê?

— Na França, se está saindo com alguém, então você namora a pessoa. É simples assim. Vocês saem uma vez e, se gostarem um do outro o suficiente para voltarem a se encontrar, então é isso. Vocês são basicamente um casal.

— Ahhh — diz ele sonoramente. — Tudo é mais romântico na França. Tá, então por essa definição somos um casal. Ela... Olivia, o nome dela... e eu já saímos várias vezes. Nos conhecemos numa cafeteria há algumas semanas. Ela é legal. Só não sei se... acho que não tenho certeza do que sinto por ela.

— Então por que não termina?

Ele arqueia uma sobrancelha.

Levo um tempo para entender.

— Certo. Vocês não estão *juntos* juntos, então não dá pra terminar, né?

— Por aí. Mas, espera, se você acha que depois do primeiro encontro já se torna um casal, então Zach é seu namorado?

Dou uma risada tão alta que as pessoas à nossa frente olham para trás.

— Acho que eu teria que encontrar ele primeiro.

— É, acho que saber onde seu namorado tá ou no mínimo ter um jeito de entrar em contato seria de grande ajuda.

Fico boquiaberta em falso ultraje. Ele ri. Gosto do som e do jeito que seu rosto todo se ilumina. É o tipo de risada que te aquece todinha. Aposto que Olivia é muito gata.

Chegamos à feirinha de Jackson Heights, aquela que — se Ben supôs corretamente — Zach costuma frequentar aos domingos. Tem feiras por toda a cidade, cada uma em um dia da semana. O que torna esta especial é o bairro diverso onde acontece. Zach havia falado maravilhas das guloseimas que ele come depois de comprar vegetais frescos para sua avó, que, eu *acho*, mora ali perto. Tamales são vendidos perto da entrada do parque, mas Zach também mencionou um tipo de pão marroquino famoso do qual nunca ouvi falar. Ben teve certeza de que encontraríamos tudo isso em Jackson Heights.

O lugar é incrível, desde as cores vibrantes dos vegetais ao cheiro suave do milho sendo assado perto do pão de alho indiano. Mais ou menos uma hora depois, não posso mais ignorar a sensação familiar do meu estômago pesando. Achei mesmo que hoje seria o dia. Mas agora tenho que encarar a verdade: não vou ver Zach hoje. Não vou abraçá-lo. A realidade, eu não gosto dela.

— Ele não tá aqui — digo, derrotada.

— A feira ainda continua por mais um tempinho — comenta Ben, a expressão como se pedisse desculpas.

Ele só está tentando me animar; dá para ver que várias barracas estão começando a encaixotar os poucos produtos que sobraram e desmontando as mesas. Zach não vai vir agora.

— Preciso comer alguma coisa. — Analiso o lugar. Agora que engoli minha decepção, percebo que tem outra sensação corroendo meu estômago. Fome. E *disso* eu consigo dar conta. A fila para o tamale é bem longa, mas o cheiro parece delicioso.

Ben tem uma ideia melhor.

— O tio do meu amigo é dono de um restaurante maravilhoso no bairro. Ele vê bastante gente. Se Zach está sempre por aqui...

Assinto, a esperança voltando a se acender em meu peito.

— Confio em você — digo, me referindo tanto à comida maravilhosa quanto à ideia de que alguém, em algum lugar, possa reconhecer Zach.

Alguns minutos depois, chegamos a um restaurante espremido entre uma loja de celular e uma de conserto de computador. Um letreiro eletrônico divulga comida nepalesa perto de pôsteres anunciando planos com internet móvel ilimitada. Estranho, tudo é novidade para mim, e intrigante. Um resumo de Nova York.

— Tashi! — chama Ben, quando o chef, um homem baixinho, careca, com um sorriso torto e um olhar simpático, sai dos fundos.

Ele me apresenta e fica conversando com o tio de seu amigo enquanto leio o cardápio.

— O que é momo?

— É tipo um pastelzinho — explica Ben. — Podem ser fritos ou cozidos, e os recheios podem ser qualquer coisa: carne, legumes, batata... Quer provar?

Tashi responde por mim.

— Claro que ela quer! É por isso que vocês estão aqui, não é? — pergunta com uma risada. — Vou anotar o pedido pra vocês.

— Obrigada — começo a dizer. Ben sorri, me incentivando. — Também estou procurando por um cara. É meio que um tiro no escuro, mas talvez você tenha visto ele por aí? Ele trabalha num restaurante, só não sei qual. — Pego o telefone e mostro a foto. — O nome dele é Zach.

Ele franze o cenho enquanto analisa a foto. Depois de um bom tempo, diz:

— Hum, um garoto branco e riquinho. Ele deve estar num daqueles lugares chiques de Manhattan. — Tashi se endireita e finge usar uma camisa com colarinho. — Sabia que é aqui no Queens que você encontra comida de verdade? Feita por imigrantes, para imigrantes.

Não comento que já liguei para alguns dos maiores restaurantes de Nova York procurando por Zach... e não tive nenhuma sorte com isso. Alguns me disseram que não dão informação sobre os funcionários, outros que não tinha ninguém com o nome Zach ou que não podiam ajudar. Falei com umas quinze pessoas antes de desistir. Levaria o ano inteiro para falar com todos.

— Tem certeza que não reconhece ele? — pergunta Ben.

O rosto de Tashi se franze quando olha de novo.

— Desc... — começa a dizer Ben, mas balanço a cabeça, interrompendo-o.

— Ninguém conhece ele, ninguém o viu. Não vou conseguir nunca.

Sinto um aperto no peito, mas meu estômago vazio ainda está roncando.

— Você vai gostar dos momos — diz Ben, quando nos sentamos.

Eles chegam numa panela de bambu, com chutney de tomate com gergelim de acompanhamento. Já estou aguando, mas preciso esperar enquanto Tashi coloca tudo na mesa.

— Prove — pede ele, me observando.

Com meus hashis, pego um.

— Humm. — Reviro os olhos de prazer após uma mísera mordida. — *Trop bon*.

Tashi ri.

— Ah, você é francesa? — Ele vira para Ben. — Entendi por que gosta dela.

A iluminação é meio esquisita ali, mas tenho certeza de que Ben ficou vermelho.

— Esse cara é obcecado pela França — continua Tashi. — O nosso Benny aqui faz comida francesa melhor do que o melhor restaurante francês da cidade.

Ben arregala os olhos.

— Não fala isso pra francesa que literalmente cresceu em um restaurante francês... na França.

— Tenho certeza disso — insiste o homem, como um pai orgulhoso, como se Ben fosse seu próprio filho. — Já provou a sopa de cebola francesa dele?

Como a maioria dos franceses, sou meio esnobe quando se trata de comida. O que significa que sou *muito* esnobe.

— Sabe — digo para Ben, terminando de comer meu primeiro pastelzinho e assoprando por causa da quentura —, se você realmente fosse o não francês mais francês que existe, você só diria sopa de cebola. Porque é isso que é. Ninguém aqui diz que tá comendo um hambúrguer americano.

— Então eles também não comem pão francês?

— Hã, não? Esse pão nem tem na França. Não podemos levar o crédito por todas as comidas famosas. Só pela maioria.

— Tá, mas por essa você pode levar. A lenda é que Luís xv inventou a sopa quando estava sozinho na sua cabana de caça com poucos ingredientes ao seu dispor, mas a verdade é que ela já existia havia séculos. As cebolas sempre foram usadas como matéria-prima porque elas são muito fáceis de cultivar.

Ele repara que estou achando graça e para.

— Ah, merda. Acabei de ser condescendente tentando explicar o prato mais famoso da gastronomia francesa para uma francesa? Fiz *mansplaining*? Quer dizer, *Francesplaining*? Isso existe?

— Não tem como você ter feito *mansplaining* porque eu nem sabia disso. Como pode saber mais da culinária francesa do que eu?

Ben dá de ombro.

— Parece que foi um sucesso em Versailles. Mesmo tendo acesso a todo luxo do mundo, às vezes as coisas mais simples ainda são as melhores.

Ben tem um ponto. Pego um dos momos com o hashi e ergo.

— Um brinde a isso com pastelzinho.

Ben imita meu gesto e bate seu momo contra o meu. Nós rimos do barulho que eles fazem.

Tashi lança um olhar de mim para Ben, então de volta para mim. Um sorriso se forma em seus lábios.

— Prove a sopa de cebola fr… a sopa de cebola dele. É a melhor da cidade.

— Ah, eu adoraria — digo. — Mas esteja avisado: sou difícil de agradar.

Ben estufa o peito.

— Não tenho medo de desafios.

— Muito bem, combinado.

Só por esse instante, o dia de hoje não é mais sobre Zach. É sobre descobrir novas comidas, explorar minha cidade, aproveitar tudo que ela tem a oferecer. É sobre amizade e as surpresas da vida. Como garotos dos Estados Unidos que sabem tudo sobre a França. E apesar de as minhas primeiras semanas em Nova York não terem sido exatamente como eu esperava, tenho a sensação de que o futuro vai ser próspero e saboroso. Ainda mais se envolver *soupe à l'oignon*.

Capítulo 13

É setembro, mas o Natal chegou. Ou é o que parece pela expressão exultante no rosto de Luz quando passa no apartamento para me pegar esta manhã. Ela está esperando por esse momento desde que soube do noivado. Eu vou ficar empolgada também... assim que estiver totalmente desperta.

— O SoHo é o único lugar possível — diz quando começo a me arrumar. Ela ajeita o cabelo escuro e brilhoso, e eu me concentro em procurar um sapato confortável para andar por horas e que seja fácil de tirar. Estamos indo provar roupas, então praticidade é primordial.

— Aham — respondo, olhando minha carteira para garantir que o cartão de crédito de meu pai ainda está lá. *Leve o que quiser, disse ele. O que estou dizendo é: pode se mimar à vontade. Bom, talvez seja melhor não ir à Chanel... mas somos muito gratos mesmo por toda sua ajuda com a organização do casamento, então veja como uma recompensa.*

— Andei pensando muito nisso — continua Luz, futucando minha *nécessaire* de maquiagem e me entregando o rímel.
— Não dá pra gente ir de qualquer jeito. Sim, é verdade, os

noivos disseram que podemos vestir o que quisermos, mas é um casamento. Somos as damas de honra. "De qualquer jeito" não é uma opção.

Cato meu mocassim debaixo da cama. Perfeito.

— Margot? — Luz está me olhando pelo reflexo do espelho.

— Você viu as últimas inspirações que mandei, né?

O problema é que tiveram *muitas* fotos de inspiração. Uma hora Luz está na "vibe" metálica, vestido longo, meio disco, e na outra está mostrando fotos de vestidos numa pegada anos 1950 com laços por toda parte. Desde que os noivos disseram que temos carta branca para escolher nossos vestidos de dama de honra, Luz está em alerta máximo. Meu *único critério é que o vestido seja confortável o suficiente para dançar a noite inteira.* Quando disse isso para Luz, ela brigou comigo por usar a palavra com "c".

Eu me levanto e abro um sorriso.

— Chef, *oui*, chef! — Antes que ela possa me lembrar a seriedade da situação, acrescento: — Temos o dia inteiro e o cartão de crédito do meu pai. Eu confio na gente.

Levamos só quinze minutos para andar até o SoHo, que, como já tínhamos definido, é o lugar favorito de Luz para fazer compras. Entendo o porquê quando chegamos lá. As ruas estreitas de paralelepípedos, as escadas de ferro forjado alinhadas na frente de prédios cheios de saídas de incêndio e as enormes janelas em arco parecem refletir a essência de Nova York. Aquela que vemos nos filmes. Está abarrotado de gente estilosa e lojas. Enquanto seguimos pela Prince Street e entramos e saímos das ruas transversais, reconheço várias marcas francesas.

Mas nossa primeira parada é num lugar chamado & Other Stories, no qual entramos pela porta dos fundos na Mercer Street depois de subirmos uma escada íngreme de metal. Vasculhamos em meio a vestidos longos com estampas delicadas, calças de flanela, blusas de manga longa flare e blazers xadrez.

É tudo muito interessante para a próxima estação, mas nada que pareça funcionar bem num casamento.

Seguimos perambulando pelas ruas, entrando em todas as lojas, considerando cada vestido. Fico encantada com um em chiffon preto de manga curta, que é imediatamente vetado por Luz — *não é um casamento black-tie!* Ela gosta de um vestido envelope verde com estampa floral, mas o caimento *é meio estranho, folgado* na cintura e apertado nos ombros. Então descartamos. A esta altura, já experimentamos umas quinze roupas ou mais, todas rejeitadas por variados motivos.

— Devíamos ir até o Nolita — anuncia Luz. — Lá tem tantas outras lojas. Vamos encontrar nossos vestidos *hoje*!

Ela com certeza acrescenta a última parte por causa da feição abatida estampada em meu rosto. Gosto de roupas tanto quanto qualquer garota, mas Luz é uma guerreira das compras. Estamos nessa missão há quase três horas e ela não mostra nenhum sinal de cansaço.

Não dá para dizer o mesmo de mim.

— Tudo bem, mas podemos almoçar antes disso? Estou quase comendo essas cortinas.

De acordo com Luz, Ladurée, o templo francês dos macarons e dos doces cor-de-rosa, é a escolha óbvia. Além de ser logo ali na esquina, o restaurante abriga um jardim nos fundos, um oásis arborizado escondido por paredes verde-menta, perfeito para um dia maravilhoso de outono. As mesas e cadeiras estilo bistrô me lembram de Paris, assim como os garçons vestindo calça preta e camisa branca. Não diria exatamente que tem gosto de casa — sou uma garota do interior, não uma *parisienne* chique —, mas parece um lugar encantador e tranquilo de se estar.

Pegamos uma mesa nos fundos e começamos a analisar o cardápio. As decisões mais simples são as mais difíceis de serem tomadas, ainda mais quando se trata de comida. Depois de muito pensar, decido por uma omelete de claras com espinafre e queijo de cabra, e Luz pede o Gourmand avocado toast, com salmão defumado.

— Já decidiu quem vai levar como acompanhante? — pergunta ela, depois que fazemos nossos pedidos.

Meu pai e Miguel disseram que poderíamos convidar alguém, e quando me imagino na pista de dança, é nos braços de Zach que estou, os mesmos braços nos quais tenho desejado me abrigar desde aquela noite em Paris. Houve um momento naquela noite que nos deparamos com um artista de rua tocando acordeão: Zach me puxou para uma valsa bem ali no meio da rua, me mostrando os passos enquanto eu tentava não esmagar seus dedos sob minha sandália. Eu estava começando a pegar o jeito da coisa quando a música parou, e tive que disfarçar minha decepção. Pelo menos até Zach me beijar — a única coisa melhor do que dançar com ele.

Mas, para ser sincera, a ideia de levar Zach para o casamento está começando a soar mais como uma fantasia distante do que uma realidade plausível. Não consigo encontrá-lo em lugar algum. Procurei em restaurantes, hashtags do Instagram, vídeos do TikTok. Ninguém o reconhece. Se eu não tivesse esses registros da gente, estaria me perguntando se não foi só um delírio da minha imaginação.

— Não sei. — Dou de ombros.

— Por que você não chama o Ben? — Ela nota que faço uma careta, mas a ignora. — Se não encontrar o Zach, claro. Você e Ben poderiam ir como amigos. Não é nada demais.

— E o *seu* acompanhante? Você vai levar David ou isso é segredo também?

Enquanto eu estava me matando no trabalho, Luz saiu uma noite com um amigo e conheceu um cara. Eles ficaram trocando mensagem direto por alguns dias até finalmente saírem num encontro há duas semanas. David trabalha *à noite num bar, então os horários deles não* se batem muito, mas os dois estão indo para o terceiro encontro agora. Luz ainda não me mostrou nenhuma foto dele e diz que não tem nenhuma, mas sei o verdadeiro motivo: ela não quer esfregar na minha cara que conheceu um cara quando estou tão desesperada para estar com Zach.

— Eu decidi que não vou levar ele — responde ela.

Um garçom traz nossos pratos e os arruma na mesa.

— Por que não?

Pego uma das batatas assadas que vieram com a omelete. Elas estão reluzindo de azeite, fazendo minha boca aguar de vontade.

— Minha família inteira vai estar lá. Sinto que é melhor esperar pra ver se a coisa vai ficar séria. Ele é tão motivado, tão intenso e teve uma vida bem difícil. *Não conhece a mãe, e o pai dele é superausente. Foi criado pela* avó, mas a situação não era muito estável. Enfim, estamos indo com calma.

— Bom, me parece que você gosta mesmo dele — comento, sentindo uma pontada de inveja. Talvez ela esteja certa em me proteger. Não sei se consigo lidar com Luz loucamente apaixonada quando estou apenas louca *sans* Zach. Por outro lado, se existisse a possibilidade de levá-lo como acompanhante no casamento, eu não hesitaria nem por um segundo. — E se isso é verdade, não seria muito romântico estar lá com ele? Vocês vão se lembrar desse momento por anos.

Luz dá uma mordida em seu avocado toast.

— Nós não somos como você, Margot. Você passou uma noite com um cara e simplesmente *sabe* que ele é o amor da sua vida.

Engulo em seco. Para evitar encará-la, pego um pedaço de pão e passo uma camada grossa de manteiga.

— Não tô te julgando! — acrescenta. — Só não entendo.

— Sim, você tá! — Baixo a faca, e o tilintar dela contra o prato nos assusta. Luz e eu nunca brigamos, por motivo algum. — Durante toda minha vida, senti que faltava algo em mim. Nasci aqui, mas nos mudamos antes que eu pudesse ter alguma memória de Nova York. Meu pai me contava tudo sobre minha outra cultura, e sempre me imaginei vindo para viver a experiência por conta própria. Eu sou francesa, mas também sou dos Estados Unidos. E então conheci Zach... que mora em Nova York. Um cozinheiro. Eram sinais demais. E eu posso até só ter ficado com ele por uma noite, mas pode apostar que, se o encontrar antes do casamento, ele vai ser meu acompanhante. É o destino. Não precisa fazer sentido. Só é.

Luz assente. Sua expressão não se abala, como se ela soubesse que isso foi longe demais.

— Não vou chamar David. É cedo demais pra gente e, se não der certo, não quero passar os próximos jantares em família explicando o que deu errado com o carinha bacana do casamento de Miguel.

— Ok — digo, sentindo a irritação se esvair. — Você faz o que é certo pra você, e eu, o que é certo pra mim.

— Combinado.

Terminamos a refeição, e, quando o garçom pergunta se queremos sobremesa, sou eu que recuso. Mais importante do que um acompanhante é encontrar o vestido.

Cruzamos a Broadway até o Nolita. Depois de algumas paradas — durante as quais Luz encontra uma saia de bolinhas com uma fenda grande, e eu esbanjo dinheiro com um suéter confortável —, chegamos à Sézane, a loja mais francesa do mundo. As janelas são emolduradas com flores brancas e plantas em vasos e cobertas por toldos listrados em branco e cinza. Lá dentro, o piso de madeira espinha de peixe me lembra do interior de um apartamento parisiense, ainda mais quando chegamos a um tapete com padrão hexagonal tipo colmeia escrito *Bonjour Nova York.*

Luz abre um sorriso.

— Tenho um bom pressentimento sobre este lugar. Dá pra dizer que sua gente entende um pouquinho de moda.

— E de comida! — acrescento. — Principalmente comida.

— Tá bem, vocês são melhores em tudo. Feliz?

— *Oui!*
Nunca tive tanto orgulho do meu país antes de sair de lá.

Nos separamos. Vou direto para os fundos da loja, onde um vestido longo azul-marinho me chama; pelo menos até meus olhos encontrarem um lilás com cintura marcada e muitos botõezinhos alinhados na frente.

Luz aparece de repente atrás de mim.

— Margot, Margot, Margot!

Assim que viro, a encontro segurando um vestido mini assimétrico rosa-choque, com babados na parte de baixo e no peito. O tecido *é composto por um fio metálico. Apesar de não ser* muito meu estilo, tenho que admitir que, mesmo no cabide, parece sexy.

— É maravilhoso — digo.

A expressão de Luz se alegra.

— Para o provador! — ordena, levantando o indicador.

Assim que coloco o vestido rosa, me sinto diferente, de um jeito bom. Ele destaca meu quadril e deixa meus ombros à mostra. A cor ilumina meu rosto. Eu amo.

Saio da cabine na mesma hora que Luz. Analisamos uma a outra da cabeça aos pés e então arregalamos os olhos. É isso.

— Você está gostosa, *hermana* — elogio.

— Digo o mesmo, *ma sœur*.

Ainda estamos girando na frente do espelho que vai até o chão quando meu celular apita de dentro da bolsa. Dou uma conferida. *É uma mensagem de Ben,* com a foto de uma baguete. O tom é perfeito, cor de mel, e dá para sentir a crocância através da tela.

Pour le goûter. Também peguei *confiture* de morango.

Goûter significa lanche em francês, mais especificamente lanche da tarde. *É o que a gente come quando chega da escola, para segurar até o jantar.* Mas adultos também têm direito a *goûters*.

> Que francês da sua parte.

Digito e acrescento três emojis sorridentes.
Outra mensagem chega.

> Qual é a boa?

Olho meu reflexo: é uma visão bem melhor do que quando estou suando com o calor da água quente da lava-louça. Sem pensar muito, faço uma careta sorridente, tiro uma foto do espelho e envio para Ben.

> Comprando vestido de dama de honra para o casamento.

Luz me lança um olhar de questionamento.
— Estou falando com Ben — explico.
Ela coloca as mãos na cintura.
— Não quer mesmo chamar ele pro casamento?
Dou de ombros. Acho que poderia ser legal... *E se Luz acha que não teria problema levar ele como amigo...* Não sei. Ele logo me responde.

> Maneiro! Nossa próxima parada devia ser na Katz's Deli. Talvez amanhã, antes do trabalho?

Abro um sorriso.

> Show! Vc é o melhor.

Você quer dizer que sou *le meilleur*?
Oui.

— Margot? — chama Luz.
Ela está parada, olhando para mim.

— Foi mal. — Jogo o celular em cima das minhas roupas, então saio de novo para me olhar no espelho. — Os vestidos são perfeitos. Isso significa que encerramos por aqui?

Luz assente.

— Esse é o vestido ideal!

Com um olhar demorado para o espelho, imagino Ben de terno me levando para a pista de dança.

Seria divertido.

Mas só se eu não conseguir encontrar Zach antes.

Capítulo 14

O chef está de mau humor.
 É o aviso que recebo de Raven antes mesmo de entrar no restaurante. Ela está tomando café em um copo para viagem do lado de fora, não muito longe da entrada, algo que sempre nos dizem para não fazer. Somos o pessoal dos fundos. Os invisíveis. Nossos intervalos, quando nos atrevemos a tirá-los, devem ser no beco dos fundos, escondidos. Eu a deixo sozinha com seu celular — ela parece estar mandando mensagem para alguém —, me perguntando com quem deve estar falando. Depois do chef, Raven me parece ser a pessoa que mais trabalha naquele lugar. Ela sempre está lá quando chego, quando vou embora, quando tenho uma dúvida, mesmo que nem sempre pareça feliz em responder.
 A questão é que: o chef está *sempre* de mau humor, então presumo que Raven está especialmente cansada naquele dia. Começo a mudar de ideia assim que chego ao vestiário. Dois dos auxiliares de cozinha estão no meio de uma conversa enérgica em espanhol — o que inclui muita gesticulação, mas eu só consigo entender uma palavra ou outra.

— Tá tudo bem? — pergunto.

Acho que eles nem me ouvem. Meu trabalho não se cruza muito com o deles, além de eu ser uma das mais novas. Não nos misturamos com os veteranos. Esta é só mais uma desvantagem da minha função: eu chego bem depois de a maior parte da equipe já ter começado a trabalhar, o que significa que perco toda a fofoca do dia.

Na cozinha, Ben parece tenso e concentrado. Nos divertimos tanto no Katz's Deli, apesar de, é óbvio, não termos encontrado Zach *de novo*, mas hoje ele mal me cumprimenta. Alguns dos cozinheiros perambulam ao redor em silêncio, carregando bandejas e organizando o mise en place em suas praças: sal marinho em flocos, pimenta-do-reino em grãos, claro, fatias de limão, uma garrafa de azeite de oliva virgem, vinagres variados, tigelas de molhos e um tablete de manteiga. Também tem uma pilha de guardanapos brancos em cada praça, para limpar a borda dos pratos antes de irem para a próxima área.

Só vejo o chef quando nos sentamos para o jantar dos funcionários. Sua expressão é dura, mais severa que de costume.

— Certo, pessoal, prestem atenção.

Normalmente, ele começa com alguma saudação. Esse é o momento da equipe se entrosar, é quando estamos juntos de verdade. O chef vai elogiar como servimos trezentos pratos na noite anterior sem precisar refazer praticamente nenhum. Vai ler em voz alta uma crítica da *Eater*, ou falar de algum post favorável de um influenciador no Instagram. Ele entende a importância de levantar a moral, mas hoje não tem tempo para isso.

— A gente está num trem desgovernado — começa, de pé na cabeceira da mesa. — Cheguei hoje de manhã e parecia que a câmara fria tinha sido saqueada. Não deu pra acreditar na bagunça! Esse é o problema um. Agora, sobre o turno de ontem à noite.

Ele enumera uma longa lista de queixas. Reclamações de clientes sobre a beterraba assada estar azeda, sobre a salada

Caesar estar sem graça, com pouco crouton, sobre o tartine de ervilha estar sem gosto. Impossível não notar que todos os pratos que o chef mencionou são comidas frias. Essa área é de responsabilidade de Ari, e o chef o está encarando abertamente agora, então todo mundo entende o ponto de sua revolta. A mesa inteira caiu em silêncio, e eu dou uma espiada em Ari. Não acho que ele ame ouvir sermão na frente da equipe inteira.

— E a sua praça! — diz o chef, elevando a voz, o olhar fuzilando Ari. — Está uma imundice e ficar pior e pior a cada dia que passa.

— E eu te expliquei o motivo! — retruca Ari.

O ambiente emana tensão. Ninguém está curtindo aquilo.

— Temos pouca gente — continua ele, sua voz ficando um tom mais baixa. — Precisamos de mais pessoal na cozinha, e até lá...

— E até lá o quê? — afronta o chef. — Você não pode me dar um ultimato. Estou gerenciando um negócio aqui.

Ari olha para Raven, procurando apoio. Ela o ignora e vira para o chef, o que é o equivalente a um tapa na cara. Não tem sentido tentar Bertrand; ele nunca se envolve em conflitos. Quando está trabalhando, é como se só existisse o chef — esse é o tanto de atenção que ele dá ao restante de nós. Quanto à próxima na hierarquia, Raven tem uma certa desenvoltura com Boyd. Ela ameniza as explosões, advoga por algumas causas, em como melhorar a comida da refeição dos funcionários ou contratar mais gente, e ouve as reclamações de ambos os lados. Mas hoje parece bem claro que ela não está do lado de Ari.

— Então *você* é o problema — diz Ari ao chef. Sua mandíbula está tensa, o olhar fuzilante. Isso não vai terminar bem. — Cortei meu dedo duas vezes ontem. Angela tropeçou e machucou o tornozelo. Ben quer trabalhar em mais turnos, mas você não deixa porque o mais importante aqui é "economizar". Estamos dando nosso melhor com o que temos em mãos.

— Então o seu melhor não é o suficiente — retruca o chef.

Ari levanta. Os dois homens se enfrentam num embate silencioso.

— Mais alguém aqui tem dificuldade em fazer seu trabalho? — pergunta o chef, olhando pela mesa. A resposta é o silêncio e algumas cabeças balançando em negação.

— Sério mesmo? — Ari chuta a cadeira para trás. Ela arranha o chão com raiva. — Ninguém tem coragem de falar a verdade? Tô cansado disso. Eu dei tudo por esse restaurante. *Tudo!*

— E, mesmo assim, suas endívias continuam aguadas.

Essa doeu.

O rosto de Ari fica vermelho. Em seguida, ele se afasta da mesa e respira fundo. Seguro a minha própria respiração, não me atrevendo a olhar para ninguém.

— Tô fora — diz ele.

— Tá bem — responde o chef friamente.

O ar fica pesado depois do que parece ser muito tempo, mas provavelmente são só alguns segundos. Ari solta um grunhido e sai puto da vida para o vestiário. O chef balança a cabeça e volta para a cozinha. Leva mais um minuto até alguém começar a colocar comida no prato. Não demora muito, e só se ouve o som de mastigação.

— Devemos nos preocupar com nossos empregos? — pergunto a Ben quando estamos limpando a mesa depois da refeição.

— Que nada, essas coisas acontecem.

Mas dá para ver que ele está incomodado com a coisa toda.

— Mesmo?

— Você não sabe a história toda. O Ari pediu um aumento, e o chef cagou. Mas ele tem conversado com o sous-chef de um restaurante italiano em Tribeca, então acho que já estava tentado a sair de qualquer jeito.

— Então o Ari saiu mesmo?

— Vai saber. As pessoas vão e vêm o tempo todo.

Começo a imaginar uma coisa.

— Você acha que... Quer dizer, quem vai assumir o lugar de Ari hoje?

Ben arqueia uma sobrancelha. Ele sabe exatamente o motivo por trás da minha pergunta.

— Raven deve encontrar alguém de última hora. Às vezes todo mundo se divide e se ajuda pra segurar até o próximo turno. — Ele para e me encara. — Acho que não custa perguntar.

Mas da última vez que tentei não deu muito certo. E o chef nem estava nesse humor.

Ben consegue ler a hesitação em meu rosto.

— Eu te conheço. Você vai se arrepender se não tentar.

Meus dedos formigam, mas se é de medo ou empolgação, não tenho certeza.

— Se eu me meter em confusão... — Mas não termino a frase porque sei que Ben está certo. Tenho que continuar pedindo.

Encontro o chef na câmara fria, concentrado numa conversa com Raven e Bertrand. Ele está conferindo itens de uma lista, vasculhando em meio a potes e vasilhas enquanto falam.

— Oi — digo, incerta, me aproximando deles devagar. — Já que vocês estão com um cozinheiro a menos...

Raven se vira para mim, pensativa. Em seguida, olha para o chef.

— Leo talvez esteja livre esta noite.

Leo é o lavador de pratos de meio período, que assume meu lugar quando não estou escalada.

O chef e Raven se entreolham. Eles se comunicam silenciosamente. Os dois trabalham juntos há anos, então acredito que estão acostumados com essas situações. Bertrand continua a olhar os potes, fazendo o balanço do estoque. Acho que ele não faz ideia de quem eu seja.

O chef se vira para mim.

— Tudo bem.

Estou chocada. Como pode ser tão fácil?

— Você queria sua chance — diz o chef, notando a surpresa em meu rosto. — Me disse que é uma ótima cozinheira. Agora é a hora de provar.

— *Merci* — agradeço, mas antes mesmo de a palavra sair da minha boca, sei que é a coisa errada a se dizer, então falo muito rápido. — Eu consigo — acrescento. — Vai dar tudo certo.

O chef assente enquanto coloca a lista no bolso do seu dólmã e esfrega os olhos. Ele parece cansado. Já acompanhei de perto os estresses que minha mãe sofre gerenciando um restaurante e raramente tem a ver com a cozinha de fato. A entrega das compras está atrasada ou houve um erro no pedido e seu estoque de alface provavelmente vai acabar no meio do turno. Sua cozinheira se queima no forno e você tem que assumir enquanto ela cuida da lesão. Cozinhar é uma experiência gloriosa e transcendental, mas gerenciar um restaurante traz muitas dores de cabeça.

— E, Margot — chama o chef quando estou quase saindo —, você precisa mesmo se destacar hoje. Se quer isso.

Fico tentada a perguntar se ele está falando sobre fazer isso para sempre, mas a voz de Luz me vem à cabeça. *Nada é eterno em Nova York,* bella. *Tudo é "por hora".*

— Pode deixar.

Ok, não sei se acredito *totalmente* nisso. No fundo, estou apavorada de ter que dar esse tiro no escuro, mas não tenho tempo para me preocupar, tenho um trabalho a fazer. O *meu* trabalho. Encontro um uniforme de cozinheiro no vestiário. O dólmã foi passado recentemente, e o algodão está rígido quando o visto, como se não estivesse para brincadeira. Fica um pouco grande em mim, então dobro as mangas. Depois disso, estou mais pronta do que nunca.

***

Não vou mentir. O trabalho é pesado. Ivan, que está na praça fria comigo, reclama de ter que me ensinar as receitas. Ainda sou a mais nova da equipe a conseguir um cargo disputado e me sinto cercada de olhares durante a noite, esperando que eu falhe. Mas não vou. Eu pertenço a este lugar. Esta *dança*, esta cadência perfeita é minha.

A noite funciona mais ou menos assim: o chef grita cada pedido que chega e todos paramos para ouvir. Temos que estar atentos a tudo que acontece para que possamos trabalhar uns com os outros num ritmo perfeito. Se a praça quente tem um acúmulo de pratos — como a popular couve-flor assada com pistaches, picles de cebola-roxa e molho de açafrão —, então preciso desacelerar meu trabalho para que os itens de um mesmo pedido estejam em sincronia.

— *Oui*, chef! — respondemos em uníssono quando ele termina de ler a comanda.

Assim que reunimos todos os ingredientes — as nozes assadas, punhados de queijo de cabra fresco de uma fazenda no norte do estado de Nova York, o vinagrete feito por um dos auxiliares de cozinha — é hora de fatiar, picar, cortar, pegar ingredientes com uma concha, espremer. O trabalho é barulhento: uma mistura de batidas, rangidos, gritaria, tilintar. É *ensurdecedor*.

O próximo passo é empratar com cuidado e enviar o pedido para o fim da linha de produção, onde Raven ou Bertrand, e depois o chef, dão os toques finais.

Tenho pouquíssimo tempo para admirar minhas criações antes de seguir para a próxima. Cada gesto conta, cada passo em falso pode me deixar para trás. Tenho que calcular tudo. Quando preciso pegar aquela vasilha? Quanto espaço posso ocupar na bancada para picar essas ervas? Cozinhar é tudo isto junto: emoções, química, cultura, sabor, até mesmo matemática. Tudo precisa encaixar na nossa corrida infinita contra o relógio.

Para minha sorte, Ben está logo atrás de mim na praça quente, e é como se ele soubesse do que preciso antes mesmo de eu pedir. Ele desliza a faca certa pelo balcão, aponta para o nicho onde está o ingrediente que procuro. A dança de cada restaurante é um pouquinho diferente, e ainda preciso aprender esses passos específicos. E, apesar de ser muito grata pela ajuda de Ben, um pavor corre por minhas veias à medida que o fim do turno se aproxima. Essa não pode ser minha única noite, a minha grande chance. É absurdamente difícil, mas parece *certo*. Estou trabalhando como cozinheira. Num restaurante chique. No coração de Manhattan. Alguém me belisca.

O chef não fez comentários sobre minha performance esta noite, e não consigo decidir se isso é bom ou ruim. Sei que não sou a única com quem ele precisa se preocupar, mas até que me ofereça a vaga, não é real.

— Bom trabalho, parceira — elogia Ben ao final do serviço, quando estamos limpando nossas praças, que é o trabalho do cozinheiro mais novo. Os outros vão embora sem nem olhar para trás.

— Obrigada. — Agora que a adrenalina deixou meu corpo, tudo o que resta é dúvida e exaustão. — Eu quero muito isso — murmuro, para que ninguém mais possa ouvir.

— Você *tem* isso.

Sei que ele está tentando me encorajar, mas não posso alimentar minhas expectativas. Quando estamos no vestiário, tiramos os dólmãs e os colocamos no cesto de roupa suja.

— Mas até que o chef me diga...

Ben abre a porta do armário dele de repente e então aponta o dedo para algo atrás de mim.

Dou meia-volta e encontro Raven parada ali.

— Margot, tô te colocando na escala de amanhã, ok?

Ben está balançando a cabeça, me dizendo para não perguntar, mas eu preciso. Tenho que ter certeza.

— Na linha de produção?

Raven assente.

— É. Esteja aqui às 14h, ok?

Meu coração retumba contra o peito.

— É definitivo?

Ela solta um suspiro longo e frustrado, que sei que não é exatamente por minha causa.

— Claro. Tão definitivo quanto dá pra ser.

E, simples assim, eu tenho um novo cargo.

Espero Raven estar longe o suficiente para começar a pular.

— Eu consegui a vaga, eu consegui a vaga, eu consegui a vaga!

Ben me observa, sorrindo.

— Como é? É agora que digo: eu te avisei?

Estou sorrindo tanto que minhas bochechas doem.

— Não, é agora que você diz: muito bem, você mereceu.

Ele me abraça. Eu retribuo o abraço. Essa é a sensação da felicidade.

Viu só, Nova York? Você não pode me afastar da minha vida dos sonhos. E sei que tem muito mais a caminho.

Capítulo 15

Não é um encontro, mas *é* a primeira vez que Ben e eu vamos sair juntos só porque sim. Não estamos escalados para o turno de hoje e não vamos procurar Zach. Vamos só... comer juntos, no apartamento dele. É o que digo a mim mesma enquanto escolho uma roupa, e é o que repito sem parar para Luz, que não desiste.

— Certo — diz ela, enquanto me observa colocar um cinto de couro preto envernizado na cintura. — Você tá colocando um macacão bonitinho pra jantar na casa dele, só vocês dois...

— Pode ser que o pessoal que divide apartamento com ele esteja lá!

Luz revira tanto os olhos que eu meio que espero que eles saiam de órbita.

— Só vocês dois — continua ela. — E vamos ser sinceras? Você não tem falado do Zach nos últimos dias.

Ela veio aqui em casa ficar comigo enquanto me arrumo para o que definitivamente não é um encontro, e estou começando a me arrepender. Eu amo Luz, mas digo *non merci* para este tipo de pressão.

Olho para mim mesma.

— É só uma roupa.

O look é finalizado com minha sandália de suede preta, que é a sandália mais alta que tenho. Ela faz minhas pernas parecerem bem mais torneadas do que de fato são. Ainda assim, é *só uma roupa*.

— Margot, tá tudo bem gostar do cara. Mesmo trabalhando com ele, mesmo se também gostar dele como amigo, mesmo se... — Ela para, sabendo que não quero ouvir.

Não é que parei de procurar por Zach. É só que não tenho muito mais onde procurar. E talvez, só talvez, eu tenha começado a me questionar sobre as memórias daquela noite. Eu não estava *apaixonada* por ele. Só senti... fogos de artifício, como se cada partezinha do meu coração estivesse vibrando. Mas e agora? Continuo me sentindo assim ou só estou me agarrando aos sentimentos daquela noite? Não tenho a resposta ainda e não consigo me desapegar com tanta facilidade. Não posso ignorar o fato de que Zach continua por aí, que ainda podemos ficar juntos.

— Ben é um amigo, Luz. E só tô indo provar a sopa de cebola dele.

Ela faz uma cara sugestiva.

— Aposto que é *muito* boa.

Pego minha bolsa, balançando a cabeça, porém concordo com ela. Mas óbvio que não vou admitir isso em voz alta.

— Vamos logo.

Deixamos meu pai e Miguel nas profundezas da organização de casamento — o DJ pediu a playlist deles — e andamos juntas até a estação de metrô. Luz vai encontrar David num restaurante vegano mexicano famoso, no Lower East Side, e dá para ver que está nervosa, já que não para de ajeitar o vestido. Ainda não conheci o cara, mas ela prometeu que nos apresentaria em breve, quando todos estivermos livres ao mesmo tempo. Entre meus horários e o dele, pelo que Luz me diz, isso vai ser um desafio.

— Bom date — desejo quando estamos prestes a nos separar. — Me mande o relatório completo depois.

— Também vou querer saber tudo sobre como foi o seu.

Meus protestos são abafados pelo barulho da chegada do metrô na plataforma, e ela sai correndo, deslizando entre as portas no momento que estão fechando.

Vou para o sentido oposto, para Williamsburg, do outro lado do rio. Aparentemente, a vizinhança do Brooklyn costumava ser mais alternativa — ocupado por artistas e influenciadores —, mas agora arranha-céus luxuosos brotaram à beira-rio e jovens profissionais se mudaram para lá em bandos para curtir os novos restaurantes mais badalados, bares de drinques e lojas vintage que estavam abrindo.

Sinto o aroma de cebola caramelizada quando começo a subir a escada para a casa de Ben, e o cheiro me lembra do porquê estou aqui. Um dos colegas de apartamento dele, um cara atarracado de cabelo preto grosso e volumoso chamado Karim, abre a porta. Karim é o melhor amigo de Ben da época do ensino médio e atualmente está terminando o primeiro ano da faculdade enquanto estagia numa start-up de tecnologia.

— *Bonjour* — cumprimenta Karim antes de voltar para o apartamento. — Ben, ela chegou. — Então se volta de novo para mim. — Pode entrar. E, desculpa, isso é tudo que sei em francês.

— Tá tudo bem — digo, observando o lugar.

Tem uma longa fileira de tênis contra a parede, um banco coberto por correspondências fechadas e uma bicicleta atravancando o corredor. Os móveis não combinam, mas o sofá marrom parece confortável o suficiente. É emocionante ver um apartamento nova-iorquino de verdade pela primeira vez. A casa de meu pai e Miguel não conta — é bem cuidada e sofisticada, tão adulta. Essa é bagunçada e básica, com todos os sonhos esperando para serem realizados. É o tipo de casa que quero para mim, mas menos masculina. Ben coloca a cabeça para fora da cozinha, secando as mãos num avental no momento que Karim desaparece por uma porta.

— *Bienvenue* — cumprimenta Ben, fazendo um gesto para que eu o siga até a cozinha.

O cômodo é pequeno, a bancada com pouquíssimo espaço. Uma caçarola grande está sendo esquentada no fogão — quase cheia até a boca e exalando aroma de cebolas e caldo de carne.

Por um instante, me sinto no Chez l'ami Janou, o restaurante de minha mãe. Resisto à vontade de abrir a gaveta de talheres — eu não saberia qual é, de qualquer maneira — e mergulhar uma colher na panela.

— Pensei que você estava fazendo sopa de cebola pra *mim*. — digo, em tom de brincadeira. — Quem vai comer isso tudo?

— Sempre faço comida pra um exército. É isso que cozinhar significa pra mim. Juntar as pessoas, compartilhar uma das experiências mais primitivas que podemos ter como seres humanos. — Ele dá uma risada e acrescenta: — Isso e o fato de meus colegas de casa serem péssimos na cozinha. Vão morrer de fome se eu não alimentar eles.

— Te respeito, meu amigo. Isso é muito nobre da sua parte.

Eu me sento à bancada da cozinha. Ben começa a explicar sua antiga história com o método batch cooking enquanto mexe a sopa. Quando era mais novo, a maioria dos seus familiares vivia perto: avós, tias, tios, primos. Havia uma política de porta aberta não verbalizada; todo mundo podia entrar a qualquer hora. Na hora do jantar, ninguém perguntava se o pessoal queria ficar para comer, só pegava um prato e servia o que tivesse. Nunca perdiam a oportunidade de compartilhar uma refeição com as pessoas amadas.

— Também vou precisar de mais informações sobre aquela sopa de cebola. — Dou uma espiada na panela; o cheiro é tão gostoso que me deixa com água na boca.

— *Évidemment*. Claro que precisamos de uma boa baguete para absorver bem o caldo — diz ele, pegando um pouco da sopa na colher para provar o ponto. — Mas acho que o verdadeiro truque é ser paciente na hora de caramelizar as cebolas até ficarem no ponto perfeito.

— Você também faz o caldo de carne? — Não estou tentando interrogá-lo, mas preciso entender com qual seriedade ele leva o assunto. Estamos falando de sopa de cebola. É um negócio sério na França.

Ele dá uma risada debochada de ultraje enquanto leva uma colher cheia até o rosto para sentir o cheiro da mistura.

— É óbvio, nada que valha a pena é feito rápido. — Em seguida, pega duas cumbucas do armário e vira para mim. — Tô preparando o prato mais clássico da França para uma francesa. Acha mesmo que vou pegar atalhos? A pressão é real.

Ele está brincando, mas tem uma seriedade em sua voz. Não sei como reagir àquilo. Somos colegas de trabalho. Somos amigos. Somos fundadores da operação Encontrar Zach. Estamos só... curtindo o tempo livre. Não estamos?

A sopa de cebola tradicional é *gratinée*, o que significa que vai no forno para que a grossa camada de queijo no topo fique com um dourado bem bonito. O aroma de cebola logo se mistura a um novo: queijo Gruyère derretido e gratinado. Alguns minutos depois, Ben se junta a mim na bancada. Estamos prontos para comer.

Para falar a verdade, setembro ainda não é a época perfeita para sopa de cebola. É um prato de conforto, algo que você prepara no auge do inverno, quando precisa se aconchegar no calor e no sentimentalismo. Mas esta não é só uma sopa, é a personificação da culinária francesa, a celebração de prazeres rústicos, a transformação do básico — cebola, caldo, pão, queijo — em algo icônico e, ainda assim, despretensioso. E é óbvio que foi feita com amor. Com amizade, quero dizer. Foi feita com *amizade*.

Pego minha colher, a ansiedade borbulhando dentro de mim. Sorrio para Ben, e ele retribui. É como se estivéssemos tendo um momento... com a sopa.

— Lá vai, hein — aviso, desviando meu olhar dele.

A camada de queijo no topo é grossa e contínua, e preciso de um certo esforço para quebrar a barreira. Quando consigo, mexo pela cumbuca, analisando o conteúdo. Finalmente, pego um pouco da sopa, que está cheia de cebola, caldo e um pedacinho de pão perfeitamente encharcado. Ben não diz uma só palavra. Na verdade, tenho quase certeza de que ele está prendendo a respiração enquanto tomo minha primeira colherada.

Os sabores explodem na minha boca, o gosto de casa me atingindo com tudo. Ben me espia de canto de olho, e me sinto uma daquelas críticas de comida cujo veredito tem potencial de favorecer ou acabar com seu futuro. Tomo outra colherada enquanto ele cerra a mandíbula, a máscara em seu rosto sorridente caindo só um pouquinho. Sou má por meio que gostar disso?

Finalmente, admito:

— Ai, meu Deus, você é o melhor mesmo.

Não tenho certeza se era isso que eu pretendia dizer, ou se minha língua só se embolou. Um lampejo cruza o ar quando nossos olhares se encontram e é... difícil descrever o significado daquele momento. Pigarreio e pouso minha colher.

— Mas tá muito quente. Acho que preciso de um segundo.

Ben dá uma risada desengonçada.

— Claro. Por enquanto, posso curtir o fato de que minha sopa de cebola impressionou uma cozinheira francesa?

— *Oui*, chef. Com certeza, qualquer restaurante francês aceitaria você como aprendiz.

Seu sorriso morre na mesma hora.

— Isso seria incrível, mas não faz parte do plano.

— Planos *devem* ser incríveis.

— Meu pai já tá pegando no meu pé pra eu procurar um emprego que pague melhor. Ele não entende que tô lutando pra crescer. Nem imagino a cara dele se eu dissesse de repente que tô me mudando pra França.

— Mas você é um cozinheiro no Nutrio! Me dá o número dele; vou dizer pra ele o quão importante isso é.

Ben não ri da minha brincadeira, só suspira alto.

— Eu pedi um dinheiro emprestado e não deu muito certo. Raven vive dizendo que vai me dar mais turnos, mas ainda não aconteceu.

— Mas vai! Lembra o que você me disse: você precisa tentar. E pedir de novo.

— Claro, mas, no meio-tempo, meu pai fica usando isso contra mim. Meus planos não estão dando certo tão rápido quanto eu precisaria.

— Sinto muito. Deve ser puxado. Sendo sincera, minha mãe também não acredita em mim. Por anos, ela achou que eu estava brincando sobre me mudar pra Nova York. Agora que vim, tudo que ouço dela são comentários sobre quão difícil a vida é aqui. Como trabalhar em restaurante é tão pesado na cidade e que pareço tão cansada. Ela vive perguntando se estão me tratando bem e me lembra o tempo todo que eu posso simplesmente voltar pra casa se não der certo. Pra quem ouve de fora, parece que ela tá me apoiando, mas eu sei o que ela quer dizer com isso. A pequena Bambi não consegue dar conta da cidade grande.

É bom tirar isso do peito contando para alguém que entende.

Ben balança a cabeça, como se estivesse tão chateado quanto eu.

— Será que eles não conseguem enxergar o quanto a gente dá duro pelo que queremos?

Dou de ombros.

— Acho que minha mãe se importa mais com o que ela quer pra mim. Que é exatamente o oposto do que ela fez.

— Que foi o quê?

Conto para ele sobre quando ela tinha minha idade e morou em Nova York para ser uma chef, conheceu Franklin Boyd, e então meu pai, trabalhou e se divertiu pra caramba, até eu chegar.

Ben arregala os olhos.

— Não sabia que você tinha nascido aqui!

Assinto.

— Mas não me lembro de nada. Voltamos pra França quando eu tinha dois anos. Minha mãe conseguiu um emprego num restaurante perto de onde ela cresceu e depois assumiu os negócios quando o dono se aposentou. Ela não diz isso com todas as palavras, mas sei que quer que eu assuma o restaurante quando for a hora.

Ben arqueia uma sobrancelha.

— Mas isso não seria ótimo?

— Não me leve a mal, mas não acho que você entende o que é viver numa cidade pequena. Tipo, o maior acontecimento dos domingos são os pássaros cantando no jardim... porque não tem mais ninguém por perto.

— Você tem um jardim? Que chique.

— É, mas também tem trabalho pra caramba. Minha mãe tem sua própria hortinha, com tudo orgânico, pra poder servir a comida mais fresca. Eu costumava passar minhas manhãs regando tudo antes de ir pra escola.

Ben dá uma risadinha.

— Vegetais orgânicos na porta de casa? É, com certeza não dá pra sentir pena de você.

— Ok, bom, você tá acostumado a trabalhar num dos restaurantes com a decoração mais linda da cidade. Olha só isso.

Pego meu celular para mostrar a ele fotos do restaurante de minha mãe: as mesas quadradas cobertas com toalhas xadrez que foram lavadas um milhão de vezes, os estofados de couro vermelho-escuro, o espelho vintage desbotado no qual o *menu du jour* está escrito em letra cursiva e os lustres que não combinam pendendo do teto. É tudo tão antiquado. Velho, na verdade. Sem contar que é um décimo do tamanho do Nutrio.

Mas quando olho para cima, Ben parece empolgado.

— É aconchegante.

— É escuro.

— É charmoso.

— Alguns chamariam de abafado.

— E fica só a uma hora e meia de Paris?

— São quase duas horas! — retruco, um pouco alto demais.

Ben solta uma risada. Até eu percebo quão ridículo isso soou.

— Fala sério, Margot. Tudo parece meio que um sonho. — Ele aponta para a tela do celular. — E olha todas essas resenhas positivas! Você tem um restaurante à sua espera. Quando for seu, vai poder fazer o que quiser com ele, até mudar as toalhas de mesa. Imagina só!

Não conto para ele que meio que adoro as toalhas de mesa. Elas estão tão macias agora. Também não comento que Chez l'ami Janou recebeu um selo Bib Gourmand, porque a comida da minha mãe realmente é impressionante. E apesar de não ser uma estrela Michelin, é bem incrível.

— Mas não é Nova York — digo, para encerrar o assunto. — Não tem nada no mundo como Nova York.

— Um brinde a isso — responde Ben, levantando sua cumbuca quase vazia.

Colocamos mais sopa na tigela e continuamos a conversar pelo que parecem horas.

Ben tem várias histórias de família da época que moravam na França. O avô dele, um amante de História, ficou superemotivo quando visitou as praias do Dia D na Normandia, e sua avó sempre fala das *grands magasins* onde ela fazia compras em Paris.

Rola muita fofoca do Nutrio também. Um restaurante no norte da cidade está de olho em Bertrand, e o chef ficaria arrasado se ele saísse. Erica começou a sair com uma das outras garçonetes, e tem boatos de que o chef e Raven tiveram um caso quando ela ainda estava com o ex-namorado. Ben me conta esse último como se eu devesse achar um escândalo, mas não foi ele mesmo que me disse que as emoções ficam afloradas na cozinha?

— Vou te acompanhar até o metrô — diz Ben quando estou pronta para ir embora.

Penso em protestar, mas ainda me sinto como uma novata em Nova York e tudo parece diferente no escuro. No fundo, sou uma garota do interior, de um país diferente ainda por cima. Estou acostumada a andar de bicicleta no meio de campos de girassóis, não a pegar um trem subterrâneo no meio da noite.

Lá fora, mal dá para notar que é tarde da noite de uma segunda-feira. Multidões se abarrotam para fora de restaurantes e bares, um zumbido alegre no ar frio. Às vezes me pergunto por que Nova York sequer se incomoda em contar os dias da semana. Ninguém desalecera, não há ritmo nessa cidade. A energia é diferente deste lado do rio, jovem e descolada, mas ainda é cheio de gente, festas e agitação por toda parte. Nem acredito que estou fazendo parte disso. Este é o tipo de noite que sempre me imaginei tendo com Zach: comendo uma ótima comida, andando por este lugar mágico e conversando por horas. Ainda assim, esta noite foi maravilhosa e é tudo graças a Ben.

Ele tem um cartão de metrô ilimitado, então se oferece para me levar até a plataforma. Novamente, não protesto: semana passada, me peguei no trem errado duas vezes; numa delas entrei acidentalmente na linha expressa e não consegui sair antes da metade do caminho até o Central Park.

Lá no subsolo, a tela me informa que a linha L chega em três minutos.

— Eu me diverti muito — digo, sentindo a contagem regressiva do relógio.

— *Moi aussi*. A gente… — Ben para, respira fundo. — A gente devia fazer isso de novo.

— *Oui!* — Minha boca fica seca de repente. — Quem sabe da próxima vez eu não cozinhe pra você algo do meu repertório.

— Seria ótimo.

Essas duas simples palavras fazem meu corpo formigar inteiro. Ben dá um passo em minha direção, e minha mente se embaralha toda. O jeito que ele me olha, o jeito que *eu me sinto* quando ele me olha… Só não tenho certeza de como deveríamos nos despedir. Como você se despede de um amigo-
-barra-colega-barra-um-cara-com-quem-não-tive-um-encontro?

Porque isso não foi um encontro. Ainda não é um encontro. Mas... Será que é um encontro?

E justo quando penso que não dá para ficar mais confuso, Ben se aproxima ainda mais.

— Então, hum... — diz ele. — Eu queria te contar que Olivia e eu, bom, a gente...

Do outro lado da plataforma, o barulho de um trem chegando abafa o restante da frase de Ben. Alguns segundos mais tarde, ele parte, liberando a visão do outro lado, onde algumas pessoas desembarcaram. É quando o vejo. O cabelo loiro está um pouquinho maior. A mochila azul é a mesma. Sua mandíbula continua quadrada. Desta vez, sei que é ele. Sinto no meu coração.

— ZACH! — grito com todo o meu fôlego. Ele está tão perto. *Tão* perto. — ZACH!

Só tenho uma fração de segundo para agir.

Saio correndo pelas escadas, analisando a estação inteira. Meu coração bate contra o peito, minhas têmporas pulsando. Tem um fluxo de gente vindo do outro lado da plataforma, e não tenho ideia se Zach está no meio delas, ou se já foi embora.

— ZACH! ZACH! ZACH! — Estou gritando, ofegante e cheia de esperança e medo, tudo ao mesmo tempo. Era ele. Ele está aqui. Não é como no aeroporto.

Mas ninguém se mexe. Giro no lugar, sentindo os segundos indo embora. Faço outra maratona de corrida louca escada acima, para o lado de fora. Ele *tem* que estar aqui.

Chamo seu nome de novo e de novo. As pessoas passam por mim, me ignorando, e nenhuma delas é Zach.

Eu o perdi. De novo. Sei que o perdi, mas não consigo aceitar.

O universo não pode estar fazendo isso comigo. *Nova York* não pode estar fazendo isso comigo.

Ainda assim, Zach se foi.

Capítulo 16

Quando desço de volta para a plataforma, no sentido Manhattan, Ben também desapareceu. Não é que eu acreditasse que ele fosse me esperar exatamente, mas não quero ficar sozinha agora. Sinto como se o céu tivesse desabado sobre minha cabeça: num instante estou tendo a melhor das noites e no seguinte sou lembrada do quanto estou perdendo, de como meu sonho de aventura com Zach simplesmente deu errado e desapareceu. Procuro por Ben em todo lugar, sentindo o estômago embrulhado. Ele ia me contar algo sobre Olivia. A noite toda está terminando de um jeito ruim, e sinto que é culpa minha.

> Desculpa! Não acredito que perdi ele de novo. A sopa tava incrível. *Merci!*

Encaro meu celular enquanto espero pelo metrô, e assim permaneço durante todo o trajeto e enquanto caminho até em casa.

A resposta de Ben só chega quando estou na frente do prédio, pegando a chave dentro da bolsa.

> Sem problema.

É isso? Duas palavrinhas? Esse não é o Ben. Ele sempre disse que queria me ajudar a achar Zach, mesmo antes de a gente se conhecer de verdade. Quer dizer, foi ideia *dele*. Não posso afirmar se eu sequer criaria expectativas sobre isso se Ben não tivesse me encorajado. E olha só, nós encontramos Zach! Ben deveria estar feliz por mim. Quero responder sua mensagem, mas não sei bem o que dizer.

E continuo sem saber quando chega nosso próximo turno juntos, na sexta. Não nos falamos desde segunda, mesmo eu tendo pensado em mandar mensagem várias vezes. Estava me coçando para sugerir outra aventura em busca de Zach, mas a resposta fria de Ben me impediu todas as vezes que abri a conversa.

Ben está no vestiário quando chego, junto com alguns dos garçons e duas das auxiliares de cozinha. Não tenho certeza se fico aliviada ou desapontada.

— E aí — cumprimento todos eles, meus olhos fixos em Ben.

— E aí — eles respondem. Ben apenas assente com um sorriso discreto.

Será que é pior do que pensei?

— Bambi! Você tá tirando uma pausa pro café entre cada prato ou o quê?

Ari pode ter ido embora, mas o chef com toda certeza continua aqui: observando cada passo meu, respirando na minha nuca, esperando que eu falhe. É como me sinto, pelo menos. Ele nunca me chamou de Bambi antes — pensei que ele estava acima disso —, mas esta noite é diferente. Fins de semana são implacáveis: os primeiros clientes chegam por volta das 18h e não temos uma pausa para respirar até os últimos pedidos saírem lá para as 23h, às vezes até mais tarde. A pressão é bem maior na linha de produção.

— Saindo pra já! — grito na cozinha, mesmo quando mal comecei o prato.

— Só um segundo!

— Deixa comigo!

— Chef, *oui*, chef!

Não sei se estou enganando alguém, mas definitivamente não estou enganando a mim mesma. Pensei que lavar louças era exaustivo, mas eu não conhecia o significado da palavra. Durante toda a noite, estou fora do ritmo. Começo algo cedo demais e a comida fica lá esperando, atrapalhando outros pratos, ou calculo mal e termino tarde demais, atrasando todo restante: a praça quente, os sous-chefs, o chef e até os garçons. Terei sorte se uma pessoa sequer nesta cozinha ainda me tolerar no fim da noite.

— Se continuar assim, vou mandar você voltar a lavar louça! — esbraveja o chef em certo momento.

Ninguém me socorre. Raven é compreensiva, mas ela não fica contra o chef a não ser que seja realmente necessário, e Ben está ocupado demais mantendo seu ritmo para sequer olhar na minha direção.

Dou um jeito de sobreviver ao turno, mas a noite toda é um borrão de gritos e a sensação de que estou fazendo besteira. Antes que eu perceba, estamos todos guardando as vasilhas e limpando nossas praças. Mal me aguento de pé quando vou até o chef.

— Vou trabalhar melhor amanhã, juro. Não vou te desapontar.

Ele rosna em resposta.

O lado positivo é que levo tanto tempo para me trocar — cada parte do meu corpo dói — que quando termino só estamos Ben e eu no vestiário.

— Oi — digo, hesitante. Não nos falamos a noite toda, e a sensação é estranha. *Muito* estranha.

— E aí. Hoje foi pesado, hein?

— É... Eu provavelmente não deveria admitir isso em voz alta, mas não sei o que deu em mim.

Ben fecha a porta do armário e se aproxima.

— Você vai ter que aguentar firme, Margot. O chef faz isso mesmo com os funcionários mais novos. Temos que nos provar o tempo todo se queremos nos destacar. Não tem outra opção. Ninguém vai nos dar nada de bandeja.

Sinto uma frustração própria por trás das palavras, e talvez até um pouco de medo de que minha performance ruim possa refletir negativamente nele. Todo chef tem seu círculo de confiança, seus funcionários preferidos. Se quisermos entrar, temos que trabalhar o dobro sem deixar a peteca cair. Vai levar meses — talvez até anos! — para que o chef me considere uma das suas. Mas será que vou aguentar manter o ritmo desse jeito? Não tenho certeza.

Por ora, só quero mudar de assunto.

— Desculpa pela outra noite — peço enquanto cruzamos o restaurante agora quase todo escuro e vazio.

Lá fora, o vento é cortante, um forte contraste com o mormaço da cozinha. Abotoo o cardigã fino que estou usando. Luz e eu vamos precisar planejar uma sessão de compras para o inverno o mais rápido possível. Ben responde com um dar de ombros. Estamos indo para a mesma direção — ele para a estação de metrô da Union Square pegar a linha L, e eu mais para o sul, para a West Village.

— Eu quero continuar procurando por ele — acrescento.

Entre o trabalho, as coisas do casamento e manter a relação com meus amigos e minha família lá na França, é quase impossível encaixar a operação Encontrar Zach. Mesmo quando tenho tempo, é difícil não me sentir desencorajada quando todas as minhas pistas acabaram não dando em lugar nenhum. Mas sei que vê-lo na outra noite foi um sinal. *Tenho* que continuar procurando.

— Estou pensando em ir em Bushwick na segunda.

Zach havia citado uma pizzaria famosa no Brooklyn, perto de alguns quarteirões cheios de murais modernos, e Ben imediatamente pensou no Roberta's.

— Bacana — diz Ben, sem realmente olhar para mim.

Sinto um nó na garganta. Algo está obviamente errado, mas continuo insistindo.

— Sei que provavelmente não vou encontrar ele lá, mas começamos essa coisa e... — Talvez seja pelo turno difícil ou a montanha-russa de emoções pela qual tenho passado desde que cheguei tão perto de Zach, mas me sinto abatida, como se não fosse eu mesma. E Ben, que é sempre tão caloroso, tão bondoso, tão *disponível*, está indiferente. — Você quer ir comigo?

Minha voz soa baixa. Como se estivesse implorando.

— Segunda, é? Tô ocupado. Umas coisas de família rolando.

— Ah. — Faço um esforço para esconder minha decepção. — Tá tudo bem?

No fundo, minha mente é um turbilhão. Isso foi uma desculpa?

— Tá sim, não se preocupa.

— Tudo bem, acho que não precisa ser segunda. Poderíamos...

Eu paro. Depois da noite de segunda, sinto que preciso redobrar os esforços para encontrar Zach, que preciso fazer isso *agora* ou nunca vou conseguir. Mas não quero fazer isso sem Ben. Isso é uma coisa nossa. E somos amigos. Não somos?

— Acho que deveria ir o quanto antes, Margot. Você é o tipo de garota que corre atrás dos seus sonhos e encontrar Zach é tudo que importa pra você, né?

— Bom, não é tudo... — Aperto a alça da minha bolsa, apreensiva.

Ben dá de ombros de novo. Paro de falar.

— Desculpa, não posso ir — diz ele.

Penso em Olivia, a garota com quem ele está saindo, e meu estômago embrulha. Quero perguntar sobre ela, o que ele ia dizer na noite da sopa de cebola, mas está claro que não está no humor de conversa. Além do mais, parece que essa conversa aconteceu há um milhão de anos.

Paramos na frente da escada do metrô.

Ben olha para baixo, pronto para descer.

— Espero que encontre ele. Desejo mesmo isso pra você.

— Ben, eu…

— E se encontrar, *quando* encontrar ele, espero que tenha valido a pena.

Então Ben vai embora, e acho que nunca antes me senti tão sozinha desde que cheguei nesta cidade.

Capítulo 17

É manhã de segunda, e Luz e eu estamos largadas num banco do Washington Square Park. Só pego no trabalho à tarde, e Luz teve apenas duas aulas bem cedinho. Estamos com um copo de café em mãos e protetor solar nos rostos, e alguém está tocando piano no parque. É um dia lindo de outubro na cidade de Nova York.
— Você ainda não me contou como foi seu date com David — comento, depois de tomar um gole da bebida.
— Você quer mesmo saber?
Claro que ela já me contou tudinho por mensagem, mas ainda não tivemos chance de conversar pessoalmente até agora.
— Por que eu não iria querer?
Ela faz uma careta.
— Ah, você acha que eu não quero saber da sua vida amorosa só porque a minha é uma completa desgraça? Não, *guapa*. Eu ainda amo o amor. Nunca vou querer *não* ouvir sobre uma noite romântica entre você e seu cara misterioso. Abre o jogo.
Luz parece hesitar por um instante, mas então cede à pressão.

— Eu gosto dele. Ele é um amor e ficou perguntando se gostei da comida, se queria mais alguma coisa. Pareceu checar se eu estava me divertindo, várias vezes. E eu estava.

— Continue. — Tomando meu café, esperando o restante.

— Ele é meio tímido — continua Luz. — Ou talvez ele não seja tímido, mas só... estava desconfortável? Quando eu perguntava alguma coisa, ele dava uma resposta bem rápida, e eu tinha que ficar sondando pra conseguir mais informação. Você sabe que falo pelos cotovelos, né — eu dou uma risada de concordância —, e é estranho pra mim quando fica um silêncio no meio da conversa. Tipo, não posso preencher os espaços vazios o tempo *todo*.

— Tenho certeza que você conseguiria — brinco —, mas entendo que seria melhor se não falasse sobre você mesma a noite toda.

Luz me fuzila com o olhar.

— Você tá me zoando.

— *Lo siento*.

Bebemos nosso café em silêncio por um instante, antes de Luz acrescentar:

— Ele beija muito bem. Tipo, meu Deus, foi *o melhor* beijo.

Solto um longo suspiro de inveja. Zach beijava, *beija*, muito bem também. Com certeza o melhor que *eu* já tive. Ainda lembro cada um dos nossos beijos, como foram incríveis.

— Isso com certeza precisa entrar em consideração — digo.

Estou tentando parecer tranquila, mas eu menti para Luz antes. Ouvir seu relato machuca um pouco, sim. Me lembra do que eu não tenho, do que não consigo ter mesmo tentando. Eu deveria estar feliz. Estou em Nova York, trabalhando no emprego dos sonhos, vivendo o melhor momento da minha vida. Quando tenho uma pausa, pelo menos. Zach seria a maravilhosa cereja do bolo mais gostoso do mundo. E eu amo este bolo, mas será que consigo mesmo viver sem a cereja? Cheguei tão perto. Como posso deixar pra lá? E por que eu iria querer isso?

Luz interrompe minha torrente de pensamento.

— Então, o que vamos fazer hoje?

Ainda não contei a ela, porque parte de mim esperava que Ben mudasse de ideia e fizéssemos isso juntos. Nós dois trabalhamos o fim de semana inteiro, mas não nos falamos de verdade desde que ele foi embora pela estação do metrô na sexta. Afasto o pensamento e explico o plano para Luz: pizzaria e rua cheia de artes em Bushwick, e talvez, *só talvez*, avistar Zach em algum lugar no caminho. Tranquilinho.

Levantamos e começamos a andar até a estação de metrô.

— Sei que você e eu temos visões diferentes do amor, mas é isso mesmo que quer? — pergunta Luz.

— Pizza?

Ela ergue uma sobrancelha.

— Margot!

Finjo inocência, então ela continua.

— Não quero que você se machuque. E se você nunca encontrar Zach?

— Eu já encontrei. Procurei pela cidade toda, e lá estava ele quando eu menos esperava.

— Mas... — Luz para.

Nós duas sabemos o que ela ia dizer. E se não era ele? E se eu queria tanto vê-lo que imaginei? E aí, quando contei o que aconteceu naquela noite com Ben, ela me fez descrever cada detalhezinho, até o tom de voz que ele usou quando disse que não estava disponível hoje.

— Margot, não tô te dizendo pra desistir... — começa ela, quando estamos descendo as escadas.

— É exatamente isso que você tá fazendo. Não tenho orgulho de como ficaram as coisas com Ben. Tivemos uma ótima noite juntos e eu... eu só saí correndo. Sei que ele tá irritado comigo, e odeio isso. Mas agora sinto que tenho que me esforçar ainda mais pra encontrar Zach. Tem que ter valido a pena.

— Entendi — diz Luz. — Eu vou parar de falar.

A viagem para Bushwick leva cerca de quarenta e cinco minutos, e procuro por Zach o caminho todo, como fiz todas as vezes que perambulei pela cidade. Procurei por ele em vagões abarrotados e calçadas cheias de gente. Analisei cada loja e cafeteria que entrei. Inúmeras vezes encarei garotos que eram remotamente parecidos com ele, olhando duas vezes de um jeito quase cômico, minha cabeça virando de lado como um chicote, meu coração parando por um momento. Prendo a respiração, semicerro os olhos. Tenho esperança. Eu me permito ter esperança. Luz me observa. Às vezes, algo em seus olhos diz: *É ele? Está acontecendo?* Outras, noto um vislumbre de irritação em seu rosto.

— Sabe — diz Luz quando chegamos à calçada —, não estou chateada com essa parte da operação Encontrar Zach. Sempre quis vir aqui.

Bushwick é bem diferente de Manhattan, mas, como todas as outras partes da cidade, essa vizinhança tem sua própria vibe. Alguns prédios têm uma aparência mais rústica, com paredes cobertas de grafite, e são intercalados por grandes estacionamentos cercados, onde caminhonetes estão alinhadas. Postes de energia cortam o céu azul, adicionando uma energia ainda mais industrial ao bairro. Em meio a isso, o Roberta's e sua entrada num tom vermelho-vivo são fáceis de avistar. É tudo muito, *muito* legal.

— Viu só, meus planos não são de todo ruim. — Forço um sorriso, mas a verdade é que eu queria estar ali com Ben. E não só porque poderíamos ter um debate acalorado sobre o nosso ranking de queijos italianos (na minha opinião, gorgonzola é subestimado, já que a muçarela recebe todos os louros muito injustamente). O fato é que foi Ben quem desvendou essa pista.

Por ser dia de semana, não tem fila para entrar. Ainda assim, o Roberta's está bem cheio, metade das mesas de madeiras cobertas por bandejas de metal, o cheiro de pimenta e manjericão flutuando no ar. Jovens tatuados e usando roupa vintage tomam cerveja ou suco, petiscam pão e azeitona marinada enquanto esperam pelo prato principal.

Luz e eu decidimos pedir milho-doce grelhado de entrada e uma pizza de muçarela, folhas de mostarda-castanha, limão e queijo parmesão. Assim que tiramos isso do caminho, repito o mesmo disco arranhado: mostro a foto de Zach para qualquer um disposto a prestar atenção. As pessoas dão de ombros. Balançam a cabeça. *Não conheço ele. Muita gente vem aqui.* Sorrio e agradeço. Não quero que percebam como estou cansada de ouvir isso. Zach não está em lugar nenhum. Já entendi. Isso não tem futuro.

A pizza é de outro mundo. Dá para achar pizza em qualquer lugar, provavelmente em questão de minutos de onde você estiver. Talvez seja até a única comida que não precisa de tradução. Pizza é só pizza, com toda a sua esplêndida simplicidade. Farinha, água e sal, recheada com alguns ingredientes cuidadosamente escolhidos que combinam perfeitamente juntos. Molho de tomate e manjericão. Ricota, alho e azeite. Calabresa, cogumelos e cebola-roxa. As possibilidades são infinitas.

Os nova-iorquinos, eu já percebi, são um pouco orgulhosos demais de sua pizza. Já li uma boa quantidade de listas de "Melhores pizzas da cidade" e nenhuma delas parece ser igual a outra. Minha opinião sobre o assunto? Não tem essa de melhor, porque isso tem um significado diferente para cada pessoa. Eu gosto dela massuda em vez de crocante. Um pouco tostada, mas nunca queimada. E esta aqui é perfeita até a última mordida.

Bushwick não é famosa só pelo Roberta's, mas pelas várias ruas com paredes inteiras cheias de arte urbana. Não estamos falando de grafite, mas de pinturas detalhadas se estendendo por metros e metros, envolvendo prédios, em todo estilo que se possa imaginar. Um leopardo andando contra um fundo azul-claro aqui, bonitas peônias cor-de-rosa cobrindo a entrada de um estacionamento ali. É quase como um parque de diversões.

— Sinto muito que não tenha dado certo — diz Luz quando passamos por uma gangue de caveiras sorridentes. — O que você vai fazer agora?

Solto um suspiro profundo.

— Nunca ia funcionar, né? — Não tenho *nenhuma* pista para seguir exceto por essa lista e algumas fotos tiradas na escuridão da noite de Paris.

— Margot, tá tudo bem se você quiser desistir. Pensa no todo. Você queria uma aventura, e não é isso que tá tendo? Às vezes as coisas só não dão certo e tá tudo bem.

— Eu queria uma aventura *e* uma história de amor épica. Por que tenho que escolher? E se eu estiver prestes a encontrar ele? E se tudo o que preciso é tentar mais uma última vez?

Luz pede desculpas com o olhar. Quando se trata de Zach, não há respostas, só mais perguntas.

Estou conferindo o mapa no meu celular, tentando descobrir para onde deveríamos ir agora, quando algo chama minha atenção.

— Williamsburg não é longe daqui — digo, dando zoom.

Uma luz se acende nos olhos de Luz.

— Foi lá que você viu Zach, não foi?

Assinto.

— Vem cá — pede ela, segurando minha mão. — Eu tenho uma ideia.

Ela não diz o que é até estarmos saindo do metrô de novo na Bedford Avenue, perto de onde Ben mora. Sinto um aperto no coração quando reconheço a vendinha da esquina, cheia de buquês de flores na entrada.

— Eis a minha dúvida — diz Luz quando paramos perto da entrada do metrô que Zach deve ter usado naquela noite. — Talvez ele só estivesse de passagem. Estava visitando um amigo ou uma amiga ou saindo para beber. — Minha mente pausa no "amiga" e quem ela poderia ser, mas afasto o pensamento. Luz continua: — Ou... aqui é a área dele. Pode ser que more aqui ou trabalhe pelos arredores.

Começo a virar lentamente, avaliando tudo, vibrando com a possibilidade.

— Você não vai encontrar ele assim — retruca ela, caminhando na direção de um poste. Alguns panfletos e adesivos estão colados nele. Um diz VOTE e outro está anunciando aulas de violão. Tem um número de telefone que se repete várias e várias vezes, para que as pessoas possam arrancar o pedaço de papel e guardar.

— Sempre quis aprender a tocar violão — comento. Luz arregala os olhos, como se eu não estivesse entendendo nada. — Deveríamos fazer um cartaz pro Zach! — acrescento, a lâmpada finalmente acendendo.

— *Mais oui!*

Encontramos um canto para sentar, e eu me curvo sobre o celular para escrever.

Procuro Zach, digito.

— Não, espera. Tem que ser interessante, senão ninguém vai ler — orienta Luz.

Assinto.

— O povo de Nova York não tem tempo pra nada, né?

— Você tá aprendendo — responde com uma risada.

Pensamos por um tempo, e então ela sugere:

— PERDIDO, cara lindo, que atende pelo nome de ZACH.

— Ahh, é. Cara *muito* lindo.

— Vamos precisar dar mais detalhes. — Luz bate no meu ombro como se isso fosse me fazer acelerar.

Loiro, alto, acrescento.

— Visto pela última vez... — me incentiva ela.

Visto pela última vez debaixo da torre Eiffel.

— E a vez do metrô, que você viu ele?

Dou de ombros.

— "Visto pela última vez na plataforma da estação Bedford Avenue" não tem o mesmo apelo. E quantos Zachs você acha que passam aqui por dia? Por outro lado, quantos Zachs passam aqui *e* estiveram na torre Eiffel?

— Você tem um ponto.

Discutimos sobre outras escolhas de palavras por um tempo até que finalmente chegamos a isto:

PERDIDO

Cara muito lindo, que atende pelo nome de ZACH.
Loiro. Alto. Um sonho (opinião imparcial).
Visto pela última vez debaixo das luzes brilhantes da Torre Eiffel depois de uma noite mágica no verão passado.
O universo está chamando, Zach.
Responda no número 347-330-1994.
Bisous, Margot (lembra de mim?)

Luz e eu corremos para a xerox mais próxima e pedimos para imprimir vinte cópias.

— Ou devo pedir mais? — pergunto para Luz. — Se vamos fazer isso mesmo, precisamos adesivar a cidade toda. Essa é minha última chance.

— Não existe isso de última chance, mas claro, vamos lá.

As folhas estão quentinhas por terem acabado de sair da impressora, ou talvez sejam minhas mãos que estão suadas. Antes de ir, compro um rolo de fita adesiva e uma tesoura. Em seguida, Luz, minhas esperanças e eu seguimos para as ruas de Williamsburg. Fazemos tudo metodicamente, cartaz após cartaz após cartaz. Algumas pessoas param para ler assim que colamos, e eu me encho de alegria. Me inclino sobre lixeiras, evito cocô de cachorro e quase sou atropelada por entregadores em suas bicicletas elétricas. Em pouco tempo meu apelo está por todo o bairro.

Quando colamos o último cartaz, nos afastamos para admirar nosso trabalho.

— Será que isso é ajuda o suficiente para o universo? — pergunta Luz com um sorriso.

— Sim — digo, encantada.

Mas dá para ver em seu olhar: isso é uma diversão para ela, um jeito inútil de matar a tarde. Zach e eu tivemos uma noite incrível um ano atrás, e nosso grande plano de nos encontrarmos na Times Square foi pelo ralo. Não sei se ela algum dia acreditou que poderia acontecer, que *iria* acontecer. Mas ela não estava lá naquela noite. Acho que nunca me abri para ninguém como me abri para Zach. Contei a ele meus maiores medos: como eu temia nunca ser uma cozinheira tão boa quanto minha mãe, ou que eu não conseguiria trilhar meu próprio caminho. Compartilhei com ele como eu desejei ir para Nova York por toda a minha infância e sempre ficava decepcionada quando meu pai viajava para nos visitar, em vez do contrário. Falei dos amigos, que eu os adorava, mas que eles nunca entenderam de verdade por que eu precisava tanto sair da nossa cidadezinha. E Zach ouviu, o tempo todo. Ele me abraçou forte e fez eu me sentir compreendida como nunca antes. Eu preciso daquela sensação de novo.

Não posso simplesmente seguir em frente pensando que ele não foi verdadeiro, que mentiu sobre querer estar comigo de novo. Ele se esqueceu de mim? Ele nunca teve a intenção de me encontrar na Times Square? Não, não posso nem pensar nessa possibilidade, seria muito triste.

Ainda assim, sinto que estou ficando sem alternativas. Ou talvez já tenha ficado. Se isso não der certo, se Zach não vier me encontrar depois de eu ter me esforçado tanto para encontrá-lo, pelo menos eu morri tentando.

Capítulo 18

Faltando apenas três semanas para o casamento, fico meio nervosa de ouvir Raven falar que o chef vai precisar de toda a equipe dando tudo de si em breve.

— Vamos começar a intensificar a produção para o fim de ano — me explica ela no fim da noite, enquanto fazemos um intervalo rápido no beco atrás do restaurante. Eu parei de procurar por ratos, mas ainda me assusto quando bate um vento em um saco de lixo preto. — Daqui até janeiro vamos viver um loooongo período. Esteja avisada.

Eu não tinha noção de que as exaustivas horas que vinha trabalhando poderiam ficar ainda mais intensas, mas já notei a mudança no ar. Luz está se acostumando com a rotina na faculdade, os planos para o casamento estão encaminhados, tem abóboras para todos os lados e as decorações de Halloween já praticamente tomaram as ruas. É como se eu já tivesse passado por umas cinco versões diferentes de Nova York, embora esteja aqui há pouco mais de dois meses.

— O chef está dando os toques finais no cardápio de fim de ano e os investidores vão dar uma passada aqui daqui a pouco.

— Pra quê? — pergunto, curiosa. Minha mãe com certeza não tem investidores no Chez l'ami Janou, ninguém a quem responder. Ela só faz uma comida gostosa e as pessoas gostam o suficiente para voltar. Só isso.

Raven dá de ombros. Parece que nada a incomoda, o que talvez seja a melhor maneira de encarar o mundo quando se trabalha com o chef Boyd.

— Eles gostam de ver se o restaurante está em ordem, se o dinheiro dos investimentos está sendo bem gasto. É óbvio que o dinheiro é mais importante, mas a maioria dos investidores também quer apoiar um restaurante que tenha certo prestígio. Eles não conseguiriam cortar um aspargo nem se a vida deles dependesse disso, mas querem poder dizer que têm uma mãozinha no sucesso do Nutrio, que o purê de alcachofra não existiria sem eles.

— Esses investidores não parecem nada legais — provoco, mas Raven apenas dá de ombros novamente.

— A gente não precisa que eles sejam legais, só que continuem liberando o dinheiro. E é aí que você entra.

— Eu? — Não tenho dúvidas de que pareço surpresa. Dinheiro não é exatamente o meu ponto forte. Até tenho conseguido fazer uma reserva de emergência, mas só porque garanti hospedagem com pensão completa grátis, o que é nitidamente o maior privilégio que se pode conquistar em Nova York. Em geral, minhas economias não somam um grande valor. Entendo por que o pai de Ben fica no pé dele em relação a isso.

— Você e os outros cozinheiros — explica Raven, uma sobrancelha erguida. — O chef vai fazer uns testes do novo cardápio durante o dia, antes de começar o serviço da noite. — Meus olhos se iluminam, e Raven abre um sorriso. — Achei mesmo que você ia gostar da notícia. Posso contar com você amanhã, por volta de meio-dia, então?

Eu não deveria estar no trabalho àquela hora, mas não posso perder a oportunidade de cozinhar com o chef.

Quando chego no dia seguinte, fico sabendo que ele planejou trabalhar com dois cozinheiros de cada vez para aperfeiçoar o cardápio até se dar por satisfeito. Fico ao mesmo tempo aterrorizada e encantada ao descobrir que minha dupla vai ser Ben esta tarde.

Já se passaram algumas semanas desde a noite da sopa de cebola, e a gente não tem se falado muito. Queria sugerir de sairmos juntos vez ou outra, mas ouvi Ben falando sobre um restaurante de franquia que vai abrir mais algumas unidades em Nova York em breve. Sei que visitar lugares como esse faz parte dos planos dele, que é o próximo item em sua lista. Eu também o vi mergulhado na biografia de um chef celebridade durante todos os nossos intervalos, então é bem óbvio que ele está focando a carreira agora, nos próximos passos mais lógicos. Isso me deixa triste, para ser sincera. Não acredito que Ben queira mesmo trabalhar em um restaurante como aqueles.

— Vamos lá — diz o chef quando nós três nos juntamos em um canto da cozinha, ao mesmo tempo em que os outros se preparam para o serviço do jantar em suas respectivas estações.

— Vamos trabalhar em dois pratos — ele se vira para Ben —, uma massa verde com ervilhas, couve kale, limão-siciliano e ricota — depois se vira para mim — e um belíssimo e crocante ratatouille.

Agora entendo por que ele queria a garota francesa na equipe. Ratatouille é uma das especialidades da minha mãe — mas, infelizmente, não posso mandar uma mensagem pedindo dicas para ela. O chef tem essa política de nada de telefones dentro da cozinha: além de serem objetos cobertos de germes, as pessoas se distraem demais tentando dar uma olhadinha em seus celulares.

Ele coloca a lista de ingredientes na nossa frente, escrita em um garrancho indecifrável, mas não preciso ler a receita para saber o que vai em um ratatouille. Ben e eu vamos imediatamente para a despensa para pegar tudo de que precisamos.

Ele: rigatoni fresco, feito antecipadamente por um dos assistentes de cozinha; ervilhas; longas folhas de couve kale, ainda no ramo; alguns limões-sicilianos; um pote de ricota fresca.

Eu: vegetais e mais vegetais, incluindo tomates, berinjelas, abobrinhas, pimentões vermelhos e abobrinha amarela; um jarro de azeite de oliva; muitos dentes de alho.

Preparamos as refeições em silêncio, um ao lado do outro, enquanto o chef conversa com Bertrand. Não canso de me impressionar com quão pouco o chef de fato cozinha no dia a dia. Minha mãe não apenas é a chef do Chez l'ami Janou, como também é a cozinheira principal, a pessoa por trás de cada prato, do início ao fim.

Mas, em grandes restaurantes como este, os chefs passam boa parte do tempo fazendo... bem, basicamente qualquer outra coisa. Reuniões com fornecedores, checagem de estoque, ajustes no cardápio, entrevistas para a equipe, conversas com investidores. E apesar de todos os pratos realmente passarem pelo chef antes de serem servidos, isso geralmente significa apenas que ele pincelou o *sauce au vin* ou conferiu se a cebola confit está doce o suficiente.

Enquanto Ben tira os talos da couve kale e coloca água para ferver, eu começo a cortar todos os vegetais em cubinhos perfeitos.

Vim para Nova York aberta para novas e diferentes possibilidades, mas tem apenas um jeito de fazer ratatouille: o da minha mãe. Consigo praticamente ouvi-la me orientando, como costumava fazer. *Quando o assunto é ratatouille, o ingrediente mais importante é a paciência*, ela sempre dizia. Eu revirava os olhos, mas minha mãe estava certa. Você pode tentar cozinhar os vegetais todos juntos e economizar algum tempo no processo, mas aí acaba com uma abobrinha molenga ou uma berinjela malcozida. Cada um desses legumes merece uma atenção especial e o tempo certo de cozimento. Isso e uma quantidade absurda de azeite de oliva.

Assim que minha primeira leva de vegetais vai sendo salteada no fogo, volto para a despensa para ver que ervas temos em estoque: orégano fresco é a primeira a me chamar a atenção, embora eu sempre prefira manjericão. E então vejo as *herbes de Provence*, que melhoram basicamente qualquer prato. Pego alguns potes e talos e os coloco em cima da bancada.

— Preciso de uma opinião — digo a Ben. O lado dele está cheio de metades espremidas de limão, o aroma ácido preenchendo o ar ao nosso redor. Ao seu lado, o processador, cheio de couve kale cozida e alho torrado, está ligado com força total. — *Herbes de Provence* vão bem aqui, *oui ou non*?

O chef escreveu apenas *ervas* na lista de ingredientes, e me pergunto se ele foi vago de propósito, para me testar.

— *Absolument* — responde Ben. Ele baixa o tom de voz, como se estivesse prestes a me contar um segredo. — Mas se eu fosse você, colocaria um pouco de pimenta calabresa pra um sabor a mais.

Assinto, considerando a sugestão. O ratatouille pode ter um sabor bem suave depois que se mistura o molho de tomate. Um toque extra não pode fazer mal. Na verdade, pode ser até o que vai fazer o prato brilhar.

O processador para e Ben retira a tampa dele.

— Você pode provar isso aqui pra mim? — Ele me estende uma colher. — Quanto limão é muito limão?

Mergulho o dedo no molho e o passo na língua para que minhas papilas gustativas possam decidir.

— Eu colocaria um pouquinho mais.

O chef passa para dar uma olhada na gente algumas vezes. Ele faz diversas perguntas, mas não esboça qualquer reação à medida que respondemos. Agora estou preocupada. Foi arriscado demais fazer o meu prato à moda antiga? Não é bem o estilo do Nutrio. Sinto como se estivesse em um daqueles programas de culinária. Não vou saber se fiz certo até que seja tarde demais para recalcular a rota.

Finalmente, Ben e eu estamos prontos. A massa dele e os meus vegetais estão cozidos. Nossos molhos estão homogêneos e prontos. Não temos que nos preocupar com o empratamento, esse vai ser o trabalho do chef quando os sabores estiverem perfeitos.

Ele pega um garfo e o mergulha na minha criação primeiro. Mastiga por alguns segundos, semicerrando os olhos enquanto foca os sabores.

A espera é excruciante, mas o veredito enfim vem.

— Suas cebolas não estão muito cozidas. Acho que precisavam de uns minutos a mais no fogo.

— Entendido — digo, me xingando mentalmente. Cebolas malcozidas? Erro de iniciante.

Ele dá mais algumas garfadas, durante as quais eu prendo a respiração. Ben também está todo tenso ao meu lado. Não sei se ele está preocupado comigo ou com o próprio prato, mas a pressão é forte.

Finalmente, o chef assente enquanto descansa o garfo, os lábios apertados.

— Ok, Margot. Agora sei por que coloquei você na linha de produção.

Respiro fundo, tentando manter a calma. Esse é, com certeza, o maior elogio que vou receber na vida. Considero dar um abraço no chef, mas isso não seria nada francês da minha parte, sem falar no antiprofissionalismo. Ainda assim, não consigo me segurar e me viro para Ben com um sorriso bobo congelado no rosto. Ele sorri com vontade, como um amigo que está genuinamente feliz por mim. Sua pele se destaca contra o branco do uniforme, a barba por fazer lhe conferindo um ar de rebeldia. Por um instante, parece que está tudo bem entre a gente novamente.

O chef faz alguns comentários sobre o preparo de Ben também — mais limão ainda é seu veredito, mas um pouco menos de ricota para o prato não ficar pesado demais —, e então nós dois somos liberados.

— Estou feliz por você! — diz Ben assim que o chef se afasta.

Mais ninguém está por perto, já que é hora do jantar dos funcionários. Podemos ouvi-los conversando nos fundos do restaurante, mas estamos sozinhos na cozinha.

Quero comemorar, quero mesmo, mas temos algo mais urgente para resolver. Essa é a primeira vez que Ben e eu temos um momento a sós em muito tempo, e preciso dizer a ele o que venho sentindo.

— Fico triste que a gente não saia mais junto. Estou com saudade.

Minhas cordas vocais falham um pouco no fim, a voz saindo rouca e meio esquisita.

Ben evita me olhar enquanto recolhe os talos não usados da couve e os joga no saco da compostagem.

— Tenho andado ocupado.

Deixo escapar um suspiro, que sai mais alto do que eu planejava. A verdade é que eu sei que ele anda ocupado. Não o culpo por não ter tempo de embarcar na minha fantasia de encontrar Zach. Mas Ben era meu amigo, aí depois não era mais, e isso... não dá muito certo comigo.

Ben me analisa, franzindo os lábios. Alguns segundos se passam antes de ele falar:

— Também estou com saudade.

— Eu não queria mesmo te deixar lá naquele dia. Foi escroto da minha parte.

— Não é isso. — Sua voz está suave, comedida. — Você achou que tinha visto Zach... Não te culpo por correr atrás dele.

Mas tem uma mágoa no olhar dele, e isso me deixa com o coração apertado.

— Ben...

Eu me pergunto se ele viu os cartazes pelo bairro dele, se acha que fui longe demais.

— Não, calma. Deixa só eu falar um negócio. — Ele limpa as mãos no avental e se vira para mim. — Eu te acho ótima,

Margot, e te admiro muito por correr atrás dos seus sonhos. Eu queria ser tão corajoso quanto você.

— Você *é* corajoso — respondo. — Você tem trabalhado tanto, e ainda ajuda as pessoas ao seu redor. Além disso, sei que seu pai tem te pressionado bastante e...

Ben resmunga, e eu paro de falar. Um silêncio paira entre nós.

— Ei — finalmente me pronuncio —, eu queria te perguntar... — Pauso, reunindo coragem para falar o restante da frase. É esquisito notar quão nervosa estou. Ben foi o primeiro amigo que fiz em Nova York. Eu o quero em minha vida. — Podemos voltar a sair juntos? Só por diversão. — Não sei como dizer *não por causa de Zach*. — Sei que tem bastante coisa acontecendo na sua vida, sem falar no casamento do meu pai, que está chegando, mas talvez a gente possa encontrar algum tempo livre? Se você quiser, digo.

Bem assente devagar. Por um momento angustiante, acho que ele vai negar, e não sei como manteria a cara séria nesse caso.

— Eu quero.

Sorrio em resposta. Na verdade, abro um sorrisão. Acho que não fico tão feliz assim desde que vi Zach do outro lado da plataforma do metrô.

— Vamos viver uma noite tipicamente nova-iorquina — acrescenta.

— Me parece *parfait*.

Posso não saber o que significa uma noite tipicamente nova-iorquina, mas mal posso esperar para descobrir.

Capítulo 19

Os dias seguintes se resumem a longas e impressionantemente cansativas horas de trabalho. Quando acordo no domingo de manhã, encontro meu pai sentado à mesa de jantar, encurvado sobre um bloco de notas.

— Os votos do casamento — explica quando pergunto o que está fazendo.

O papel está em branco, uma caneta preta pousada sobre ele.

— Há quanto tempo você tá fazendo isso?

Ele se reclina na cadeira, apoiando-se no encosto.

— Palavras não são bem o meu forte, mas Miguel vai ficar chateadíssimo se eu não falar alguma coisa superespecial. Não é esquisito ter que declarar, na frente de todo mundo que você conhece, seus sentimentos por alguém que você ama há tanto tempo?

— Acho que o nome disso é "casamento" — digo, me sentando na cadeira ao lado dele.

Ainda estou de pijama, o cabelo todo despenteado, os olhos inchados do sono. Sei que era isso que eu queria, mas estar na linha de produção de um restaurante me leva a um nível de exaustão, tanto mental quanto físico, que nunca antes julguei possível. Quem imaginaria que ir atrás dos próprios sonhos poderia ser tão cansativo?

Meu pai pega a caneta e encara o papel em branco.

— Não posso só dizer que estou animado para passar o resto da minha vida com ele?

— Acho que precisa ser um pouquinho mais profundo que isso. Pelo que conheço de Miguel, ele vai escrever umas cinco páginas e eu já vou estar chorando antes de ele chegar na metade da leitura.

Apoio as pernas na cadeira ao meu lado. Elas estão tão doloridas, como se quisessem falar que ficariam felizes de nunca mais carregar meu peso de novo.

— Por que o amor tem que ser tão complicado? Eu queria poder me apaixonar por alguém e ficar com essa pessoa. Tipo, ficar junto, só isso.

Ele me olha de um jeito estranho.

— Humm, você *pode* fazer isso. Acontece o tempo todo. Mas tenho a sensação de que não estamos mais falando sobre votos de casamento.

— Foi mal.

Esfrego os olhos, tentando acordar.

— Tá tudo bem, *ma chérie*?

— Tá. — A resposta soa totalmente falsa, e nós dois sabemos disso.

— Pode conversar comigo. Eu mal te vi desde que chegou aqui. Como tem sido morar em Nova York?

A verdade é que eu não tenho ideia de como responder à pergunta. Aconteceu tanta coisa desde que cheguei aqui, e ainda não tive tempo para processar metade desses acontecimentos.

— Sabe a Nova York dos filmes? Todo o glamour, as luzes brilhantes, o burburinho constante, a cidade que nunca dorme?

— Meu pai assente. — Bem... não é nada assim. O que é ótimo, mas também torna as coisas difíceis pra caramba. — Abro os braços. — Tudo isso é DEMAIS.

Ele dá uma risadinha.

— Pois é. A cidade é maravilhosa, mas é preciso se esforçar bastante pra aproveitar as partes boas. A estrada é cheia de obstáculos, mas acho que vale a pena se segurar firme. Nenhum lugar do mundo é como esse aqui.

— Tantos obstáculos! Mas, sim, entendo o que você quer dizer. Tem só três meses que estou aqui, e às vezes parece que nunca estive em qualquer outro lugar. É como se esta fosse a única cidade do mundo. É Nova York ou nada.

— É isso aí! — Meu pai dá uma olhada na sala para se certificar de que estamos sozinhos, mesmo sabendo que Miguel está na rua. — Mas não diga isso na frente de Miguel. Ele não para de falar sobre querer viver uma vida mais tranquila em um lugar ensolarado, mais perto da família dele.

Nem posso dizer que isso me pega de surpresa. Miguel já deu várias pistas de que queria mesmo que o casamento acontecesse no fim do verão, mas o salão não tinha datas disponíveis para essa época. Eles não queriam esperar até o ano que vem, então agendaram a primeira data disponível mesmo, no início de novembro. Ainda assim, Miguel não para de reclamar sobre como pode fazer bastante frio no dia que eles marcaram.

— E o que você acha disso? — pergunto.

Meu pai nem precisa pensar na resposta.

— É o que você disse: Nova York ou nada. E a gente se acostuma com tudo isso, você vai ver.

Eu já parei de me assustar toda vez que vejo cones laranjas no meio das ruas, que geralmente estão servindo de tampa de bueiro, com direito a fumaça de esgoto saindo da ponta deles e tudo. Tem semanas que não pego o metrô errado e nunca mais parei de repente no meio da calçada. Luz está tão orgulhosa de mim. Mas ainda tenho tanta coisa a aprender, a explorar. Em um mesmo dia sou capaz de me sentir uma nova-iorquina nata *e* sentir que nunca vou entender todas as regrinhas não verbalizadas desta cidade.

— Vou, sim — digo, me levantando.

Meu estômago está gritando, pedindo por café da manhã, apesar de provavelmente estarmos quase na hora do almoço. Vou até a cozinha e pego uma caixa de leite. A geladeira tem estado bem melhor abastecida desde que cheguei aqui.

— E você devia parar de pensar tanto e só seguir seu coração. As palavras certas vão vir — acrescento, fazendo um gesto com o queixo para seu bloco de notas.

Ele sorri.

— Olha só você, toda crescidinha, dando conselhos de relacionamento.

— Só não jogue a culpa em mim se não der certo. Eu mesma ainda estou tentando entender como esse negócio todo funciona.

Depois do café, deixo meu pai com suas grandes e importantíssimas declarações — ele escreveu e riscou quatro frases enquanto eu comia minha granola — e vou me preparar para enfrentar o dia.

Ben e eu vamos sair mais tarde. Tomo um longo banho, passo alguns produtos no cabelo para ativar meus cachos e escolho um vestido que comprei com Luz. É preto com estampa floral, justinho e um pouco curto. O look não grita "Margot", mas até que gosto do que vejo quando me olho no espelho. Sei que garotas não devem dizer isso. É esperado que a gente fale sobre nosso nariz meio torto, o quadril grande demais ou os dentes desalinhados, nunca sobre como temos um sorriso encantador ou pernas lindas. Me pergunto quem decidiu que tinha que ser assim.

Mas eu não me importo, e aposto que Nova York também não.

***

O queixo de Ben caiu quando contei a ele que nunca provei dim sum, e ele insistiu que devíamos corrigir essa falha na minha personalidade imediatamente. Foi difícil escolher o restaurante, ele me contou, mas por fim decidiu me levar a um dos mais antigos da Chinatown. Nom Wah Parlor parece ter saído diretamente de um filme de Wes Anderson. O nome foi grafado em uma fonte amarela caprichosa e — presumo eu — repetido em cantonês. Fica na Doyers Street, uma ruela sinuosa com alguns outros restaurantes e um bar escondidinho, daqueles meio secretos, mas o Nom Wah Parlor é o lugar aonde todos deveriam ir.

Do lado de dentro, parece que um restaurante chinês e uma lanchonete norte-americana tiveram um filho: azulejos hidráulicos, inúmeras fotos penduradas nas paredes, banquetas de metal na frente do balcão e poltronas vintage de vinil vermelho ao longo dos cantos. Tem uma singularidade em tudo isso que faz eu me sentir como se tivéssemos voltado no tempo e saído da cidade.

— Você tá muito bonita hoje — diz Ben enquanto somos levados até a nossa mesa.

Estou chocada; Ben nunca comentou sobre minhas roupas antes. Fico feliz que ele não esteja olhando para mim, que não me veja corar. Eu não costumo ficar corada, mas às vezes sinto como se Nova York estivesse fazendo uma nova Margot aflorar em mim. Ainda estou conhecendo essa minha nova versão.

— Você também — respondo.

Ben está usando uma camiseta preta e jeans. Na verdade, estamos até combinando. O cabelo curto dele está brilhoso e perfeitamente no lugar, o rosto, recém-barbeado. Ele cheira a hortelã e ar fresco.

— Eu tô *bonita*? — Seu rosto ganha uma expressão divertida conforme nos sentamos.

— Por que não? É só uma palavra e, mais importante, um elogio. Só aceite.

Nossos olhares se encontram e um sorriso se forma em seus lábios. Tem alguma coisa no jeito como Ben olha para mim. É como um abraço, uma garantia de que, enquanto eu estiver com ele, vai ficar tudo bem. E não só porque ele se tornou meu guia não oficial da cidade.

— Aceito com prazer. — Ele me lança um sorriso ainda maior e pega o papel preso entre dois porta-guardanapos e o lápis que está em cima da mesa. — É assim que funciona: você marca o quadrado do lado de cada prato que quer provar e depois entrega o papel ao garçom.

Dou uma olhada na lista. Está tudo escrito em chinês, a tradução ao lado.

— Pode escolher — digo, empurrando o papel de volta para ele. — Confio em você.

Uma ruga se forma entre as sobrancelhas de Ben conforme analisa o cardápio. Então ele começa a marcar os espaços. Dumplings de camarão. Panquecas de cebolinha. Arroz glutinoso. Eu logo me perco na marcação e aceito que, se Ben gosta desses pratos, então provavelmente vou gostar também.

Nossos chás chegam rápido, seguidos por dumplings de porco. A massa é tão branca e lisinha que parece até comida de mentira. Mas então dou uma mordida. É macia e gordurosa — exatamente como deveria ser.

— Como a Luz tá? — pergunta Ben, lambendo os dedos.

Ele só a viu uma vez, naquela noitada do grupo, então fico um pouco surpresa com a pergunta. Mas acho que falo muito dela.

— Ela anda ocupada com a faculdade, então não temos nos visto muito. E está saindo com aquele cara, David. Acho que falei com você sobre ele, não?

Ben pigarreia.

— Hum, acho que sim?

— Parece que tá dando certo. Eles não conseguem se ver muito, mas trocam várias mensagens.

— Você não parece muito convencida — responde Ben, com um sorriso.

O garçom traz uma cesta de palha fechada. O vapor sobe assim que levantamos a tampa. Seis bolinhos quentes estão esperando por nós do lado de dentro. Eles são mais alongados que os momos do Queens, que eram perfeitamente redondos.

— Eu acho que ela gosta dele. Mas eles estão indo bem devagar e com os pés no chão.

— E não é assim que você funciona.

Minha mente automaticamente vai para a noite que passei com Zach em Paris. O frio na barriga por horas, a adrenalina a cada minuto que passava, a certeza de que o fim estava cada vez mais perto. Como cada segundo parecia explodir com sentimentos novos e maravilhosos. Foi incrível. Pelo menos eu *acho* que foi. O sentimento está começando a desaparecer.

— Você quer amor à primeira vista, paixão eterna e sinais do universo de que vocês foram feitos um pro outro — continua Ben. Há uma pitada de sarcasmo em seu tom, mas ele também parece sério demais, nada como ele mesmo.

— Isso é ruim?

— Não. É só o seu jeito.

O tom que ele usa me deixa nervosa.

— E *você* acha que quer seguir um plano de dez anos mesmo que isso signifique abrir mão de possibilidades incríveis, tipo ir pra França correr atrás dos próprios sonhos. Já parou pra pensar que talvez você esteja deixando o conceito de sucesso do seu pai determinar sua vida inteira?

Ben me encara por um tempo antes de responder.

— Talvez esse seja o *meu* jeito.

Assinto. Ele está certo, somos pessoas diferentes e está tudo bem. Então por que parece que não?

Continuamos comendo e, quando acabamos, a noite está apenas começando. Ben tem uma ideia de aonde ir em seguida, mas ele não me conta.

— É coisa de turista — é tudo que me conta conforme pegamos o metrô para a ponta mais ao sul de Manhattan. — Você ainda tem muita coisa pra ver.

Quando nossa viagem de metrô chega ao fim, o ar de outono chicoteia meu cabelo à medida que nos aproximamos da entrada da balsa de Staten Island.

— O que tem em Staten Island? — pergunto.

Ben sorri.

— Vou te dar uma dica: não é sobre o destino.

A resposta não me diz nada, então acho que vou ter que esperar para ver.

Quando enfim conseguimos embarcar na balsa, o céu já passou por cinco tons diferentes de preto. Parece de mentira, com as nuvens e tudo mais, tipo uma pintura. Uma brisa fresca sopra nossos rostos quando a balsa parte. Na costa, as luzes da cidade brilham contra o céu noturno. É mágico. Milhares de luzes cintilantes pontilham o horizonte como estrelas. Cada uma delas representa uma pessoa neste lugar grande e frenético. Uma só pode ser Zach.

Tem muitas pessoas no convés, e Ben e eu precisamos nos inclinar um contra o outro para conseguir enxergar alguma coisa além da água. Não sei se é por estar ao ar livre ou se é a sensação do corpo de Ben contra o meu, mas estou o mais relaxada que já estive desde que cheguei em Nova York.

E justo quando acho que a noite não pode ficar melhor, uma estátua verde alta entra no meu campo de visão. Solitária no meio do porto, olhando para todos nós. Já vi a Estátua da Liberdade muitas vezes por fotos, mas nada se compara à coisa real. Dou um gritinho quando chegamos mais perto, me juntando ao grupo que se debruça sobre o guarda-corpo, de tão animada que estou para vê-la de perto.

— Nunca me canso disso — diz Ben.

— Você sabia que ela é francesa? — Não consigo conter minha alegria.

Ben me encara de soslaio.

— Esse é um dos motivos para a amarmos tanto.

O entusiasmo de seu sorriso me atravessa, e por um momento eu não ouço mais nada, só o ruído das ondas. Um pensamento me ocorre.

— Você que ir ao casamento do meu pai?

Ben dá um salto para trás, surpreso. Para ser sincera, me sinto do mesmo jeito. Eu não tinha planejado dizer isso; as palavras escaparam da minha boca antes que pudesse realmente pensar nelas.

Ele levanta uma sobrancelha.

— Tem certeza?

Não preciso pensar muito na resposta.

— Sim. Ele não para de me perguntar se eu quero levar alguém, e eles precisam fechar a lista de convidados. Faltam poucas semanas para o casamento.

— Tudo bem, só achei que você ia querer levar Zach.

É claro que quero levar Zach. Foi a primeira coisa em que pensei quando meu pai e Miguel anunciaram que estavam noivos, e então quando falaram que iam se casar no outono. Zach e eu estaríamos juntos. Nós seríamos um casal *tão* fofo, e seria tããããão romântico passar essa noite juntos depois de finalmente nos reencontrarmos. Tudo parecia tão destinado a acontecer.

— Eu só não tenho ideia de onde ele está.

Posso admitir para mim mesma agora: Luz e eu penduramos aqueles cartazes por aí apenas pela diversão. Era uma coisa boba a se fazer, para eu me sentir melhor. Ben nunca os viu — tenho certeza de que ele teria comentado se tivesse visto —, o que significa que provavelmente já foram arrancados.

— Talvez você ainda encontre ele — diz.

Meu coração se enche de emoção com a ideia, mas está tudo bem, de verdade. Tenho pensado na alternativa desde aquele momento na Times Square. Nós nos desencontramos. Não adianta negar isso. E, lá no fundo, eu sabia dessa possibilidade desde o início. Sempre houve o risco de nosso plano não dar certo. Foi emocionante e me fez sonhar acordada quando eu mal podia esperar para acabar a escola e começar minha vida. Mas, nos meus sonhos, nós sempre nos encontrávamos na Times Square. Esse era *sempre* o início de uma história de amor épica. Talvez nunca tenha passado disso. Um sonho.

— Talvez não — respondo.

— Você está mesmo me convidando? — insiste Ben, uma sobrancelha erguida.

— Claro que estou! Vai ser muito divertido.

— Tá certo. Nesse caso, eu adoraria ir.

Ben me olha nos olhos, e tenho novamente a sensação de que... Mas então a balsa sobe de repente, me jogando para o lado. Outro barco maior está passando, e cria uma onda que desequilibra todos nós. A moça atrás de mim segura minha mão, me impedindo de cair. Ben agarra o guarda-corpo, rindo enquanto tento me equilibrar mais uma vez.

Nós nos encaramos e rimos mais um pouco. Seja lá que sensação foi aquela, já passou.

Capítulo 20

A primeira coisa que noto no "chalé" nos Hamptons dos amigos de meu pai e Miguel é que não é bem um chalé. Não é nem uma casa. É uma mansão, um palácio, um castelo moderno, talvez. Comecei a suspeitar de que algo estava estranho quando viramos à direita em uma alameda arborizada que parecia não ter fim. O cascalho era tão branco que as pedras pareciam pintadas uma a uma, e a vasta extensão fazia nosso Audi alugado parecer minúsculo.

E aí veio a... casa. Conto dez janelas na parte da frente, e são tão altas e largas que consigo ver até o mar através delas. O mar! Agora entendo por que meu pai deu uma risadinha quando perguntei se precisávamos trazer colchões infláveis. É isso que fazemos quando visitamos os primos de minha mãe em La Rochelle; lá não tem camas o suficiente para nós adultos.

— E essa é apenas a casa de praia deles — sussurra Luz para mim conforme pegamos nossas malas de mão do porta-malas. — Dá pra imaginar como é o apartamento deles na Park Avenue?

Meu pai e Miguel nos falaram sobre seus amigos durante a viagem: Dev, um gerente de fundos de cobertura, e Leonard, herdeiro de uma empresa de desenvolvimento de softwares, se conheceram em Stanford. Os dois contrataram Miguel para projetar o primeiro loft deles em Tribeca e todos se deram bem logo de cara. Nenhuma dessas palavras significou qualquer coisa para mim quando as ouvi, e é só quando estou parada no hall com a vista dos dois andares de Dev e Leonard — todo iluminado pela luz solar e com metade do tamanho do nosso apartamento no West Village — que entendo que era tudo um código para *incrivelmente rico*.

O tema da festa do dia seguinte é extravagância outonal: abóboras perfeitamente esculpidas de todos os tamanhos são espalhadas pela casa e pelo pátio, velas estão acesas por todo o lado, incluindo a cornija da lareira em funcionamento. Há grandes cestas de palha cheias de cobertores e lâmpadas de aquecimento para que ninguém sinta frio. Uma enorme seleção de queijos e canapés foi servida em uma mesa longa, que fica perto das janelas que vão do chão ao teto e têm vista para a propriedade.

O DJ está montando seu equipamento no terraço enquanto a equipe do bufê domina a cozinha, com garçons vestidos em coletes xadrez e calças chino azul-marinho. Uma bruxa inflável e um esqueleto flutuam na piscina. O Halloween é na semana que vem, caso alguém tenha esquecido. Os anfitriões de primeira pensaram em fazer uma festa a fantasia, mas Miguel dispensou a ideia rapidinho. A despedida de solteiro deles não ia se confundir com a noite de terror favorita de todos.

Luz e eu estamos dividindo um quarto com uma cama tamanho king — e vista para o mar (*sério mesmo?*) —, onde passamos a manhã nos arrumando. Na noite passada nós ficamos acordadas e conversamos por horas, e minhas esperanças de ter uma boa noite de sono logo foram pelos ares. Mas valeu a pena. Uma playlist do Spotify toca no meu celular enquanto avaliamos nossas opções de roupa. Luz escolheu uma saia longa vinho maravilhosa e eu estou usando um vestido de renda azul-marinho com detalhes em branco. Então, brigamos por um espacinho no espelho enquanto fazemos nossas maquiagens. Temos nosso próprio banheiro, não é como se não tivéssemos espaço, mas Luz trouxe produtos suficientes para cobrir cada superfície.

— Tá exagerado? — pergunto, apontando para a grossa pulseira dourada no meu braço, para os três colares com pingentes no meu pescoço e para minhas sandálias de camurça preta com tiras.

Luz nem precisa olhar na minha direção para responder.

— Estamos nos Hamptons, *bébé*. É pra brilhar!

Ganhei uma amostra de um perfume floral chique na Sephora, e eu o espirro diante de mim antes de caminhar através da nuvem da fragrância.

E então estamos prontas para a festa.

Quando os convidados chegam — usando saltos e vestidos de grife, gravatas-borboleta e blazers —, são recebidos com bandejas de drinques com guarda-chuvinhas nas cores do arco-íris. Todos parecem radiantes, brilhantes e um pouco reluzentes demais, como o feed de Instagram cheio de filtro de um influencer. A casa cheira a limão e coentro, atum marinado e queijo gratinado. O lado de fora é apenas brisa do mar e pôr do sol — e nem está tão frio. O dia perfeito.

Logo todos estão cercando os noivos — que vestem roupas azul-claras combinando e chapéus fedora —, e Luz e eu os observamos de longe, do lado de fora, perto da piscina.

— Eles parecem tão felizes — diz Luz, radiante. — Fico muito feliz que meu tio tenha conhecido o seu pai, e não só porque isso significa que encontrei você.

Ela me envolve em um abraço de urso e eu solto um barulhinho em um tom engraçado. Talvez a gente tenha tomado um drinque escondido. Luz insistiu que era nossa despedida de solteiras também. E teremos que nos comportar como nunca no casamento. Estou começando a ficar alta, sentindo aquele impulso de alegria que vem quando relaxamos.

Luz pega dois mini hambúrgueres de uma bandeja que está passando e me entrega um.

— Então — diz ela depois de uma mordida. — Eu sei que concordamos em não falar sobre garotos na noite passada, mas na verdade tenho uma coisa pra te contar.

Essa ideia foi minha. Quando contei a Luz que aceitei a sugestão dela e convidei Ben para o casamento, ela não parava de falar sobre isso. Eu precisava de um tempo do assunto, e ela concordou em deixar isso de lado por pelo menos um fim de semana.

Ela faz beicinho, olha em outra direção e fala rápido:

— David agora é meu namorado. Conversamos sobre isso uma noite dessas. Ele perguntou se podia me chamar de namorada e eu respondi que sim.

— Que fofo — digo, sentindo uma pontada de inveja. — Isso significa que agora posso conhecer ele?

— Ele é legal, Margot.

— Hum, tá? Eu nunca disse que não era.

Ela suspira.

— Acho que talvez eu o convide para o casamento agora, então, sim, você com certeza vai ter que conhecer ele antes disso.

— Eba! — digo, fechando o punho em sinal de vitória. — O famoso David! Você sabe que já criei ele na minha cabeça agora, né? Tipo, ele é um cara lindo, gentil, inteligente, ultraperfeito.

Luz termina de comer o hambúrguer e limpa os dedos engordurados antes de se afastar para colocar o prato numa mesa próxima. Alguns poucos convidados estão aproveitando o ar fresco, como nós, mas eles estão muito ocupados conversando para prestar atenção na gente.

Quando Luz olha para mim novamente, seu rosto está sério.

— Tem uma coisa que venho escondendo de você. Me desculpa, Margot. Tem tanta coisa acontecendo e você tem estado tão estressada com o trabalho... Mas eu odeio guardar segredos de você.

Amasso meu guardanapo na mão. Luz está estranha.

— Então não guarde, que tal?

— Beleza, mas primeiro você precisa prometer que não vai ficar chateada comigo. Eu tive meus motivos.

— Prometo! — É uma coisa fácil de se dizer quando não sei o que me aguarda. Só quero que Luz ande logo com isso. A pista de dança está esperando.

Ela respira fundo, e algo muda em sua expressão. Não sei dizer o que está diferente, mas por um momento parece que ela mudou de ideia.

E então Luz fala de uma vez:

— Miguel recebeu uma proposta de emprego em Miami, em uma empresa de design de interiores incrível.

Espero por mais informações, porque, no que se refere a segredos, esse parece meio insignificante.

— Ele já trabalha para uma empresa de design de interiores incrível em Nova York.

— Sim, mas não é Miami. Você sabe como esse lugar fica frio no inverno?

É óbvio que não sei, mas já vi fotos do meu pai e Miguel usando parkas enormes. E Luz não parava de falar sobre isso no ano passado, durante seu primeiro inverno na cidade.

— *Eles* sabem como fica frio e estão felizes em Nova York.

Ela olha ao redor para garantir que ninguém está ouvindo.

— Seu pai não sabe ainda.

Eu me inclino para mais perto, a tensão crescendo dentro de mim.

— Você tá dizendo que Miguel quer aceitar a oferta?

— Ele tem sentido falta da família. Acho que Miguel não planejava ficar em Nova York por muito tempo, mas então conheceu seu pai...

Fragmentos de conversas passadas me vêm à mente: as queixas de Miguel sobre o clima e a insistência de meu pai de que, no que lhe diz respeito, é Nova York ou nada.

— Quando Miguel vai contar pra ele?

Luz dá de ombros.

— O foco deles agora é o casamento... Miguel contou pra minha mãe e ela não conseguiu deixar de me falar. Por favor, não conta pra ninguém.

— Então nenhuma das duas conseguiu guardar segredo e agora eu tenho que guardar?

— Desculpa! — diz ela. — Mas é sério, Margot — Luz faz uma mímica que indica que selou os lábios —, isso não é da nossa conta.

Mas é, pelo menos para mim. Eu moro com eles. Desde o início eu planejava me mudar e encontrar meu próprio cantinho, mas ainda não juntei dinheiro o suficiente para isso. Além do mais, Nova York é tudo na vida do meu pai: é onde ele cresceu e morou a vida toda. Talvez seja só meu egoísmo falando, mas não consigo imaginá-lo concordando em ir embora. Por que Miguel ainda não contou para ele? Não me parece justo deixar para contar tão perto do casamento. Meu Deus, e se Miguel deixar para contar *depois* do casamento? Alguém precisa cuidar do meu pai. Eu sei que a minha mãe nunca esconderia esse segredo dele se soubesse.

Agora sei por que Luz me fez prometer que eu não contaria para ninguém. E, nesse momento, sei melhor do que ninguém qual é a sensação de ver a felicidade escapar de suas mãos por causa de coisas que saem do nosso controle. Além disso, não tem espaço nessa família para tanto meu pai quanto eu ficarmos com o coração partido.

Ai, meu Deus.

Preciso fazer algo a respeito disso.

Capítulo 21

Tento afastar esses pensamentos enquanto a festa continua. Luz e eu nos juntamos aos outros convidados, nos apresentando como as damas de honra e nos divertindo com as reações alegres. Aproveitamos a música, a vista incrível e a comida ainda mais incrível ainda. Durante toda a tarde, beliscamos guacamole com nachos, salada de melancia com queijo feta, bruschetta e tempurá de camarão. Preciso admitir: eu me acostumaria facinho com a vida nos Hamptons.

À medida que o sol se põe e todo mundo parece meio alegre, meu pai e Miguel tilintam em suas taças com uma faca, pedindo por atenção. Então, eles procuram por mim e por Luz em meio aos convidados e fazem um gesto pedindo que nos aproximemos deles. Obedecemos.

O discurso de Miguel é inocente o suficiente. Ele agradece Dev e Leonard pela festa maravilhosa, fala sobre como está feliz de ver todos os seus amigos reunidos neste lindo dia e sobre a sorte de o clima ter permitido que a gente passasse a tarde ao ar livre.

Meu pai discursa logo depois dele. Ele fala sobre como está animado para se casar com o amor da vida dele, se os dois não se matarem antes disso. Sobre como eles vêm tentando aprender os passos da primeira dança há dias, mas o resultado não é nada promissor. E então ele apoia o braço em meus ombros e me puxa para mais perto.

— E estou especialmente feliz por minha filha, Margot, estar conosco. Foi bem difícil ficar longe da minha família, e estou feliz demais que ela tenha decidido se mudar para Nova York.

Algumas pessoas deixam escapar um "ownnn" emocionado. Os olhos dele brilham conforme me olha, enquanto os meus se enchem de lágrimas.

E então ele fala diretamente para mim, as bochechas coradas:

— Estou tão orgulhoso de você, mal posso esperar para ver tudo o que vai conquistar nessa nossa cidade maravilhosa.

Os convidados aplaudem quando meu pai me abraça. Eu não consigo mais me segurar: as lágrimas rolam por minhas bochechas e não há nada que eu possa fazer.

— *Papa*, preciso falar com você.

Eu logo o puxo para um canto, enquanto ele sorri meio sem graça para Miguel e todos os convidados deles. Luz me fuzila com o olhar. Preciso ser rápida.

— Miguel arrumou um emprego em Miami — sussurro. — Ele quer que vocês dois se mudem pra lá e está guardando esse segredo de você. Sinto muito, mas você precisava saber.

Miguel percebe o que estou fazendo e se aproxima.

— Sobre o que vocês dois estão conversando?

— Você arrumou um emprego em Miami? — pergunta meu pai, a mandíbula tensa.

Estão todos olhando pra gente agora.

— Vamos conversar em particular. — Miguel pega a mão dele e os dois passam por todos os convidados no caminho para a cozinha.

— MARGOT! — exclama Luz assim que eles saem de vista.

— Eu precisava contar pra ele, tá bom? Ele tem o direito de saber.

Mas conforme a voz dos noivos vai ficando mais alta, começo a repensar minhas escolhas.

— Você ia só aceitar a oferta sem nem falar comigo?

— Claro que não!

Os convidados ficaram em silêncio total; seria possível ouvir um alfinete caindo. Meu estômago embrulha. A gente não devia ficar ouvindo a conversa, mas é difícil evitar. Viemos aqui para celebrar o casamento deles, que acontecerá em breve, então os dois terem saído batendo o pé e começado a brigar meio que é *um problema*.

— Isso é culpa sua, Margot — acusa Luz, um pouco alto demais. — Se eles cancelarem o casamento…

Respiro fundo, em choque.

— Eles não vão fazer isso!

No fundo, não tenho como dizer que estou certa disso, especialmente depois de dar uma olhada nas expressões ao nosso redor. Algumas pessoas ouviram o que Luz falou e estão começando a sussurrar sobre o casamento. *Se* ainda estiver de pé. As vozes de meu pai e Miguel ficam mais altas novamente. Prendo a respiração conforme todos ouvimos:

— A gente tem estado tão ocupado com o planejamento. Eu queria esperar a hora certa de falar sobre esse assunto. Foi por isso que fiz uma reserva para o jantar de terça-feira.

— Você me disse que íamos pra um evento do seu trabalho!

— Tive que inventar essa parte. Eu só queria explicar o que isso significa para mim. Eu nunca planejei viver em Nova York para sempre.

— Bem, eu planejei. E o pior de tudo é que você contou pra sua família e não contou nada pra mim.

Luz solta um suspiro exagerado na minha direção.

— Timing perfeito, Margot.

Como ela ousa?

— Ei, o segredo era *seu*, você que tinha que guardar!

Ainda assim, a culpa me corrói por dentro.

— É, mas eu nunca imaginei que você abriria a boca pro seu pai no meio da festa dele.

Eu resmungo, tentando pensar em uma resposta, mas então uma porta bate com força.

Logo depois, Miguel reaparece. Seu rosto está vermelho e ele está tentando forçar um sorriso.

— Desculpa, pessoal. Por favor, tomem mais um drinque. A festa continua.

Encaro o corredor, por onde meu pai deve ter passado.

— Não — diz Luz, adivinhando exatamente no que estou pensando. — A gente não pode ficar no meio disso.

Olho ao redor: as pessoas estão começando a fingir que estão se divertindo, mas eu sei que a noite acabou para mim. Será que acabei de arruinar um fim de semana importante? Se eles cancelarem o casamento, eu nunca vou me perdoar.

O colchão afunda, me fazendo escorregar para a beira quando alguém se senta perto de mim. Uma luz atravessa as cortinas, mas ainda estou sonolenta demais para me orientar.

— Margot — sussurra meu pai, gentilmente apertando meu braço. — Vou dar uma caminha na praia. Quer ir comigo?

Na noite passada, fui para a cama com lágrimas escorrendo pelo rosto e culpa se revirando dentro de mim. Quando Luz entrou, eu já estava debaixo do edredom, fingindo dormir.

— *Oui* — respondo, a voz ainda meio rouca.

Quinze minutos depois, estamos cruzando a praia, os pés na areia úmida, o sol subindo no horizonte. Meu pai trouxe duas canecas cheias de café pra gente, o que ainda não faz muito sentido para mim. Na França, tomar um café — ou qualquer outra coisa, para falar a verdade — significa parar por um momento e de fato apreciar a bebida. Significa sentar em um terraço e observar o mundo acontecendo ao redor, colocar o papo em dia com um amigo ou só dar uma respirada. Estadunidenses só pegam seus copos gigantes de café e vão, vão, vão. Não há um minuto sequer a perder.

— Me desculpa por ontem à noite — digo, tomando um gole do café. Não tenho certeza de quantas horas dormi, mas são 8h da manhã agora e ainda não me sinto completamente acordada. — Acabei com sua festa.

— Não acabou, não.

— Miguel tá chateado comigo?

— Claro que não. Ou, se estiver, ele está mais chateado com a irmã e com a Luz, então você é a terceira da lista.

Dou uma risadinha sem humor.

— E como você está se sentindo com essa situação toda?

— Sinceramente? Ainda estou tentando entender. Não gosto que ele tenha guardado esse segredo de mim, mas consigo entender por que fez isso. Ainda assim...

— Você se sente traído.

Ele bebe outro gole de café, pensativo.

— Por aí. A ideia de se casar... é meio esquisita. Nada deveria mudar, porque você só está com a pessoa com quem gostaria de estar, mas alguma coisa muda. Nossas vidas estarão ligadas para sempre, e se Miguel não vê o futuro dele em Nova York, então preciso pensar sobre o que isso significa para mim.

Passamos por um grupo de jovens estirados em toalhas de praia e enrolados em cobertores. Uma garota está com rímel borrado até as bochechas e a camisa branca de um cara está manchada com o que parece ser vinho tinto. Parece que eles saíram direto de uma festa para a praia, sem sequer tirar um cochilo. Eu me sinto ainda pior que ter acabado com toda a diversão que a gente deveria ter.

— Me desculpa por ter deixado tudo muito mais complicado.

— Não deixou. — Eu franzo a testa, e ele ri. — Tá bem, talvez um pouco, mas você tinha a melhor das intenções. E estou feliz que estamos tendo um momento juntos. Mal tenho te visto ultimamente. — Abro a boca para pedir desculpas novamente, mas meu pai levanta a mão para me impedir. — Não, calma aí. Quero te falar uma coisa. Estou tão impressionado com você. Você tem trabalhado muito, e seu esforço está dando frutos. Sua mãe tinha as dúvidas dela, mas eu estava torcendo muito para tudo dar certo.

— Foi você que me ensinou isso. A gente precisa se esforçar pelas coisas que importam pra gente. Não é a mesma coisa com relacionamentos?

— Você tem razão, é, sim. Tenho certeza de que a gente vai resolver isso. Preferencialmente antes do casamento.

Ele deixa escapar uma risada, e nós dois paramos de andar para observar o mar.

— Sem querer transformar isso tudo em uma coisa sobre mim — digo por cima do som das ondas quebrando —, mas você sabe que posso me virar em Nova York sem você, certo?

— Margot, eu não…

— Me escuta. Você e *maman* fizeram um monte de sacrifícios por mim. Ela trabalha demais e eu sei que uma das razões para você continuar no seu emprego depois de todo esse tempo é isso significar que você poderia viajar pra nos visitar na França. Eu passei minha infância inteira observando as famílias dos meus amigos e pensando "Como posso ser tão sortuda?". Os pais deles estavam sempre brigando, se divorciando ou eles tinham vários problemas com os irmãos. Eu sempre soube que tinha o melhor que poderia ter: pais que valem mais que uma família completa, cheia de irmãos. Não estou querendo te dizer o que fazer, mas se Miguel realmente sente que precisa ficar perto da família dele…

Ele assente por um longo momento.

— E Miami *é* bem legal.

Faço um gesto para que a gente continue andando. O ar salgado está me fazendo bem, limpando minha mente.

— Além disso, já fiz dezoito anos. Eu deveria agir como uma adulta, *teoricamente*.

Meu pai dá uma gargalhada.

— Não seja tão séria . Esse período da sua vida é pra errar mesmo. — Faço uma careta engraçada para ele, com o copo de café a meio caminho da boca, mas ele continua: — É fácil ficar assustada com os próprios sonhos, mas é exatamente isso que deveria acontecer na sua idade. Esse é o momento de dar espaço pra... a vida acontecer. Pro desconhecido, o não planejado, o inesperado.

Bato meu copo de café no dele, em brinde.

— Ao inesperado! Já tive bastante disso.

— Alguma coisa que você gostaria de dividir comigo?

Algo na expressão dele me diz que esta não é uma pergunta aleatória.

— O que Luz te contou?

Ele ri.

— Luz é a pior pessoa pra guardar um segredo. Precisamos reconhecer isso.

Balanço a cabeça em exasperação.

— Acho que a gente vai precisar de mais café. Eu não entendo como relacionamentos deveriam funcionar. Nem um pouquinho.

— Ninguém entende, Margot. Não acho que exista uma pessoa sequer que entenda.

Talvez ele só esteja falando isso para eu me sentir melhor, mas funciona. Eu sempre soube que Zach e eu seríamos algo complicado. Nós arriscamos e, bem, todos sabemos o que aconteceu.

Capítulo 22

Ben chegou no trabalho ontem com um brilho no olhar. O pai dele conseguiu quatro ingressos para um jogo do Yankees e, já que ele não poderia ir, deu os ingressos para o filho. Eu não entendo absolutamente nada de beisebol — é esse o esporte que os Yankees jogam? —, mas a animação de Ben foi contagiosa. Então ele sugeriu de irmos com Luz e o namorado dela, e de repente me tornei muito mais interessada em esportes.

O estádio do Yankees fica no Bronx, e ainda que seja bastante chão até lá, a viagem de metrô é uma diversão a parte: estamos cercados por torcedores vestindo a camisa ou o boné do time, todos muito felizes e ansiosos para chegarem ao jogo. Luz me mandou uma mensagem sugerindo que eu usasse uma camiseta listrada — que representa mais a França que os Yankees, mas ninguém precisa saber —, e estou feliz de ter seguido o conselho dela. Quando Ben e eu saímos da estação de metrô, a animação da multidão já está me dominando também.

Apesar de, no meu caso, ser menos sobre assistir a um jogo de beisebol e mais sobre conhecer David. Finalmente. Luz e ele estavam fazendo alguma coisa hoje, e Ben queria chegar no jogo o mais cedo possível, então eles vão nos encontrar daqui a pouco. Eu tenho literalmente implorado para conhecer o namorado dela há semanas, então, se preciso ficar vendo homens jogando bolas de um lado para o outro enquanto finjo que entendo as regras pelas próximas horas para isso acontecer, é o que farei.

O queixo de Ben cai quando chegamos aos nossos lugares. Eu não tenho nenhuma referência, mas consigo entender que são bem bons. Estamos em um camarote, com bastante espaço ao nosso redor e uma ótima visão do campo. Dando uma olhada no estádio, é extasiante ver tantas pessoas — a maioria pontinhos — neste espaço icônico. A música está alta, o ar, eletrizado com tanta energia, e Ben tem um trunfo para me deixar bem envolvida na experiência.

— Aqui vendem os melhores pretzels da cidade!

Eu sinto o cheiro de pretzels por Nova York inteira, em geral vindo das barraquinhas de rua, o cheiro salgado do fermento reconhecível em qualquer lugar, mas ainda não provei um.

— Hmm — digo. — Amo que você está fazendo questão de transformar tudo em uma experiência culinária, até um jogo de beisebol.

Ben me olha direto nos olhos.

— Não é apenas um jogo de beisebol, Margot. Os Yankees vão jogar.

Há uma seriedade em seu tom que aquece meu coração. Ben está nitidamente feliz de estar aqui, e ele me convidou para vir junto. Quão legal é isso? Tenho certeza de que ele tem outros amigos que poderia ter chamado em vez de mim.

Meu celular vibra com uma mensagem de Luz.

> Entrando agora!
> Uhul!

Um minuto depois, outra mensagem chega.

> Não esquece que você me ama, ok?

Franzo a testa.

— Luz é tão esquisita às vezes. — Mostro a tela do meu celular para Ben para explicar sobre o que estou falando.

Ele me olha de um jeito engraçado.

— Mas ela está certa. Você a ama e tudo vai ficar bem.

— Ok, agora *você* está esquisito.

Ele dá de ombros em resposta, e então olha para trás com uma expressão preocupada.

Eu me viro e vejo Luz a alguns metros de nós, tentando abrir caminho pela multidão, um sorriso exagerado estampado em seu rosto.

— Cadê o David? — pergunto quando ela se aproxima.

Não vejo ninguém com ela. Quer dizer, tem várias pessoas por perto, mas... espera. Antes que ela possa responder, vejo alguém que conheço. Ari, o ex-cozinheiro do Nutrio. O que foi um babaca comigo.

— Você convidou o Ari? — pergunto para Ben, confusa.

Ele balança a cabeça, sem me olhar nos olhos.

— Não.

— *Eu* convidei — responde Luz. E continua, falando muito rápido: — Me desculpa por ter mentido pra você, Margot. Eu inventei um nome porque sabia que você não gostava dele... — Ela se interrompe quando Ari chega mais perto. Ele entrelaça os dedos nos dela.

Luz e Ari estão de mãos dadas.

como é que é?

Olho de um para o outro, então me viro para Ben, que evita meu olhar.

— Oi — diz Luz, tímida. — Então, hã... este é meu namorado.

Isso... Não. Não, não, não. Isso não faz sentido algum.

— Oi, Margot, bom te ver de novo — diz Ari, como se alguma vez na vida ele já tivesse me chamado pelo meu nome em vez de "Bambi".

Uma voz sai pelos alto-falantes, anunciando o time e os jogadores, mas o jogo é a última das minhas preocupações agora.

— Vou pegar umas bebidas pra gente — diz Ari para Luz.

— E eu vou comprar os pretzels — completa Ben, seguindo-o para fora do camarote e escada acima.

Luz observa Ari se afastar enquanto sinto todo o meu corpo ficar tenso. Eu já abri minha vida inteira para ela tantas vezes, e ainda assim ela tem saído com esse babaca escondido.

Assim que tem certeza de que os rapazes não podem nos ouvir, ela se vira para mim, parecendo culpada.

— Eu sei que você não gosta dele...

Eu a interrompo.

— Não gosto mesmo. E você sabe como ele me tratou quando entrei pra equipe do Nutrio.

— Ele se sente tão mal em relação a isso.

Eu não me importo com como Ari se sente. Isso não é sobre ele.

— Você mentiu pra mim!

Estou tentando não ser dramática; estou chateada. Luz é uma parte tão importante da minha vida. Quando eu a chamo de irmã, não é da boca para fora. Ela é minha. Nós somos uma da outra.

— Eu... Sim, você tem razão. Foi muito vacilo da minha parte. Quando eu o conheci, naquela noite em que saímos pelo East Village, só fui ficar sabendo do nome dele depois de já termos conversado por um tempão e de eu meio que já estar a fim dele. Você estava do outro lado com Ben e pensei "esse não pode ser o cara que Margot odeia". Eu ia te contar na festa de despedida de solteiro, mas estava óbvio que você ia me odiar. Então acabei contando o segredo de Miguel em vez disso.

Eu não consigo acreditar nisso.

— E aí você *me* culpou por contar pro meu pai.

— Eu entrei em pânico, tá? — Luz parece estar à beira de lágrimas.

Repasso todas as nossas conversas sobre o David que ela inventou. O tanto que ela gostou dele e insistiu que era um cara maneiro com uma vida difícil. Eu pensei que talvez ela não tivesse certeza do que sentia por ele. Acaba que Luz não tinha certeza era dos *meus* sentimentos.

— Mas ele é tão... — Entre "arrogante" e "esnobe", não sei que palavra escolher. — Ele é um idiota! — Não estou tentando magoá-la, apenas anunciando algumas verdades.

— Aí é que tá, ele não é!

Eu reviro os olhos e olho ao redor. Os torcedores estão se agitando, e o jogo está prestes a começar. Ben e o David-de-mentira-barra-Ari estão descendo as escadas. Um carregando copos plásticos e o outro, sacos de papel listrados. Consigo ver os pretzels despontando das embalagens, mas não estou mais com fome.

Luz vê os rapazes se aproximando e se inclina na minha direção.

— Margot, escuta. É um grande mal-entendido. Ele trabalhou muito pra chegar onde chegou, e aí você apareceu, a garota francesa fofinha que se gabou dos próprios contatos e já veio tentando sentar na janela. Ele achou que você era prepotente e metida e se armou contra isso. Ele estava errado a seu respeito, e sabe disso agora. Vocês dois só começaram com o pé errado.

Os rapazes chegam nesse momento, e Ari me estende um copo.

— Ei, Margot... — Pego o copo da mão dele, minhas narinas infladas. Dá pra ver que estou irritada. — Me desculpa pela forma como te tratei. — Ergo uma sobrancelha. — Sério. Eu não te conhecia e não devia ter agido daquele jeito. — Solto um grunhido. — E fiquei feliz que você ganhou uma vaga na linha de produção. Você merece.

Hum, tá bom, tá ficando um pouco difícil continuar odiando ele. Especialmente depois que ele olha para Luz e eu consigo praticamente ver os corações piscando nos olhos deles, como se já estivessem apaixonados pra caramba.

— Bom, tá bem, obrigada.

Ainda estou chateada com ele, com os dois, na verdade, mas viemos aqui para nos divertir e o jogo está começando. Posso ficar irritada de novo depois.

Nós quatro nos sentamos. Os jogadores usam uniformes listrados — que parecem muito um pijama, para ser sincera — e se espalham ao redor de um campo em formato de diamante enquanto jogam uma bola na direção de um deles, que deve rebatê-la com um taco. E então, por algum motivo, o mesmo cara precisa torcer para que nenhum outro jogador pegue a bola e ele possa correr ao redor do campo com o objetivo de voltar exatamente para onde estava. Confuso? Ainda assim, é meio que divertido. Nós torcemos, gritamos, ficamos de pé, batemos palmas, damos pulinhos. Além disso, os pretzels são tão bons quanto Ben falou que seriam. É óbvio que ele estava certo.

Com uma hora de jogo, eu já me esqueci de que Luz é uma grande mentirosa e de que não gosto do namorado dela. Puxo os três para uma selfie.

Ela abre um sorriso grande.

— Digam "equipe de casamento"!

Ben tem o braço mais longo, e de alguma forma ele consegue enquadrar nós quatro enquanto fazemos caretas. Então, nós olhamos por sobre o ombro dele para ver. É uma selfie fofa.

E aí Ari envolve Luz com os braços e a beija. Vou levar um tempo para me acostumar com isso.

— Tô ansioso pro casamento — sussurra Ben para mim. — Vai ser ótimo.

A contagem regressiva já está valendo, falta só uma semana agora.

— Peguei um terno emprestado com meu colega — acrescenta ele. — Tá meio comprido nas pernas.

Ele pega o celular para me mostrar uma foto.

Ver Ben arrumado e olhando todo orgulhoso para o espelho faz meu coração bater mais rápido. Esse tipo de roupa cai bem nele.

— Está perfeito — digo.

— E encontrei isso aqui para colocar no bolso do paletó. — Ele passa para outra foto, me mostrando um pedaço de tecido rosa-choque. — Combina com seu vestido?

Estou impressionada. É praticamente a cor do meu vestido. Eu sei que mandei para ele uma foto de quando o experimentei, mas mesmo assim... Esse nível de atenção aos detalhes é... fascinante. Concordo com a cabeça.

— Você vai ficar muito gato.

Ben cora enquanto solta uma risadinha.

— É o objetivo. Preciso dar uma melhorada se vou aparecer do seu lado.

Minha língua embola. Não digo nada em resposta. A verdade é que concordo com ele: nós vamos ficar lindos juntos. Mas não posso dizer isso em voz alta. Nós somos amigos. Não que nem aqueles outros dois, que estão lambendo a cara um do outro. Completamente nojento, mas também meio invejável. Não que eu queria beijar Ari, mas... deu para entender. O amor é lindo, e estou feliz por Luz. Só espero que um dia eu possa ter algo assim também.

O jogo começa de novo. É o último tempo, também conhecido como "entrada". Ben me ensinou um monte de coisa ao longo da partida, e devo dizer que estou começando a gostar desse esporte. É o segundo turno da nona entrada, e é a vez dos Yankees de rebater. O placar está empatado, e quase todo mundo está prendendo a respiração, ou ao menos é a sensação que eu tenho. O jogador — algum famoso cujo nome esqueci assim que Ben o falou — sobe na base. Ele rebate a bola que voava em sua direção, jogando-a para cima e para bem longe, em direção às arquibancadas. Ao meu lado, Ben solta um arquejo animado, do fundo da alma. O jogador famoso corre ao redor do campo de diamante e, assim que ele volta para a base, a torcida explode em comemorações tão altas que meu corpo inteiro vibra.

— Home run! — gritam Ben e Ari ao mesmo tempo. É fácil se deixar levar por essa animação. Eu nunca me senti tão viva, ou tão *nova-iorquina*.

— Acho que isso quer dizer que os Yankees ganharam?

Ben ri, gesticulando para a torcida, que vai a loucura.

— Sim, Margot. Os Yankees ganharam. — Ele levanta um dedo no ar, sorrindo. — E, agora, isso.

Antes que eu possa perguntar sobre o que ele está falando, "New York, New York", de Frank Sinatra, começa a sair pelos alto-falantes.

— *Start spreading the news. I'm leaving today. I want to be a part of it, New York, New York...*

Dezenas de milhares de pessoas cantam em uníssono, a emoção e alegria palpável ao nosso redor. Esquadrinho o estádio com tanta admiração que, apesar de eu saber a letra da música, não consigo pronunciar uma palavra sequer. As pessoas se acostumam a isso? À sensação de que se está no centro do universo, de que nada mais emocionante que isso acontece em qualquer lugar do mundo? É com isso que venho sonhando há tanto tempo, mas a realidade é muito melhor. E eu ainda pude experienciar isso com amigos queridos.

Eu ainda vou me maravilhar com isso daqui a seis meses, dois, cinco anos? Essa vai ser a minha vida? Não só agora, mas para sempre? Ben passa os braços ao redor do meu pescoço, me puxando para uma dancinha. De repente me sinto tonta, e tudo em que consigo pensar é: *espero que esse sentimento nunca passe*.

Capítulo 23

Dois dias depois, Luz ainda se sente mal de ter mentido para mim — acho bom mesmo! — e me convida para jantar no Jack's Wife Freda, um restaurante mediterrâneo em Chelsea. Ari também está de folga hoje, mas ela queria que saíssemos só nós duas. Tenho certeza de que em alguma hora vou me acostumar com o fato de que eles estão namorando, mas não vou começar a gostar dele da noite para o dia. Além disso, essa é minha última folga antes do casamento, e estou feliz que vamos ter um momento das garotas.

— O jogo foi bem legal — diz Luz enquanto nos sentamos à mesa. — Tenho quase certeza de que você se divertiu bastante.

Ergo uma sobrancelha.

— Você quer dizer depois que descobri que você traiu sua quase-irmã que te adora?

Luz faz cara de filhote abandonado, e eu balanço a cabeça. Ainda fico meio ressentida quando penso nisso, mas é difícil não ficar feliz por ela.

Ela começa a dar uma olhada no cardápio e solta um suspiro.

— Estou tão aliviada que você finalmente sabe. Foi um daqueles casos em que, depois que comecei, não conseguia mais sair. Ele e eu trocamos números de celular e começamos a mandar mensagens um para o outro. Eu não conseguia te contar, te dar uma preocupação a mais. Você já está passando por tanta coisa.

Dou de ombros como se não fosse grande coisa.

— Fala sério, Margot. É verdade. Você merece reconhecimento pelas coisas que conquistou. Você se mudou para um novo país, entrou para a equipe de um ótimo restaurante e já está sendo promovida. O Sonho Nova-Iorquino está se realizando pra você! Eu queria tanto te contar sobre o Ari, mas odiava a ideia de te magoar.

— Bem, você estava certa. Eu *estou* magoada. — Faço uma pausa, respiro fundo.

Uma garçonete se aproxima e pedimos chips de abobrinha, uma cumbuca de curry de vegetais e uma porção de queijo halloumi grelhado como acompanhamento, tudo para dividirmos. Meu estômago dá uma cambalhota de expectativa.

— Mas nós quatro aproveitamos bastante, né? — retoma Luz depois de fazermos os pedidos.

Não consigo conter meu sorriso. A gente aproveitou mesmo. Uma das melhores memórias que fiz em Nova York até agora. No metrô da volta, nós comemoramos e rimos com centenas de fãs que estavam ao nosso redor, e lágrimas de felicidade se acumularam nos cantos dos meus olhos.

— E vai ser ainda mais legal no casamento — acrescenta Luz.

Há apenas alguns dias, ela não estava certa de que chamaria Ari, mas agora parece que nunca foi uma questão.

— Você já contou pra sua mãe?

Ela bebe um gole de sua água e abre um sorriso.

— Aham. Vamos almoçar juntos na véspera do casamento, nós três.

— Uuuh — digo. — Apresentando o namorado... Vocês estão sérios mesmo.

Ela dá uma risadinha.

— Não sei nem quem está mais nervoso, Ari ou eu. Minha mãe é o tipo de pessoa que quebraria as pernas de qualquer um que magoasse a filha dela.

— Acho que, só de olhar pra sua cara, ela já vai saber o que está rolando.

Eles pareciam tão apaixonados no jogo, e até depois. No momento em que Luz ameaçou dar uma tremidinha de frio, Ari deu a ela a própria echarpe e perguntou se ela queria o casaco dele também, e sempre que o copo dele esvaziava, Luz se oferecia para ir pegar mais bebidas.

— Espero que sim — diz Luz, com um quê de ansiedade na expressão. — Mas falando em garotos... — Ela espera que eu vá direto ao assunto, mas não falo nada. Se quer mesmo saber vai ter que se esforçar. — Como estão as coisas com Ben?

— Tá tudo ótimo. — respondo como se ela já devesse saber a resposta. Esse não precisa ser um tópico para esta conversa.

— Bora, Margot. Se você não quer que eu guarde segredos de você, então não guarde nenhum de mim.

— Eu não tenho segredos. — Ela me encara como se não acreditasse nem um pouco na minha resposta. — Tá bom, beleza, o Ben é ótimo. Ele é muito bonzinho. Obcecado por qualquer coisa que diz respeito à França, o que achei que seria meio irritante, mas até que é legal. A forma como ele fala sobre o país, a comida, a cultura e tudo mais está me dando uma nova perspectiva sobre as coisas que, pra mim, não eram nada demais. E ele é tão divertido e fácil de lidar... Ele é um ótimo amigo.

Luz abre um sorrisinho de lado.

— Amigo, aham.

— É isso mesmo. Nós somos amigos e colegas de trabalho e...

— E ele também é seu acompanhante pro casamento do seu pai.

— Essa ideia foi *sua*! Foi você quem disse que seria perfeitamente normal levar um amigo como acompanhante para um casamento.

— Claro. — Luz dá de ombros. — Quer dizer, sim, algumas pessoas realmente fazem isso. Mas, Margot, não percebe que vocês dois...

— Não começa — interrompo, um nó se formando em meu estômago. — Zach está em algum canto dessa cidade.

Ela solta um suspiro profundo e cheio de significado quando nossos pratos chegam. Nos primeiros dias após pendurarmos os cartazes, Luz me mandava mensagem o tempo todo perguntando se eu tinha tido alguma notícia. Muitas das vezes ela acrescentava um emoji rindo, porque tudo não passava de uma piada, certo? Só uma coisinha que a gente fez para se divertir um dia. Ela parou de perguntar depois de alguns dias, e não contei para ela que eu corria para ver toda vez que recebia alguma notificação ou meu celular tocava. Era sempre Ben me mostrando o que ele estava cozinhando para os colegas com quem dividia apartamento ou meu amigo Julien, da França, me mandando foto de alguma festa da qual ele estava voltando. Ou era minha mãe ligando para perguntar se "estavam me tratando direitinho" no restaurante. Mas nunca Zach. É claro que sabia que os cartazes poderiam não funcionar. Eu só não tinha *certeza*.

— Você ainda está... — Luz se interrompe quando começo a me servir.

É fácil para ela julgar. Ela está apaixonada e feliz. Para alguns de nós, as coisas são um pouco mais complicadas.

— Sim, Luz. — O tom de irritação na minha voz deve estar bastante claro. — Eu ainda tenho esperanças de encontrá-lo. Eu não me importo que as chances sejam baixas, que não faça sentido para ninguém além de mim, não consigo parar de pensar que, se não tivesse me atrasado para chegar na Times Square, se, se, se...

As palavras ficam presas na minha garganta. A verdade é que eu não superei essa situação. Não superei ele.

Ela segura minha mão.

— Eu só não quero que você deixe passar uma oportunidade com alguém como Ben só porque você está se prendendo a uma coisa que nem... existe.

Respiro fundo. Não importa o quanto eu explique para ela, para qualquer um. É um sentimento que carrego dentro de mim. Até Ben parou de mencionar a Operação Encontrar Zach, e não estou muito no clima de ficar arrastando ele pra isso também. É uma coisa minha, que só eu entendo de verdade. Ou será que entendo? Às vezes eu estou só me agarrando a uma coisa que existiu apenas um ano atrás e durou algumas horas. Eu não tenho mais ideias. Já procurei em todos os lugares. Já esgotei minhas opções. Mas esperança? Eu ainda tenho um pouquinho disso, mesmo que eu não saiba explicar por quê.

Conversamos sobre todos os outros assuntos enquanto terminamos o jantar, e então Luz se despede para ir encontrar Ari. Assim como eu, ele vai trabalhar todas as noites depois de hoje para ter o sábado de folga. Eles compraram ingressos para um espetáculo de comédia no East Village, outro encontro empolgante para os dois pombinhos. Ok, beleza, estou com inveja.

Quanto a mim, não sei bem o que fazer. Não são nem 21h ainda. Ben está no Nutrio. Meu pai e Miguel estão trabalhando até tarde, entregando tudo que precisam entregar antes da viagem de lua de mel. Sem nem pensar, começo a andar, e logo vejo pessoas caminhando pelo Highline. Não vou lá desde aquele dia com Luz, quando tudo ainda parecia uma possibilidade.

Está bem escuro agora e meio friozinho, então aperto o casaco ao redor do corpo conforme subo os degraus. É tão legal aqui em cima, ver a cidade do alto. Não tenho pressa ao andar ao longo do parque, perdida em meus próprios pensamentos. Nova

York é tão brilhante e maravilhosa, mas eu nunca trabalhei tanto na vida. Eu nem estou aqui há tanto tempo e já me sinto moída. Exausta o tempo todo. Minha mãe sempre fala isso quando fazemos chamadas de vídeo. *Você não parece você mesma*, ela falou na última ligação. *Parece tão abatida. Era justamente disso que eu tinha medo. E seu pai pode não falar, mas ele concorda comigo.*

Não acho legal quando meus pais falam de mim pelas minhas costas, mas acho que meu pai também me avisou. Nova York é difícil. Algumas pessoas são engolidas pela agitação, pela vida frenética, pela quantidade de gente e pelos apartamentos minúsculos. Mas eu quis fazer parte disso por tanto tempo. E daí que é desafiador e não exatamente o que eu esperava? A vida é assim, certo?

Estou observando o rio Hudson, a Estátua da Liberdade ao fundo, quando meu celular toca. Raven já me ligou algumas vezes durante folgas minhas para perguntar se eu poderia ir até o restaurante para cobrir algum imprevisto: um cozinheiro entrou numa discussão com o chef e pediu demissão, começou a passar mal ou cortou feio o dedo. Óbvio, eu corro para lá o mais rápido que consigo, até uma vez quando estava jantando com meu pai.

Mas, na tela, aparece um número desconhecido. Poderia ser algum outro funcionário do restaurante, acho, se Raven estiver ocupada demais para me ligar ela própria. As pessoas entram e saem o tempo todo — eu ainda nem conheço todo mundo, e acho que nunca vou conhecer.

— Alô? — atendo.

— Margot? — É uma voz de homem. Eu não a reconheço, mas faz meu estômago se revirar.

— Sim, é ela.

— É você mesmo?

Minhas pernas começam a ficar bambas e me sento em um banco que tem por perto.

— Quem é? — pergunto, mal conseguindo respirar.

— É o cara que você conheceu sob as luzes brilhantes da Torre Eiffel.

Meu coração para. Eu não sei mais como se pensa ou fala. Porque isso... não pode ser real, né? Não depois de eu ter desejado tanto que fosse.

— Margot? Ainda tá aí?

Assinto freneticamente por alguns segundos, até meu cérebro processar o fato de que ele não consegue me ver.

— SIM.

Não consigo pronunciar nenhuma outra palavra.

— Então você se mudou mesmo para Nova York? Você está aqui? Agora? — O garoto (Zach?) parece intrigado, como se não pudesse acreditar que está de fato falando comigo, apesar de ele ter digitado meu número e ligado para *mim*.

Mas e se for uma pegadinha? Um cara que viu meu cartaz e decidiu se divertir um pouco?

Minhas mãos estão tremendo. Eu preciso ter certeza.

— Me fala exatamente onde a gente se conheceu.

A resposta vem na hora:

— Em um banco na Champ de Mars.

Prendo a respiração, me perguntando se eu quis tanto ouvir isso que estou sonhando.

— Margot, é o Zach. Sou eu mesmo. Você me encontrou.

— Eu te encontrei. — Minha voz parece pertencer a outra pessoa.

Um milhão de perguntas rondam minha cabeça, mas minha linha de raciocínio é interrompida por um caminhão dos bombeiros passando. A sirene está tão alta que abafa todos os sons ao meu redor, tornando impossível falar. Apenas alguns segundos se passam, mas são segundos torturantes. Eu já esperei por tanto tempo. Não posso esperar mais. Quando acho que estou prestes a perder a cabeça, o caminhão passa.

— Eu preciso te ver — diz Zach, ofegante. — O que você tá fazendo agora?

Mas não consigo responder, porque *outro* caminhão dos bombeiros está passando.

Espera aí.

Não tem um segundo caminhão.

O som está vindo do meu celular.

Zach percebe ao mesmo tempo que eu.

— Calma aí, você tá aqui?

Hum, agora não é o momento de falar que eu não tenho ideia do que ele quer dizer com "aqui". Eu com certeza estou *aqui*, mas isso não vai nos ajudar, vai?

— Eu tô no Highline — digo. Tento parecer calma, mas estou surtando por dentro.

— Em que altura? — A respiração dele está entrecortada, como se estivesse correndo.

Olho ao redor, de repente tonta.

— Perto do Chelsea Market, olhando para a Estátua da Liberdade, na... — Tento pensar no número da rua, mas nada me vem à cabeça.

— Fica aí!

Ouço passos pesados batendo no metal, como se ele estivesse subindo as escadas. Estou mais do que congelada. Pessoas passam por mim em suas caminhadas noturnas, sem fazer ideia de que minha vida acabou de virar de cabeça para baixo. Aperto meu celular.

— Zach? — Meu coração parece estar em uma montanha-russa.

— Margot!

Ouço meu nome, não pelo telefone, e sim vindo de algum lugar do mar de pessoas.

E então ele está aqui, correndo na minha direção. Tão alto e loiro e avassaladoramente bonito quanto eu me lembrava. Ele está aqui, na minha frente, e eu não consigo me mexer. Eu queria tanto isso, sonhei com isso tantas vezes. Estou sem palavras. Meu coração se agita como se estivesse em um jogo de pinball.

Não sei nem dizer se ainda estou viva, ou talvez esteja viva demais, porque Zach está aqui e o "felizes para sempre" que eu imaginei por mais de um ano está começando agora.

— Margot! — grita Zach quando ele me vê.

Isso está mesmo acontecendo.

Corro até ele e, um instante depois, estou me jogando em seus braços, apertando os meus ao redor dele. Seu perfume é uma mistura de noite, almíscar e suor. Enterro meu rosto em seu pescoço. De repente, estamos sob as luzes da Torre Eiffel de novo. Não é um sonho. Sonhos não são tão bons. É química. É obra do destino. Uma história épica de amor.

— Oi — digo, sem fôlego.

— *Bonjour* — responde ele. — Você está aqui.

Olho para cima.

— *Você* está aqui. — E agora, finalmente, posso fazer a pergunta que vem me tirando o sono essas semanas todas. — Você foi a Times Square? No dia primeiro de agosto, à meia-noite, arquibancadas, canto inferior direito?

Tem um sorrisinho divertido no rosto dele.

— É claro que eu fui.

Achei que teria mais perguntas para ele, que eu iria querer saber tudo o que aconteceu na vida dele depois daquela noite em Paris. Mas nada disso importa mais. Ergo o rosto para olhar para ele — Zach é ainda mais alto do que me lembrava — e o beijo. Um beijo que esperou um ano para acontecer, percorrendo meu corpo todo em círculos. Pessoas passam por nós, esbarram na gente, mas tudo se resume aos lábios dele, a seus braços fortes me segurando, ao calor do seu corpo. Nova York entra em segundo plano.

Estamos juntos de novo. Finalmente.

Capítulo 24

E, como num passe de mágica, estamos de volta a Paris. Só que, claro, ainda estamos em Nova York.

— Você encontrou meu cartaz — digo.

Nossas testas se tocam, pele contra pele, como se fôssemos inseparáveis.

— Na verdade, não encontrei — responde ele. — Eu estava voltando do trabalho, rolando o feed do Instagram, quando vi uma foto do seu cartaz. Alguém o publicou com uma legenda do tipo *Ai, isso é tão romântico*. Eu só passei o olho e continuei rolando a tela. Mas alguma coisa deve ter chamado minha atenção, porque alguns segundos depois me peguei pensando "Calma, o que dizia no cartaz mesmo?". Aliás, preciso concordar, é *mesmo* romântico.

Eu rio, mas a risada sai mais como um gritinho. Nós *quase* perdemos um ao outro de novo. Sei que esse era um risco que corríamos numa cidade de oito milhões de pessoas — e sem termos trocado números de telefone —, mas, nossa, nunca mais vou cometer esse erro. E por falar isso...

— Você pode me passar seu celular? — peço, saindo de nosso abraço por um motivo muito nobre.

Zach arqueia uma sobrancelha, mas faz o que pedi depois de desbloquear a tela.

— Vou salvar meu número nos contatos — explico.

— Eu não vou a lugar algum! — diz Zach, com uma risada, enquanto digito minhas informações. — Mas você está certa, foi meio que burrice nossa.

Olho para ele, meu coração martelando contra o peito. Todo esse tempo eu tenho me perguntado isso, mas aí está a verdade.

— É, era pra ser um desses grande gestos de filme, mas...

Zach balança a cabeça conforme me interrompe.

— Eu não sabia nem seu sobrenome ou a região onde você morava.

— É Lambert, e vim de Touraine.

— O meu é Miller. E, enfim, eu sei por que fizemos aquilo, mas...

— Acabou que não fazia sentido — termino por ele.

Nunca admiti isso para mim mesma, mas é verdade. Nós nos deixamos levar pela magia da noite, pelo que estava acontecendo com a gente. Foi lindo demais, inocente demais, para se resumir a uma tela pelos meses que viriam.

— Bem, estamos juntos agora. — Ele me beija novamente.

Meus lábios se lembram dos dele como se não tivesse se passado tempo algum. Era *isso* o que eu estava aguardando. Era esse o nosso destino.

Zach pega o celular de volta e me liga.

— Agora você também tem meu número. Mas eu espero mesmo que você não precise usá-lo por um tempinho.

— O que quer dizer?

— Eu tenho a noite toda livre.

Sorrio.

— Eu também. Só tenho que aparecer no trabalho amanhã à tarde.

— Trabalho, hein? Temos muito assunto para pôr em dia. — Ele me beija mais uma vez, suave. — Tá a fim de caminhar?

— Hum, claro. É isso o que a gente faz: caminha por cidades a noite inteira. — E se beija. Principalmente se beija.

Caminhamos até o extremo sul do Highline, saindo pelo Museu Whitney, o favorito de Luz. Então seguimos para o sul, nos afastando do movimento do Meatpacking District, e descemos pelas ruas de paralelepípedos do West Village, as boutiques e bistrôs ainda cheios a esta hora.

Conto a Zach sobre meus primeiros meses em Nova York, passando rapidamente pelos meus dias como lavadora de pratos e me gabando de ter sido realocada na linha de produção depois de algumas semanas. Ele parece bem impressionado.

— Eu até me candidatei pro Nutrio — diz ele enquanto atravessamos para caminhar à beira do rio. — Mas fiquei sabendo que o chef de lá é bem intenso.

— Eu diria que esse boato está cem por cento certo. Mas todo mundo em Nova York não é assim?

— Nossa — responde Zach, rindo. — Você já está até falando como uma nova-iorquina. Isso significa que vai mesmo ficar aqui?

No fim, parece que o contato dele no Le Bernardin, o restaurante onde ia trabalhar quando voltasse da viagem, saiu de lá antes que ele voltasse. Zach nunca sequer pisou lá. Nos últimos meses, ele esteve pulando de emprego em emprego, de um restaurante de um hotel chique no SoHo para uma hamburgueria retrô no Harlem, e alguns outros lugares no meio disso. Zach tem sofrido para encontrar seu lugar, onde deveria ficar, mas também gosta dessa diversidade. Eu sorrio quando ele fala isso, porque entendo esse sentimento. Esse é nosso momento de viver aventuras, nos divertir e descobrir o que queremos, e é por isso que estou em Nova York, afinal.

— E as suas viagens? Quero saber tudo. E ver as fotos também. Por favor, esperei um ano pra isso.

Ele ri.

— Vou te contar tudo, mas temos tempo pra isso. Não precisamos ter pressa.

Zach tem razão; eu só quero estar com ele. Sem pensamentos, apenas sentimentos.

— Eu não acredito que você estava bem aqui essa noite, a apenas alguns minutos de mim. Qual era a probabilidade?

— De aleatoriamente nos encontrarmos em duas cidades diferentes, a um oceano de distância, em um intervalo de mais de um ano? — Ele sorri, e é exatamente como eu tinha sonhado.

— Acho que vencemos qualquer probabilidade.

— E estou tão feliz que a gente tenha feito isso. — Zach para no meio da rua e me beija.

Nunca vamos nos beijar o suficiente.

Continuamos andando até o Washington Square Park e, sem sequer perguntar um ao outro, nos sentamos em um banco. Eu não quero mais ficar conversando e, pelo olhar de Zach, sei que estamos pensando a mesma coisa.

De repente, as mãos dele estão dentro do meu casaco e apoiadas na minha lombar, as minhas nos cabelos curtos e grossos dele. Nós nos beijamos, nos beijamos e nos beijamos até parecer que vamos perder. O quê? Não sei. Acho que, tecnicamente, está fazendo frio agora e já é quase meia-noite, mas eu não sinto frio algum. Em vez disso, estou grudada ao corpo de Zach, abraçada por seu calor, em transe de estar com ele novamente. Estou vagamente ciente de que há um encosto de banco atrás de mim e de que tem gente jogando xadrez nas mesas de concreto aqui perto, mas o mundo não me importa mais.

— Sua boca é tão gostosa — sussurra em meu ouvido.

Uma corrente elétrica parece me atravessar. É como se o tempo não tivesse passado. Acho que, em nossos corações, não passou mesmo.

— Com certeza valeu a pena esperar por isso.

Zach abre um sorriso de canto — nossa, ele é tão gostoso —, seu olhar me percorrendo.

— Ah, é?

— Sim.

Eu o esperei por *um ano*, mas meu coração foi marcado pelo toque de Zach. Nós fomos feitos para ficarmos juntos; nada mais se compara a isso.

Por fim, decidimos caminhar até o rio Hudson, segurando um ao outro com força conforme andamos.

— Você pode me contar a história do cartaz agora? — pergunta Zach quando chegamos perto da água.

Me sinto encolher por dentro. Eu realmente forcei a mão do destino nessa. Deveria mesmo estar surpresa que funcionou? Ou talvez o aperto no meu peito não seja surpresa, mas decepção por ter demorado tanto.

— Depois que a gente se perdeu na Times Square, achei que eu precisava fazer alguma coisa. Achei que talvez pudesse te encontrar.

Ele arqueia uma sobrancelha. Eu me lembro das missões em que Ben e eu nos metemos, toda a diversão e esperança que senti. Mas não vou mencionar outro garoto agora. Zach não precisa saber de tudo logo de cara. Ou talvez nunca?

— E aí eu te vi — continuo. — Na plataforma do metrô, na estação da Avenida Bedford. Eu te gritei, corri... Era você, né? Numa noite de segunda-feira, por volta das 23h, no fim de setembro?

Zach pensa por um momento.

— Aham, um amigo meu mora por lá e a gente sempre se encontra segundas à noite quando estou de folga.

A confirmação me atinge com mais força do que eu esperava. Não corri noite adentro e baguncei as coisas com Ben por nada.

— Enfim, mas não te encontrei — concluí. — Eu cheguei tão perto e... — Paro de falar novamente. Nada disso importa agora. Deixo o silêncio cair por um momento, mas minha cabeça está em ebulição. — Você já pensou que a gente deveria ter feito as coisas de outro jeito?

Zach respira fundo.

— Sim. Não. Já pensei nisso várias vezes.

Ele me conta sobre o trem para Berlim, seu segundo destino no mochilão, e como pensou em mim a viagem inteira.

— Você alguma vez pensou em me procurar depois do nosso desencontro na Times Square? — Minha voz é um sussurro. Ele *estava* lá. Ele *disse* que estava. Mas estava mesmo? Fico feliz que esteja escuro aqui. A noite sempre aflora minha coragem; não sou tão ousada na luz do dia.

Zach dá de ombros, desvia o olhar.

— Como?

— Não sei — respondo, apesar de saber.

Eu liguei para o restaurante em que ele deveria estar trabalhando. Virei o Instagram e o TikTok de cabeça para baixo. Convoquei um amigo, e a gente fez uma lista e percorreu a cidade inteira. Se eu fiz todas essas coisas, Zach poderia ter feito também. Ele poderia ter ligado para todos os restaurantes num raio de duas horas de Paris. Poderia ter entrado em contato com a Le Tablier e perguntado sobre uma das alunas de lá. E provavelmente há muitas outras formas em que não estou pensando agora. Mas esse não foi nosso acordo. Não foi nosso *plano*.

Está ficando bem frio agora, especialmente na orla, mas essa noite não pode acabar. Atravessamos para o outro lado de Manhattan, explorando as ruas quietas da Chinatown, com todas as placas coloridas e arte de rua nas laterais dos prédios. Devagar, fazemos o caminho de volta para Bowery, os braços de Zach ao meu redor para me manter aquecida, e logo nos vemos no Lower East Side. Tem tantos bares e boates nessa região que vemos pessoas em quase todos os quarteirões. Ainda assim, a cidade parece nossa para explorar. Toda esquina de Nova York se revela o lugar perfeito para beijar Zach.

— Quando vou poder te ver de novo? — pergunta Zach quando entramos em uma lanchonete 24h. Os bancos são de vinil preto e fazem barulho quando nos sentamos do mesmo lado.

Sorrio.

— Hoje? Amanhã, todos os dias?

Sim, tenho que trabalhar. Mas não consigo me ver fazendo qualquer outra coisa além de ficar com Zach.

Peço panquecas de mirtilo com xarope de bordo, e Zach vai nas batatas fritas com macarrão com queijo. Obviamente, quando nossos pratos chegam, eu quero o dele e ele quer o meu, então acabamos dividindo tudo. É esquisito, delicioso e reconfortante. É o paraíso.

— O que foi? — pergunta ele, ao perceber que o estou encarando há tempo demais.

— Não consigo acreditar que a gente se encontrou de novo.

Ele ri e me beija, seus lábios pegajosos de xarope de bordo.

— Minha família está vindo pra cá pro casamento do meu pai, nesse sábado. Você quer ir?

Estou tentando soar relaxada, apesar da pergunta ter me atormentado pela última hora. Eu sei que é repentino. Luz não aprovaria. Mas Zach é parte da minha vida, e tem sido por um ano inteiro.

— Claro que quero. Devo usar um terno?

Assinto.

— Separa a gravata e seus melhores sapatos para dançar. Vai ser tão incrível!

— Mal posso esperar.

Meu coração se enche de alegria. É isso que é a vida, *non*? Você faz planos e, quando menos espera, tudo se encaixa exatamente como você imaginou que aconteceria.

Capítulo 25

Os investidores do restaurante vão vir para um grande jantar em alguns dias, e o chef está quase explodindo de ansiedade. Além do trabalho de sempre, os cozinheiros têm ficado depois do horário para refinar o cardápio de fim de ano e deixar tudo extraespecial. Estamos constantemente fazendo testes com os ingredientes que o chef e Bertrand recebem dos fornecedores e obtendo diferentes graus de sucesso.

Ontem, queimei uma fornada inteira de couve-de-bruxelas — um vegetal detestado na França, usado mais como ameaça para crianças malcriadas, mas inexplicavelmente popular por aqui. Por outro lado, fiquei bem orgulhosa das taças de endívias que fiz, com sementes de romã e farelos de gorgonzola. O chef achou que coloquei vinagre balsâmico demais no vinagrete, mas é impossível deixá-lo cem por cento satisfeito.

Hoje, fui colocada novamente de dupla com Ben; a primeira vez em que o vejo desde o jogo dos Yankees. Nós trocamos algumas mensagens e eu pensei em contar a grande notícia para ele, mas essa parecia uma daquelas conversas que se deve ter cara a cara. Além disso: estou nervosa. E nem sei o porquê.

— Preciso te contar uma coisa — digo assim que Bertrand e o chef se afastam para discutir alguma coisa. O restante da equipe está aqui também, se preparando para o serviço da noite, mas nós dois estamos nos fundos, perto da despensa, longe de todo mundo.

Ben, que estava cortando um monte de cebolinha, olha para mim.

— O que foi? Você está radiante.

Minha boca fica seca.

— Eu estou tão feliz.

Ben abaixa a faca e sorri.

— Eu também. A noite do jogo foi tão divertida, e tenho pensado bastante no casamen...

Não consigo mais me conter.

— Eu encontrei Zach.

— Você... O quê?

Assinto rapidamente conforme Ben arregala os olhos.

— A gente conseguiu! Encontrei ele!

Pulo sem me importar de verdade com o fato de que o chef voltará em breve.

— Mas como?

Eu entendo por que Ben está confuso; ele não sabe a história toda. Então conto as principais partes: a ideia de Luz de colocar cartazes perto da estação em que vi Zach, o que foi genial. E então a ligação que recebi do nada. Passo rapidamente pela noite que se seguiu, porque parece estranho entrar em detalhes.

— E você e Luz fizeram isso semanas atrás? — pergunta Ben.

Acho que ele não viu mesmo os cartazes.

— Sim. Desculpa, talvez eu devesse ter te contado, mas é que pareceu um pouco ridículo, sabe?

O cheiro de cebola está no ar, e sinto um desconforto esquisito na boca do estômago. Tive pouco tempo para me acostumar à ideia de que, numa cidade agitada de oito milhões de pessoas, encontrei meu verdadeiro amor quando menos estava esperando.

Ben franze o nariz.

— Estou feliz por você, Margot.

Um peso alivia meu peito.

— Está mesmo?

— Claro! Era isso que você queria. Encontrar o Zach e ficar com ele. Você fez isso acontecer. — Ele sorri. — Olha só você! Nada pode te deter.

Eu rio.

— É, acho que isso é verdade. Cuidado, Nova York! Estou me tornando independente. Mas é tudo graças a você. Foi ideia sua tentar encontrar Zach. Eu não conseguiria fazer isso sozinha.

— Pois é, o que posso fazer, estou cheio de grandes ideias. Isso é exatamente o que deveria acontecer.

Eu me inclino para um abraço, animada, mas é rápido e meio chocho. Estamos no trabalho e ainda temos muita coisa a fazer. Há murmúrios do lado de fora, e o chef grita uma coisa ou outra.

— E agora nós todos vamos ao casamento juntos! — digo, enquanto ainda somos só nós dois.

Ben se afasta, surpreso.

— Vamos?

— Sim, convidei Zach também, e meu pai está feliz por mim. Ele disse que quanto mais, melhor. E estamos todos prontos pra feeeeesta.

Faço uma dancinha. Acho que estou delirando. Zach e eu passamos a maior parte da noite fora e só consegui dormir por três horas.

Ben pega a faca e volta a cortar seus ingredientes.

— Certo, mas, hum… — começa ele, sem me olhar.

— Mas o quê?

Por cerca de um minuto, Ben foca seu trabalho e é como se eu tivesse desaparecido. Até que responde:

— Não sei mais se vou poder ir ao casamento.

Primeiro eu acho que ele está brincando, mas ele definitivamente não parece estar mentindo.

— Por quê? — pergunto.

— Finalmente convenci a Raven a me deixar trabalhar mais alguns turnos, e ela disse que pode ser que tenha uma vaga no sábado.

Ele passa as mãos pela tábua de cortar, fechando-as em concha para pegar as cebolinhas picadas e jogá-las em uma vasilha.

— Você tá falando sério?

Há quanto tempo ele sabe disso?

— Sim. Na verdade, estou aliviado que Zach vai te acompanhar agora.

— Mas você arrumou um terno e tudo.

Não consigo acreditar nisso. É como se o ar ao nosso redor tivesse virado gelo. Ben não consegue nem me olhar nos olhos.

— Eu preciso pegar esse turno, Margot. Assim que a correria do fim de ano passar, vou ter que voltar a implorar por trabalho.

— Ok — cedo, me sentindo derrotada. — Mas ainda gostaria muito que você fosse. Eu falo com Raven se você quiser. Você merece uma folga.

Ele volta a cortar, mas coloco a mão sobre seu braço para pará-lo.

— Eu só preciso seguir meu plano — responde ele. — Nem todo mundo pode se dar ao luxo de sonhar e se divertir.

Essa doeu. Essa conversa está indo de mal a pior.

— Imagina se eu tivesse desistido de encontrar Zach? Pensa só em tudo que teria perdido!

Ben segura minha mão e gentilmente a afasta para que ele possa voltar ao trabalho. Eu deveria fazer o mesmo, mas não consigo me concentrar agora.

Ele solta um longo e sonoro suspiro.

— Tá legal, quer saber? Esqueça o que eu falei. Eu vou ao casamento. Longe de mim querer bagunçar a organização das mesas.

Então ele vira as costas para mim, literalmente, e a conversa chega ao fim.

Eu consegui o que queria; Ben concordou em vir, e mal posso esperar para que estejamos todos reunidos.

Mas conforme me dirijo para minha estação e pego meus suprimentos no balcão refrigerado, não consigo afastar o pensamento de que isso está longe de uma vitória. Parece o oposto, na verdade. Parece que perdi. Ou que eu talvez tenha quebrado alguma coisa. Só não tenho certeza do quê.

Capítulo 26

É um grande evento familiar. Meus avós por parte de pai chegaram da Normandia e vão ficar por aqui por algumas semanas para visitar os amigos de quando eles moravam em Nova York. O outro filho deles — meu tio — está vindo de Chicago com a esposa e os três filhos. Minha avó materna foi convidada, mas ela acabou de fazer uma cirurgia no olho e não se sentiu segura para pegar um avião. Os parentes de Miguel começaram a chegar também, mas não veremos a maior parte deles até o casamento.

Minha mãe e o namorado, Jacques, estão hospedados em um Airbnb a alguns quarteirões de casa para que possamos nos arrumar todos juntos no grande dia. Ela trouxe uma mala extra com todas as coisas que pedi: casacos, botas, livros de culinária e outras coisas que eu não pensei que precisaria quando me mudei, mas que preciso agora que o inverno está se aproximando. Ela nem reclamou de ter que trazer isso tudo; acho que está começando a aceitar que Nova York e eu somos pra valer. Não foi uma ideia ruim me mudar para cá, afinal.

Eu perco o primeiro jantar em família porque preciso trabalhar, mas, quando saio do restaurante, depois da meia-noite, encontro tanto meu pai quanto minha mãe com seus parceiros me esperando do lado de fora.

— Comemos quase agora no ABC Kitchen — explica meu pai. O restaurante fica a alguns minutos de distância, um dos favoritos dele em Nova York.

— E nós estamos sofrendo com o fuso — complementa minha mãe, falando sobre ela e Jacques. — Não posso dormir ainda.

Meu pai está rodando a chave nos dedos e minha mãe está com os olhos inchados do voo, então tenho a sensação de que há outro motivo para meus pais terem vindo me pegar como se eu estivesse saindo da escola e não soubesse o caminho de volta para casa.

Alinhamos nossos passos à medida que descemos a Broadway, eu entre meus pais, Jacques e Miguel atrás de nós. Minha mãe me faz falar tudo sobre minha noite, qual prato foi o mais pedido — o camembert assado, do qual o chef está particularmente orgulhoso — e qual foi o horário mais movimentado — entre 18h30 e 21h. Recebemos um monte de executivos durante a semana, entretendo e jantando com seus clientes. Ninguém na França jamais sonharia em jantar às 18h30, especialmente se estivesse tentando fechar um negócio.

— Eu precisava falar sobre um assunto com você — diz finalmente meu pai, ao atravessarmos para a Quinta Avenida. — Miguel e eu temos conversado sobre aquele emprego. É uma ótima oportunidade para ele.

— Parece mesmo — concorda minha mãe, me olhando de soslaio.

Meu pai não falou sobre esse assunto desde aquele fim de semana nos Hamptons, mas minha mãe e eu temos falado sobre isso sem parar. Não conseguíamos fingir que não nos afetaria enquanto família. Nós sempre estivemos separados uns dos outros de uma forma ou de outra, mas nunca de forma tão dispersa.

— Estive em contato com algumas empresas de lá... — Ele para, mas nenhum de nós diz qualquer coisa.

Em vez disso, deixamos os barulhos de pessoas falando alto ao telefone, alto-falantes tocando no Washington Square Park, um carro buzinando preencher o silêncio entre nós.

— Sempre achei que seria legal ter uma casa e um carro — acrescenta ele.

Minha mãe me olha, tentando adivinhar minha reação.

— Sei que deve parecer chato pra você — continua meu pai, se virando para mim. —Só essas coisas que se pensam na sua idade mesmo. Nova York é ótima, mas não tem tudo.

— E... *les palmiers* — diz minha mãe. — Eu gostaria de morar na praia um dia também.

— Então você vai trair a gente por umas palmeiras? — digo. Estou brincando, mas, sério, só quero que ele acabe logo com isso. É difícil fingir que não venho temendo esse momento há um tempão.

— Certo — responde meu pai, um pouco tenso. — Eu vou fazer isso. Vamos nos mudar para Miami.

Minha mãe passa os braços ao redor dos meus ombros.

— E estamos felizes por você, não estamos, Margot?

— Sim, claro — consigo responder, apesar de minha voz sair mais como um sussurro.

— Margot — insiste meu pai.

— Estou mesmo, é sério. — Mas sei que não pareço estar.

Claro, eu sabia que não poderia morar com meu pai e Miguel para sempre — e nem queria isso mesmo —, mas esperava que as coisas acontecessem nos meus próprios termos. Eu viria para Nova York, encontraria Zach, conseguiria um emprego e aí pensaria em onde gostaria de morar. Um dos cumins do restaurante me recomendou um site para procurar alguém com quem dividir apartamento e eu tenho dado uma olhada sem compromisso lá, mas a ordem das coisas está me tirando dos eixos. Estou começando a encontrar meu lugar no trabalho — mas sempre em alerta, dependendo do humor do dia do chef — e acabei de reencontrar Zach. Mas era isso que eu queria, e tudo vai dar certo no final. Preciso acreditar nisso.

Já estamos quase em casa quando falo de novo.

— Quando vocês vão?

— Miguel não começa no trabalho novo antes de janeiro, e eu ainda preciso procurar um emprego. Não vamos nos mudar antes do fim do inverno, pelo menos. E mesmo quando nos mudarmos, ainda podemos manter esse apartamento por um tempinho a mais — responde meu pai.

— Não precisa fazer isso por mim. Estou muito feliz por você e Miguel. Eu vou ficar bem. Eu vou ficar *superbem*.

— Vamos nos certificar de que sim — diz ele, se virando para Miguel, que nos alcançou.

— Desculpa por estar roubando seu pai — diz ele. — Mas pensa em todas as viagens incríveis para a praia que vamos fazer. Vamos pagar sua passagem sempre que você quiser ir nos visitar.

Hum, eu não tinha pensado por esse lado.

— Confia em mim, Margot — continua Miguel. — Quando for meio de fevereiro, com o sol se pondo às 16h e o gelo da neve que caiu três semanas antes ainda intacto no chão, você vai querer se mudar para Miami também.

— Mas até lá — diz meu pai — tem uma coisa que quero te perguntar.

Nosso grupinho está reunido na calçada em frente ao nosso prédio, e eu olho para os dois lados para garantir que não estamos bloqueando a passagem de ninguém. Luz ficaria orgulhosa de mim. Já aprendi tanta coisa desde que cheguei aqui, incluindo isso: nunca fique no caminho de um nova-iorquino.

— O quê?

— Caminha comigo até o altar?

Eu não estava esperando essa.

— Eu? Mas e a vovó?

— Já falei com ela. Ela quer que você faça as honras.

— Mas eu sou uma das damas de honra! — Eu me viro para Miguel, que sabe exatamente o que estou pensando. Esse não é o certo; Luz não vai aceitar isso.

— Eu falei com Luz — responde ele. — Seu pai quer você ao lado dele a cada passo, e Luz vai me acompanhar também. É o que a gente quer.

— O que me diz?

Assinto, mas as palavras não saem. Um segundo depois, estamos agarrados em um abraço de urso. Parece o lugar mais seguro do mundo.

Eu me afasto.

— Preciso muito treinar com meus novos sapatos. Não posso me dar ao luxo de cair de cara no chão.

Minha mãe e eu temos todo um cronograma planejado para a manhã do casamento. Luz vai se arrumar com a família dela, os noivos foram para o Wythe Hotel, no Brooklyn — onde passaram a última noite e onde vão se casar hoje —, e Jacques está mais do que feliz em dormir enquanto começamos os preparativos.

Começamos nossa manhã com café e fazendo pé e mão em um salão local, então vamos para nosso horário agendado no Drybar — minha mãe faz uma escova modelada e eu, um coque bagunçado. Isso é tão nova-iorquino da nossa parte. Se estivéssemos na França, nós mesmas faríamos tudo com as próprias mãos.

Tínhamos mandado uma para a outra fotos dos nossos vestidos, mas minha mãe mesmo assim arqueja quando coloco a belezinha cor-de-rosa que esteve pacientemente esperando no meu armário. Sinto a seda geladinha contra minha pele e suave nos meus quadris. Não é exatamente sexy, mas com certeza é uma versão diferente de mim — mais refinada e brilhante. Minha mãe me olha de cima a baixo por longos segundos antes de dizer qualquer coisa.

— *Ma fille* — fala, a voz rouca. — *Tu as changé depuis que tu es ici.* — Minha menina. Você mudou desde que chegou aqui.

Minha boca está pronta para protestar, mas meu cérebro a impede. Porque, se eu pensar sobre o assunto, eu *realmente* mudei. Fui morar em outro país. Tenho um emprego puxado. E tenho um namorado de verdade agora, não apenas uma idealização com um garoto com quem sonhei por um ano. Pensar nisso faz meu estômago se revirar.

— *Qu'est-ce que tu en penses?* — pergunto, dando uma voltinha. O *que acha?*

Minha mãe tenta sorrir.

— *Tu es magnifique.*

Eu realmente fiquei bem nesse vestido.

— *Bon, ce garçon alors?* — pergunta. *Bom, e o garoto?*

Não entendo o que ela quer dizer.

Eu não sei se é porque ela nota a confusão estampada no meu rosto, mas logo esclarece:

— *Comment il s'appelle déjà, celui que tu as invité au mariage?* — completa. *Qual é o nome dele mesmo, do garoto que você convidou para o casamento?*

— *Ben et, uh,* Zach — digo com uma careta.

Ela franze as sobrancelhas. Eu tinha contado para ela sobre Ben e nosso grupinho com Luz e Ari. Ia ser tudo tão divertido no dia do casamento! Claro que minha mãe já sabe como conheci Zach, mas, assim como todo mundo ao meu redor, ela achou que não seria muito mais que uma noite romântica em Paris. Sinceramente, ainda estou um tanto quanto orgulhosa de mim por ter mostrado como estavam todos errados. Mas, com minhas longas horas de trabalho e a preparação de minha mãe para a viagem até Nova York, não entramos em detalhes sobre o que aconteceu por aqui nos últimos dias, tipo o fato de que agora tenho *dois* acompanhantes para o casamento e que os dois devem me encontrar aqui. Não é tão esquisito quanto parece: quero que eles se conheçam antes da cerimônia. Depois da minha conversa constrangedora com Ben, prefiro resolver as coisas de uma vez. Tenho certeza de que eles vão se dar bem. Meu Deus, eu *espero* que eles se deem bem.

Explico o lance dos dois acompanhantes e então falo sobre Zach para minha mãe enquanto nos maquiamos. Falo sobre como encontrá-lo foi melhor do que nos meus sonhos e sobre como toda aquela dor de cabeça desde que cheguei aqui valeu a pena. Nós temos trocado mensagens a qualquer oportunidade, o que não é tanto quanto gostaríamos, considerando que estamos os dois trabalhando demais. Mas eu sei que tudo vai se ajeitar no final, porque ficar juntos é nosso destino. Tem sido desde aquela noite em Paris.

— *Il a l'air parfait* — diz minha mãe com um sorriso curioso quando termino de falar. *Ele parece perfeito.*

E ele tem o timing perfeito também. Estou afivelando minhas sandálias quando uma notificação soa no meu celular. É Zach.

> Estou aqui embaixo

> Sobe aqui.

Envio a mensagem e libero o acesso para ele entrar.

Me olho no espelho antes de abrir a porta. Mostrei a Zach uma foto do vestido, mas este é o look completo. Cabelo, maquiagem, perfume, saltos — estou mais arrumada do que jamais estive.

Meu coração dá uma cambalhota quando abro a porta.

Do outro lado dela, Zach está de pé em um terno cinza-escuro com o caimento perfeito, uma gravata de seda combinando, uma camisa perfeitamente branca e sapatos pretos lustrosos. Eu sei achei Zach muito bonito, mas este é um novo nível de gostoso. Tipo, *bonjour*, me pegue, me rodopie e me beije de uma vez.

— Hum, oi — diz ele, a voz totalmente sexy. — Você está... *absolument resplendissante*.

E ele aprendeu um pouco de francês! Check em todos os requisitos, hein?

— *Merci*. E você tá um gostoso. Se minha mãe não estivesse logo ali...

Aponto para o outro extremo do apartamento, mas Zach não me deixa terminar de falar antes de me pegar em seus braços e me beijar. Ele cheira a sabonete e creme de barbear. Esse garoto é realmente perfeito. O que eu fiz para merecê-lo?

Capítulo 27

Lágrimas começam a embaçar minha visão antes mesmo de darmos o primeiro passo no tapete vermelho. São muitas emoções: ver meu pai tão feliz e cercado por boa parte da minha família; finalmente ter conhecido a mãe de Luz, Amelia, que ouviu tanto sobre mim quanto eu ouvi sobre ela; a vista deslumbrante do terraço do hotel, que dá para toda Manhattan, onde a cerimônia está acontecendo. A decoração está esplêndida, cheia de guirlandas brilhantes e flores diferentonas.

Minhas mãos tremem conforme enrosco meu braço no de meu pai, e não é porque está frio para uma cerimônia ao ar livre. A vista faz tudo valer a pena, mas meu pai parece um pouco nervoso. Ele está há meses falando que o casamento não tem tanto significado para ele, que só importa estar junto de Miguel. Os sinos e assobios são legais, mas essa não é a essência do casamento. Ao ver o dia ganhar forma assim e observar o peito do meu pai subir e descer por baixo de seu terno chique, no entanto, me faz crer que ele está repensando o que falou.

Tento chamar a atenção de Zach quando passamos por ele, mas ele está vidrado no celular. Espero que esteja tudo bem.

Ele está sentado atrás de Ari e Ben, e não sei dizer se eles já se conheceram. Depois de Zach chegar no apartamento, Ben mandou mensagem falando que estava atrasado e que nos encontraria no casamento. Fiquei ocupada com as tarefas de dama de honra desde que cheguei aqui, então nem tive a chance de apresentá-los.

Os votos de Miguel são muito emocionantes. Ele fala sobre quando conheceu meu pai, quão rápido ele sentiu no fundo do coração que estava diante de uma pessoa verdadeiramente especial, não apenas "uma pessoa", mas a "minha pessoa", e como ele se esforçou para medir as próprias expectativas depois das decepções que passou. Ele descreve como imagina o futuro deles juntos — vivendo um sonho ensolarado na Flórida e viajando para a França para que seu novo marido possa continuar conectado a suas raízes — ao mesmo tempo que envelhecem e se apaixonam cada vez mais.

Os noivos contrataram intérpretes para o casamento, para que o lado francês da família entenda tudo, e não há um único olho seco no salão quando Miguel entrega o microfone a meu pai. Os votos dele são descontraídos e engraçados. Ele fala sobre entrar correndo em uma loja dez minutos antes do seu primeiro encontro com o ultraestiloso Miguel, ciente demais de suas roupas e sentindo a necessidade de melhorar as coisas. Brinca sobre as tentativas de Miguel de aprender francês — uma coisa que ele jura que quer fazer, mas desiste depois de falar duas ou três frases.

É tudo incrivelmente *fantastique*, e nunca me senti tão apaixonada. É isso que eu quero, não um casamento, ainda sou muito nova para isso, mas os sentimentos puros, bonitos e sem filtros. *L'amour, l'amour, l'amour.* Sinto que estou a caminho disso.

***

Tiramos várias fotos de família com o horizonte de Manhattan ao fundo e depois fazemos o mesmo nas ruas do Brooklyn antes de deixarmos os noivos em paz para fazerem as fotos de casal. Minha mãe e eu caminhamos de volta ao terraço onde aconteceu a cerimônia e onde garçons agora circulam com bandejas cheias de drinques e canapés. Ela pega duas taças de champanhe, piscando para mim. Mesmo sabendo qual é a idade mínima para consumir bebida alcóolica nos Estados Unidos, me lembra de que sou três quartos francesa e este é o casamento do meu pai. Ela entrega uma das taças assim que o garçom se afasta.

— Melhor dia da vida! — exclamo quando brindamos.

— *Un mariage vraiment magnifique!* — responde minha mãe, levando a taça à boca.

— Viu? — digo em francês. — Deu tudo certo.

— Sim, eles planejaram tudo muito bem — replica, também em francês, enquanto observa os ornamentos com flores ao nosso redor. — Estou amando a música também.

Concordo com minha mãe, mas não era sobre isso que eu estava falando.

— Quis dizer a minha mudança para Nova York. Você estava tão preocupada com isso, mas no fim eu fiz tudo funcionar. E, sim, as coisas ficaram uma bagunça algumas vezes, mas estou tão feliz por ter vindo.

Ela assente devagar, como se estivesse pensando não no que dizer em seguida, mas *como* dizer.

Pouso minha taça na mesa.

— Vai, desembucha.

— *Comment il te traite, Franklin?* — pergunta ela. *Como Franklin tem te tratado?*

Éramos só sorrisos alguns minutos atrás, mas agora os dedos da minha mãe estão apertando a bolsa de cetim.

Deixo escapar um suspiro. Vamos ter essa conversa agora mesmo?

— Pra começar, eu não chamo ele de Franklin. É *chef, oui, chef* o dia todo. E, sim, ele é difícil, mas... — termino a frase encolhendo os ombros.

Não estou no clima de descrever exatamente quão difícil é trabalhar com o chef Boyd. O homem muda de humor mais rápido do que eu cozinho um ovo.

— Ele é legal, pelo menos? — pergunta minha mãe em francês.

Fico arrepiada.

— Não sou mais uma criança. Não preciso que peguem leve comigo.

— Humm — responde minha mãe, a mandíbula tensa.

Por um momento, ficamos em silêncio. Estou tentada a me afastar e ir procurar meus amigos, mas estou com uma sensação estranha no estômago, e percebo que tem algo que preciso falar para ela.

— Você já teve essa vida, *maman*. Você fez todo esse lance de se mudar para Nova York, com várias viagens de avião e subidas na hierarquia da indústria dos restaurantes. E quando isso parou de funcionar pra você, decidiu que deveríamos voltar para casa. Essa foi a *sua* escolha, e é nítido que ficou feliz com ela. Mas eu sou uma adulta agora, e posso tomar decisões quanto a onde moro e quanto trabalho.

— Eu não quero que você cometa os mesmos erros que cometi — diz minha mãe, baixando o tom de voz.

— E quem disse que estou cometendo um erro? — Ela desvia o olhar, o que só me deixa mais frustrada. — Por que você acha que não vou sobreviver aqui?

— Não é isso. É só que eu já trilhei essa estrada. Nunca fica mais fácil.

— Eu não preciso que fique! — Isso, percebo enquanto falo, é uma mentira. Não sei quanto tempo mais aguento com as coisas desse jeito. *Precisa* ficar mais fácil em algum momento. Depois de os investidores chegarem e forem embora, depois de eu provar que mereço meu lugar na linha de produção, depois do Ano-Novo, talvez...

Minha mãe olha por sobre meu ombro, e eu me viro para encontrar meus avós da parte de meu pai que se aproximam de nós com sorrisos abertos e as próprias taças de champanhe meio vazias em mãos.

— *On ne devrait pas parler de ça aujourd'hui* — diz minha mãe rapidamente. *Não deveríamos falar sobre isso hoje.*

Ela muda de assunto imediatamente, mas não consigo acompanhá-la com tanta facilidade. Minha mãe não entende, e eu vou ter que aceitar que talvez nunca entenda. Ela não quer que eu fique aqui. Não acha que eu consigo. Mesmo depois de tudo o que fiz. Depois de ter chegado onde cheguei. Não consigo acreditar que minha mãe ainda desaprova minhas escolhas e está esperando eu tropeçar para poder se vangloriar e dizer "eu te avisei".

Capítulo 28

No jantar, um banquete nos aguarda.

— Você às vezes sente que trabalhar em um restaurante estragou a alta gastronomia pra você? — pergunto, me inclinando na direção de Zach depois da entrada. Luz, Ari e Ben também estão na nossa mesa, assim como alguns primos dela. Ari olha de soslaio para Ben. Acho que essa é uma pergunta válida para eles também.

— Não exatamente — responde Zach. — Aquele tartar de atum estava de matar. Está tudo incrível. Obrigada por ter me convidado. — Seu sorriso caloroso foi substituído por outro que só posso descrever como absurdamente beijável. Que é exatamente o que ele se inclina para fazer. *Suspiros.* — Qual vai ser o prato principal? — continua ele, dando uma olhada no cardápio impresso sobre a mesa. — Bacalhau ao molho de missô? Boa!

Dou uma risada.

— Parece até que você só veio pela comida.

Zach analisa o salão, a iluminação, os equipamentos do DJ e a mesa de doces montada nos fundos.

— E pela festa de depois do jantar! — responde, não entendendo minha piada. — Que sorte a gente ter se esbarrado a tempo.

— Certo, pra que você pudesse comer bolo de casamento? Zach dá de ombros.

— Eu sou mais dos salgados.

Está um silêncio constrangedor na mesa, mas eu continuo sorrindo. Vir ao casamento do meu pai depois de acabarmos de nos reencontrar talvez tenha sido demais. Vai ser mais fácil quando estivermos só nós dois, né? Aí vamos conhecer um ao outro pra valer.

— Bom, não é sempre que podemos comer algo que *não* foi a gente que preparou — fala Ari —, mas alguns de nós são bons em experimentar diferentes pratos. — Ele lança um olhar esquisito na direção de Zach, que o ignora.

— Qual é o problema de Ari? — pergunto para Luz. — Estamos em um casamento, deveríamos nos divertir. Por que ele está agindo como o Ari emburrado de antes?

Estamos nessa situação desde que nos sentamos para o jantar. Depois da cerimônia e durante o coquetel, Luz, Ari e Ben passaram a maior parte do tempo com a família dela. Encontrei Zach depois da conversa com minha mãe — ele estava conversando com uma garota perto do bar, uma das convidadas do lado de Miguel. Mas desde que nos sentamos à nossa mesa, Ari tem feito comentários ácidos para Zach, que o tem ignorado e mantido a conversa comigo. Sei que prometi a Luz que daria uma chance a Ari, mas não estou gostando da atitude dele hoje.

— Não sei — sussurra ela em resposta. — Ele e Ben ficaram murmurando sobre Zach, mas quando perguntei a eles mais cedo, falaram que não era nada.

Ela faz uma careta. Eu esperava que Luz me dissesse para pegar leve com o namorado dela, e sua resposta me deixa com uma sensação estranha.

Zach pega um pedaço de pão e o parte com as mãos.

— Bom, eu gosto de aproveitar a vida boa enquanto posso.
— É, a gente acredita em você — responde Ari na hora.
Eu olho para Ben, que está sentado com a mandíbula cerrada, tenso. *Você está bem?*, gesticulo com a boca, sem emitir som. *Você está?*, pergunta ele em resposta. A expressão em seu rosto é de pura preocupação.

Alguma coisa parece errada. Quero falar mais um pouco com Ben, mas ele engata numa conversa com um primo de Luz que está sentado ao seu lado, e não estou a fim de tentar chamar a atenção dele do outro lado da mesa.

— Vamos socializar — digo, pegando a mão de Zach.

Ele está olhando para o celular, e demora um instante para afastar o olhar da tela e me acompanhar. Mal posso esperar para os noivos terem a primeira dança e liberarem a pista de dança. O DJ está tocando meu tipo favorito de música pop e qualquer minuto passado nos braços de Zach é meu tipo de minuto favorito. Mas por enquanto a gente está dando uma olhada na minha obra-prima, que foi montada no canto do salão: a mesa de doces. Está com uma aparência tão perfeita e deliciosa quanto eu tinha imaginado: a tradicional *pièce montée* com massas folhadas, o naked cake de morango com baunilha e topo de flores de verdade, os vários cupcakes de diversos sabores e cores, a torre de macarons nos sabores pétalas de rosas, pistache e maracujá... Estou salivando. Mas temos mais alguns pratos para comer antes de chegar à sobremesa.

— Você fez um ótimo trabalho — diz Zach, tirando uma foto minha na frente do display colorido.

Então ele me abraça e me beija, tirando selfies de nós dois em seguida, mais lembranças do nosso primeiro encontro oficial. Eu não sei como vamos superar esse no próximo, mas tenho certeza de que faremos isso. Todos os momentos que passamos juntos foram melhores que o anterior.

A empolgação começa a diminuir quando voltamos para nossa mesa. Ari e Ben não olham na nossa direção, e Luz parece presa no meio da gente, me lançando sorrisos de desculpas. Tento focar apenas Zach quando terminamos os pratos principais e começam a servir os queijos. Meu pai insistiu em manter essa tradição francesa, e foi preciso lábia para convencer a equipe do bufê. Mas aqui estão eles: um camembert inteiro, uma fatia de roquefort, outra de ossau-iraty — um queijo de firmeza média feito a partir do leite da ovelha — e um reblochon, servidos com chutney, mel e uvas. Além das baguetes, é claro. Nunca se esqueça das baguetes.

Mas enquanto pego um pedaço, Ari já está nos encarando com um olhar mortal. Eu sei que Luz está apaixonada, mas lidar com esse cara é complicado.

— Se divertindo? — pergunta Ari para Zach, o tom sarcástico.

— Estou, sim, na verdade — responde Zach, se virando e me dando um selinho.

— Claro que está. Se divertindo pra caramba — rebate ele.

— Ari — chama Luz. Uma advertência.

— O que está acontecendo? — questiono.

Luz responde um pouco rápido demais.

— Nada! — Ela soa animada demais.

— Mas... — começo. Luz sorri esquisito para mim, e eu paro. Estranho.

Silêncio recai sobre a mesa conforme nos servimos.

— Mal posso esperar para começar a dançar — diz Zach, se virando para mim de forma a bloquear Ari e Ben.

Mas ele não se aguenta.

— Pois é, você mal pode esperar qualquer coisa! — rebate Ari, alto.

Isso já está demais.

— Vocês dois se conhecem? — pergunto.

Olho para Luz, que está agindo cheia de inocência. Enquanto isso, Ben encara o próprio prato.

— Sim — responde Ari ao mesmo tempo em que Zach diz:

— Não.

Hum, devo me preocupar?

— Não é nada — intervém Luz. — Não deveríamos nos preocupar com isso esta noite. Estamos aqui para este lindo casamento e para nos divertir, certo? — Ela puxa a manga de Ari, mas ele está furioso agora.

— Desculpa, não dá pra fazer parte disso — diz Ben de repente.

— Não vamos estragar a noite — pede Luz, calma.

— Alguém vai me explicar que droga tá acontecendo aqui? — Parece que todo mundo sabe de alguma coisa, menos eu.

Em vez disso, Ben se levanta, sua cadeira arranhando o chão. Ele me lança um último olhar e vai embora.

Eu o sigo. Estou praticamente correndo, pelo menos o tanto que consigo nesses saltos. Tenho a sensação de que posso torcer o tornozelo a qualquer momento, até chegar no terraço atrás de Ben. A vista de Manhattan toda acesa é esplêndida, um cenário digno de conto de fadas para uma noite dos sonhos. Apesar de eu ter a sensação de que estamos prestes a virar em outra direção.

— Eu sabia que seria um erro — começa Ben, passando os braços ao redor do próprio corpo. Ele deixou o paletó lá dentro. — Não devia ter vindo ao casamento do seu pai.

Não há mais ninguém no terraço com a gente, está frio demais para isso.

— Isso é sobre os turnos que Raven te prometeu?

— Eu gosto de você, Margot. Nem acredito que falei em voz alta. Achei que nós estávamos... Pensei que era... Enfim. Quando você me convidou para o casamento, achei que significava alguma coisa. A gente estava se aproximando e, sim, talvez eu devesse ter te contado antes, mas achei que era recíproco, mesmo que você precisasse se um tempo para entender.

— A gente estava procurando Zach!

Mesmo antes da expressão de Ben mudar, sei que isso não era exatamente o que eu queria dizer. Mas, o quê? Ben gosta de mim. Isso é, ao mesmo tempo, uma surpresa e completamente óbvio. Eu nunca parei para pensar sobre isso porque... Zach. Ben sabia desde o início que meu coração pertencia a outra pessoa.

— Eu sei, Margot. Não consigo controlar meus sentimentos.

— Não estou pedindo que faça isso. É só que... não estava esperando por isso.

— Sério?

Eu não sei o que dizer. Estamos no casamento do meu pai. Finalmente estou com Zach. Vivi momentos incríveis com Ben esses últimos meses. É coisa demais para pensar em uma única noite.

— Me desculpa, Ben. Não posso...

— Já entendi — diz ele, me interrompendo. Ben nunca soou tão ríspido antes. — Espero que sejam felizes juntos. Mas preciso ir para casa agora.

— Não vai, por favor! Me desculpa por não termos passado muito tempo juntos essa noite. Eu tenho sido uma amiga ruim.

Dou um passo na direção de Ben, mas ele balança a cabeça.

— Eu não consigo sentar lá e ficar vendo você com ele. Por favor, Margot. Você precisa entender. Se é minha amiga, me deixe ir embora.

Minha garganta está tão apertada que não consigo falar. Em vez disso, assinto.

— Tchau, Margot.

— Tchau, Ben.

Mas quando as palavras finalmente saem, ele já foi embora.

Me sentindo tão murcha quanto uma bexiga que foi enchida há três dias, volto para nossa mesa. Ben já pegou o paletó e saiu. Zach também não está aqui.

Luz adivinha exatamente o que estou pensando.

— Ele recebeu uma mensagem e acho que foi a algum lugar.

Começo a procurar por ele, mas Luz chama minha atenção.

— Nós precisamos te contar uma coisa. — "Nós" sendo ela e Ari. Luz olha para o namorado e espera.

— Você conta — diz ele. — Margot já me odeia.

— Margot não te odeia. — Ela olha para mim em busca de confirmação, mas já estou vulnerável demais para lidar com o que está acontecendo aqui.

— Vou acabar odiando os dois se continuarem assim.

Finalmente, Luz respira fundo e começa:

— Ari e Zach se conhecem. Eles têm um amigo em comum e já saíram juntos.

— E?

— Quando você reencontrou Zach, fiquei tão animada por você que contei pro Ari toda a história. Como vocês se conheceram em Paris quando ele estava começando o mochilão pelo mundo, o acordo que fizeram... e como vocês se desencontraram na Times Square, mas conseguiram ficar juntos novamente. Ele achou a história muito fofa. Mas quando vocês chegaram hoje, ele somou dois mais dois: seu Zach era o Zach que ele conhecia.

Zach não falou nada sobre Ari, mas acho que estávamos meio ocupados hoje.

Luz engole em seco antes de continuar:

— Eles saíram juntos poucas vezes, mas Zach é bem amigo desse amigo de Ari, que é o motivo pelo qual ele conhece Zach...

— O que tem Zach?

— Odeio ser a pessoa a te falar isso. E que seja nessa noite também. Mas quando você e Zach se afastaram mais cedo, eu precisava perguntar a Ari o que estava acontecendo. Não queria que o jantar ficasse ainda pior, então fiz ele contar a história toda. Eu não sabia até hoje, Margot. Eu juro! Ou já teria te contado. — Ela faz uma careta.

— Me contado o quê? — Meu coração está batendo a mil por hora e tenho a sensação de que meus dedos estão sendo esmagados pelas minhas sandálias. Eu preciso que isso acabe. Agora.

Ari se pronuncia.

— Em primeiro lugar, a viagem ao redor do mundo dele durou um total de quatro semanas. Ele ficou sem dinheiro e voltou para Nova York para começar a trabalhar de novo.

Isso explica por que Zach foi tão vago quando perguntei sobre a viagem. Ele me mostrou algumas fotos de Berlim, mas só.

Acho que ele não mentiu, não exatamente.

— A gente acabou de se reencontrar. Ele não teve a oportunidade de me contar a história toda ainda.

Mas Luz tem mais a falar.

— Zach não estava te esperando, como você estava. Ari falou que o viu com uma garota diferente a cada festa que eles iam. Ele não é quem você pensa.

Eu me viro para Ari, esperando que ele tenha uma explicação para isso. Talvez tudo seja um grande mal-entendido.

— Eu sinto muito, Margot. Sei que você provavelmente não vai acreditar em mim, mas não queria que você se magoasse, e foi por isso que tentei ficar com a boca fechada hoje. Esse cara é um canalha. Você merece mais que isso.

Por hora, sinto que o que mereço mesmo é uma chance de recomeçar este dia.

Capítulo 29

Luz se aproxima para um abraço, mas não tenho tempo para sentir pena de mim mesma. Zach retorna para a cadeira ao meu lado enquanto o pai de Miguel se levanta para fazer o discurso.

Conforme ele bate a faca na taça de champanhe, eu fico ali, atordoada, fingindo que Zach não existe. Ele está agindo como se estivesse tudo bem, enquanto tenho certeza de que meu rosto está em chamas.

Pelos quinze minutos seguintes, tenho que ouvir várias histórias sobre o amor verdadeiro, o discurso passando para os noivos e então para minha avó por parte de pai. Todos exaltam o quão maravilhoso é este momento para todos nós, enquanto começo a questionar tudo o que eu acreditava sobre o amor. Para me entreter, cutuco migalhas de pão, minha mente girando cada vez mais rápido.

Quando minha avó acaba de discursar, todos erguemos nossas taças em homenagem ao casal feliz. Seguro lágrimas que eu queria que fossem de alegria. Zach saiu com outras garotas? No plural? Naquela noite em Paris, concordamos que fomos feitos um para o outro. Se tudo isso é verdade, então Zach me fez perder tempo não apenas naquela noite, mas todo o meu último ano.

— Podemos conversar? — pergunto, dando um golinho antes de abaixar minha taça. Não estou no clima para celebração, mas dá azar abaixar a taça antes de beber.

Em instantes, estou de volta no terraço, agora com Zach. A vista continua esplêndida, zombando de mim.

— O que rolou? — questiona Zach, incerto.

Como ele não consegue ver a mágoa no meu rosto?

— Você foi à Times Square naquele dia, como tínhamos combinado em Paris?

— Você já me perguntou isso.

— Estou perguntando de novo. Você foi?

— Margot, fala sério.

Ele se aproxima de mim, abrindo os braços, pronto para me embalar neles. Como eu queria poder só descansar nos ombros dele e sentir seu cheiro.

— Eu preciso saber.

Zach suspira.

— *Você* foi?

Não consigo acreditar que não falamos sobre isso antes. Quando nos encontramos naquela noite no Highline, tudo pareceu incrivelmente perfeito. Aconteceu mesmo, né? Não foi um sonho? O brilho nos olhos dele quando me viu no meio da multidão? A forma como nos abraçamos? Como isso poderia não ser real?

— É claro que eu fui! — exclamo. — Dia primeiro de agosto, meia-noite, nas arquibancadas da Times Square, canto inferior direito. Era o nosso plano. A gente ia ficar junto.

— Eu me lembro do que a gente falou naquela noite. — Zach soa cansado, quase irritado. Ele começa a andar de um lado para o outro entre mim e a beira do terraço. — Mas não pareceu loucura pra você à luz do dia? A gente não ia se ver por um ano inteiro!

— Você nem fez o mochilão. Sobre o que mais mentiu?
— Quem te falou isso?

Balanço a cabeça. Importa como fiquei sabendo?

— A gente não trocou número de celular... — continua Zach.

— Era o que você queria! — grito. — Nós dois decidimos que seria melhor desse jeito, o jeito *romântico*.

Uma lembrança pisca na minha mente, daquela primeira noite saindo com Ben e o pessoal do restaurante. Quando contei a ele da promessa que Zach e eu fizemos, Ben riu. Não foi maldoso; só não fazia sentido pra ele. Quem não iria querer poder entrar em contato com a pessoa por quem se apaixonou tão profundamente? Por que precisamos de um plano tão elaborado se fomos feitos um para o outro? Ben estava certo. Ele percebeu na hora o que eu não conseguia entender, porque estava encantada demais com Zach. Ou com o Zach que eu achava que conhecia.

— Foi romântico naquela noite — prossegue Zach. — E eu me senti da mesma forma que você. Mas aí, depois que fui embora e os dias passaram... não fazia mais sentido. Tantas coisas poderiam dar errado. Você poderia mudar de ideia em relação a Nova York, você poderia conhecer outra pessoa. Você poderia só... não ir à Times Square.

Essa última parte machuca mais que todo o resto. Eu estava apavorada aquele dia, completamente sobrecarregada depois de ter sido atingida por tantas coisas ao mesmo tempo: meus dois primeiros dias em Nova York, um novo trabalho, viver nesta cidade insana. Eu me esforcei tanto por nós, e o que Zach fez? *Nada*.

— Então você nunca teve a intenção de ir me encontrar?

Zach suspira conforme inclina o corpo para se apoiar na balaustrada, me encarando. Não consigo suportar a distância entre nós, mas, ao mesmo tempo, também não quero ficar perto dele.

— Se quer saber — diz Zach, cruzando os braços —, eu mantive a data salva no calendário do meu celular. Pensava nela às vezes. Nunca cheguei a me decidir. Aquela noite em Paris pareceu um sonho. Às vezes eu até me perguntava se tinha acontecido mesmo.

— Aconteceu!

Odeio que eu sinta a necessidade de falar isso em voz alta, mas é verdade. Ele não pode tirar isso de mim, de nós. A gente planejou junto, nós concordamos. E fizemos tudo isso porque sentimos algo, lá no fundo. Eu não inventei aquela noite.

— Eu sei. Não é isso que estou tentando dizer. Só que foi uma noite diferente de todas as outras. A realidade parecia distante. Enfim, eu estava entre um trabalho e outro naquela semana de agosto, e quando olhei o calendário, ver o seu nome me fez abrir um sorriso enorme. Trouxe de volta todas as lembranças das nossas horas de caminhada por Paris, e eu pensei... Mas aí um colega me ligou para falar sobre um trabalho e eu empurrei todas as lembranças pro fundo da memória. Achei que não teria como você...

— Eu estava lá — interrompo, minha voz saindo num sussurro. — Cheguei vinte minutos atrasada, mas estava lá. E procurei por você em toda parte. Fiquei doida olhando para todo mundo na multidão, certa de que tinha sido tudo culpa minha, que eu tinha sido o motivo para termos nos desencontrado.

Lágrimas escorrem pelas minhas bochechas. Eu sou uma completa e total idiota, uma vergonha.

Zach se afasta da balaustrada e vai até mim.

— Ei, Margot, não.

Estico o braço, avisando-o para não se aproximar enquanto mais lágrimas caem. Como pude ser tão ingênua?

— A gente se encontrou de novo! — exclama Zach, entendendo meu sinal e mantendo uma distância razoável. — Estamos juntos agora.

— Não, não estamos — digo sem pensar. — Você saiu com outras pessoas, estava vivendo sua vida...

— Você também! — responde Zach. — Ok, talvez você não tenha saído com outros caras, mas isso importa? Eu não estava te traindo. Só achei que não nos veríamos novamente.

Engulo em seco. Esse é o problema, não é? Durante esse último ano, nos tornamos pessoas completamente diferentes. Eu tinha certeza de que o universo havia colocado Zach no meu caminho porque ele se encaixava direitinho no que eu tinha sonhado para o meu futuro. Eu me mantive focada, dedicada, apaixonada. Por um fantasma, um garoto que estava vivendo a própria vida como se eu não existisse, como se esperasse nunca me ver novamente.

— Então a gente não devia. Se ver novamente, quero dizer. — Estou surpresa com as palavras saindo da minha boca, mas não o suficiente para retirar o que disse.

Está tudo errado.

— Margot, por favor! Você estava certa, a gente se encontrou de novo. Não é ótimo? — Ele faz um gesto de mim para si.

Mas só era ótimo quando eu não sabia que ele tinha mentido para mim. Que tudo entre nós era falso, esse grande romance que se passava na minha cabeça, e na minha cabeça apenas. Não consigo nem olhar para Zach mais. Ele é um desconhecido.

E minha mãe estava certa. Eu *mudei* desde que cheguei aqui. Achei que tudo aconteceria tão rápido, perfeitamente, de forma tão tranquila. Mas não foi assim, de forma alguma. Em vez disso, foi um processo lento e constante de aparecer e dar o meu melhor no trabalho que me fez conseguir uma vaga na linha de produção. E aqui vai outra coisa que estou percebendo: são as relações que construímos dia após dia que realmente importam, não as que inventamos na nossa cabeça. Veja só Luz e eu. Antes era só alegria e diversão, quando tudo o que fazíamos era conversar pelo WhatsApp com um oceano entre nós. Mas agora temos uma relação profunda e maravilhosa. Temos nossos altos e baixos, e, como resultado, ficamos ainda mais próximas.

E tem Ben. Ele é a razão pela qual Nova York tem sido tão boa para mim. Eu estive mentindo para mim mesma também. Não somos apenas amigos. E talvez fôssemos mais que isso se eu não tivesse gastado tanto da minha energia correndo atrás de um fantasma.

— Me desculpa, Zach, mas isso não é pra mim. Não mais. — Para minha surpresa, não sinto nada enquanto digo essas palavras. É como se Zach tivesse estalado os dedos e eu finalmente o visse por quem ele é. E por quem não é.

— Você está falando sério? — Ele parece magoado, mas eu não me importo mais. — Por que não podemos ficar juntos agora e esquecer todo o resto? Eu quero você, Margot.

Não sinto mais vontade de chorar. As engrenagens se encaixam na minha cabeça, no meu coração. Eu sei o que quero. Quem eu quero. E não é Zach.

— Você está certo, muita coisa pode mudar em um ano. Porque durante todo esse tempo, enquanto eu te procurava, eu estava me apaixonando por outra pessoa.

Zach arregala os olhos.

— É o quê?

— Sinto muito. Na verdade, não. Não sinto muito. Não é com você que quero ficar.

Não estou tentando machucá-lo. Isso não é vingança. Eu entendi a verdade, e não posso mais fingir que não. Preciso contar a Ben como me sinto. Agora.

Capítulo 30

Acabou. Não o casamento: as pessoas estão dançando, drinques estão sendo servidos e os cupcakes desapareceram da mesa de doces num piscar de olhos. Luz fez um pratinho para mim, mas não estou com fome. Zach foi embora. Ele ficou implorando no terraço, mas eu não posso ignorar o que agora sei e sinto.

Nas horas seguintes, mal me afasto do meu celular. Mando mensagem para Ben. Ligo para ele. Deixo mensagens de voz falando que sinto muito, que preciso falar com ele. Que Zach e eu não nunca fomos perfeitos um para o outro, que entendi tudo errado. Imploro para que Ben responda, não ligando para o quão patética soo. Eu quero — não, *preciso* — tirar isso do meu peito esta noite. Mas recebo apenas silêncio em resposta.

Quando minha mãe perguntou, falei para ela que nem Ben nem Zach estavam se sentindo bem e foram para casa. Pior mentira do mundo, mas eu não me sentia pronta para explicar tudo. Só Luz e Ari sabem a verdade. Apesar de minha noite ter sido arruinada, me sinto um tanto grata a Ari. Se ele não tivesse falado nada, eu teria continuado acreditando em Zach.

E até quando? Quanto tempo levaria para eu conhecer o verdadeiro Zach?

— A gente pode esperar na portaria do prédio dele até ele sair. Não é tão longe daqui — sugere Luz ao voltar da pista de dança e me encontrar grudada ao celular. — E ele seria obrigado a falar com você.

Avalio a ideia por um segundo ou dois.

— Isso parece muito coisa de stalker.

— Talvez ele ache romântico. Boto fé em vocês dois.

É então que percebo.

— Você sempre soube que tinha alguma coisa entre a gente, mesmo quando eu não queria admitir para mim mesma.

Ela assente.

— E posso falar agora que nunca achei Zach bom o suficiente para você?

— Você acabou de falar.

Luz sorri, tentando aliviar o clima.

— O cara foi embora de Paris sem salvar o seu número! Que idiota. Estou feliz que ele já era.

— Eu também — concordo, triste.

É como se um peso fosse retirado dos meus ombros. Um ano inteiro de ansiedade, de desejo, esperança e sonhos. Deixando a vida real de lado. E, então, machuquei o cara que estava bem na minha frente.

— Você precisa arrumar isso, Margot.

— Meu Deus, você fica tão chata quando está apaixonada.

— Chata e certa. — Ela pega minha mão, me obrigando a me levantar. Então pega meu celular e o abaixa. — Mas deixa as coisas esfriarem um pouco agora e tenta se divertir um pouco. Você teve uma noite e tanto. Vamos, eu amo essa música. Bora dançar.

***

Eu sei que Ben vai ter que falar comigo em algum momento, porque estamos os dois escalados para o serviço da noite no dia seguinte. Tirei apenas dois dias de folga, mas parece que passou muito mais tempo quando entro no restaurante. Tem duas pessoas novas na equipe — uma lavadora de pratos e outra confeiteira —, e não vejo Raven em lugar nenhum, nem quando nos aproximamos do horário do jantar dos funcionários. Ben está aqui, mas ele sequer olha na minha direção. Eu não deveria estar surpresa, mas ainda assim a indiferença machuca. O turno ainda nem começou e já preciso aceitar a verdade: não tem como eu dar conta disso. Não consigo fingir que Ben é um desconhecido. Não consigo ignorar tudo o que aconteceu entre nós. Preciso fazer com que ele fale comigo. Agora.

Encontro uma oportunidade quando todo mundo sai para o jantar. Ben estava encarregado de cozinhar para a equipe hoje, o que significa que permanece na cozinha quando os outros saem para arrumar a mesa. Preciso de apenas alguns segundos para reunir coragem para ir atrás dele, mas ainda estou uma pilha de nervos e suor quando atravesso a porta.

— Oi — digo.

Ben está limpando sua estação e preparando o mise en place para o serviço da noite, mas não acho que seja por isso que ele não levanta a cabeça.

— Ben — tento novamente.

A qualquer momento, alguém vai entrar na cozinha e eu terei que esperar a noite inteira para conseguir falar com ele novamente.

— Oi — responde Ben, finalmente. Seu tom de voz está seco, indiferente.

— Não consigo colocar em palavras como sinto muito — começo, dando um passo em sua direção. Ele enrijece o corpo quando faço isso, um gesto sutil, mas que me dói. — Eu estive mentindo para mim mesma esses últimos meses. Realmente achei que *precisava* encontrar Zach. Essa foi a única coisa que fez sentido para mim por um longo tempo. Eu achava que a gente tinha que ficar junto, e foi por isso que não consegui ver... você.

Ben solta uma risadinha. Ele fecha as tampas dos recipientes de plástico, o barulho ressoando pela cozinha.

— É sério! No fundo, eu sabia que estava começando a criar sentimentos por você. Estava pronta para desistir de Zach, mas ele ligou naquela noite e eu tive que...

Ben levanta a cabeça, a boca comprimida em uma linha fina. Ele está irritado.

— Você não pensou duas vezes antes de convidar ele pro casamento.

— Eu errei, tá bom? Entrei num conto de fadas que estava acontecendo só na minha cabeça.

— Uns dias atrás, eu teria feito qualquer coisa para ouvir isso, mas acabou, Margot. Não quero suas desculpas.

— Deixa eu me explicar. Quero ficar com você. Se você me quiser.

— Você só quer ficar comigo agora porque descobriu quem aquele cara realmente é.

— Me desculpa! — Minha voz fica mais alta sem querer. Preciso que Ben entenda. Eu sei o que fiz, mas posso consertar tudo. Tudo vai dar certo se ele puder me ouvir. — Eu precisava tentar com Zach. Como não faria isso, se procuramos tanto por ele?

— Não sei, Margot! Isso não é problema meu, é? — responde Ben, alto o suficiente para que sua voz ecoe contra todo o aço inoxidável. Eu nunca o vi assim. — Olha, entendo que esse negócio todo foi ideia minha. Eu te achava divertida, e você parecia tão triste por não ter conseguido encontrar ele. Eu gostava de você e queria ajudar. Mas aí... meus sentimentos mudaram. Não queria mais jogar aquele jogo, e achei que talvez você percebesse. Você veria que tinha alguma coisa rolando entre a gente.

— Você estava certo!

— Acho que não. A sensação é de que você só quer um namorado porque isso era parte do seu sonho: se mudar para Nova York, se apaixonar, viver uma grande aventura...

Ele para de falar e faz uma expressão como se estivesse esperando que eu reagisse, mas não faço isso. Não consigo. Porque tem um quê de verdade no que ele falou. Ben é a única pessoa que me vê de verdade, sempre, mas não posso forçá-lo a ficar comigo se ele não quiser isso. Tudo o que meu silêncio faz é irritá-lo ainda mais.

— Quando você me convidou para o casamento do seu pai, significou algo pra mim.

— Eu queria estar com você — começo. As sobrancelhas dele se erguem, a cabeça já balançando. — Estava mentindo para mim mesma, achando que éramos apenas amigos.

Eu gostei de Ben desde o momento em que ele se levantou para apertar minha mão, quando eu tinha acabado de me fazer de idiota na frente da equipe inteira. Tenho bastante certeza de que comecei a me apaixonar por ele bem naquele momento. Só não estava pronta para aceitar isso.

— Nós éramos amigos e agora você acabou com isso. Eu não sou apenas um passatempo.

Ele vira as costas pra mim e volta a arrumar tigelas e potes. Não sei mais o que dizer, apenas que esse não pode ser o fim. Preciso me esforçar mais. Ben se esgueira ao meu lado para pegar pegadores e uma frigideira. Percebo como ele se inclina, se certificando de não encostar em mim. Tirando Luz, ele foi meu melhor amigo pelos últimos meses. Agora só o fato de pensar em encostar em mim o faz se encolher. Eu causei isso. É tudo culpa minha.

— Pelo menos eu me permito sonhar — digo. Não sei de onde vem esse ímpeto, mas já que estamos botando tudo pra fora... — Diferente de você.

Suas narinas inflam, me dando um aviso silencioso.

Mas eu não acabei. Estou longe de ser perfeita, mas tenho coisas que também preciso tirar do peito.

— Por que você tem tanto medo de sonhar? Você tem esse grande plano de ir riscando itens na lista de coisas a fazer antes de abrir o seu restaurante porque acha que tem que ser assim, mas você já se permitiu pensar sobre o que realmente quer? Você sempre me fala sobre o quanto gostaria de aprender a cozinhar do jeito francês, mas ainda assim está firme na ideia de ir para alguma franquia americana sem vida. Não acha que isso vai fazer você se sentir *infeliz*?

Enquanto falo, Ben pega algumas panelas de molho das prateleiras e as empilha no fogão. A de cima balança um pouco antes de se firmar.

— Diz a garota que passou um ano inteiro sonhando por um cara que ela mal conhecia. Funcionou pra você?

Então ele fica na ponta dos pés para pegar um escorredor e adicioná-lo à pilha, que imediatamente começa a balançar. Eu dou um passo à frente para ajudar, mas Ben ergue a mão.

— Não! — diz ele, a voz ecoando pela cozinha.

Aponto para a pilha alta demais.

— Isso vai...

E então acontece. Cada panela cai no chão com um barulho tão alto, tão estridente, que eu me encolho e recuo, derrubando uma garrafa de azeite. A tampa não estava completamente rosqueada, e o líquido dourado pinga no chão, ao lado de Ben.

Corro para pegar um pano, mas Ben apenas me encara.

— Eu não preciso de você, tá?

Ele chuta uma das panelas. E então simplesmente explode.

— Me responde uma coisa, e seja sincera. Se você não tivesse descoberto que Zach não era quem você achava, teria vindo atrás de mim? Ou teria escolhido ele? O cara que você queria desde o início? Hein?

Eu não respondo. Alguém faz isso antes de mim.

— Mas que *merda* vocês dois acham que estão fazendo?

Ben e eu nos viramos imediatamente na direção da entrada da cozinha, de onde vem a voz. O chef está parado ali, os braços cruzados na frente do peito. Ele está sendo acompanhado por três pessoas de terno, dois homens e uma mulher. Os investidores. Os que ele queria impressionar. Acho que nem sabia que o jantar era hoje. A data estava sempre mudando, e aí fiquei tão ocupada com o casamento que não prestei atenção nisso.

Preciso admitir, a cena não está nada bonita. Há panelas para todo lado, azeite pingando da bancada, atravessando o chão e na minha calça. O resto de Ben está vermelho de gritar comigo e eu estou à beira de lágrimas. Ok, talvez não apenas "à beira".

— É tudo culpa minha — gaguejo. — Eu posso explicar.

— Não me importa de quem é a culpa! — braveja o chef. Dou uma olhada rápida para Ben, cujos olhos estão arregalados de medo. — Ninguém se comporta assim na minha cozinha. Onde vocês acham que estão? Ninguém briga aqui. Nunca. Saiam. AGORA. — Ele se vira para seus convidados. — Me desculpem por isso. Este *não* é o tipo de restaurante que comando.

Não tenho ideia do que fazer, mas como Ben parece congelado no lugar, decido fazer o mesmo. Então, respiro fundo. *Preciso* consertar isso. O dia de hoje não pode ficar pior do que já está.

— Nós vamos limpar tudo imediatamente — digo com o máximo de calma que consigo. — O turno já vai começar…

— Não, para vocês não vai, não. Saiam daqui. Os dois! — grita o chef. — Vocês estão demitidos.

Capítulo 31

Caminho pelas ruas de Nova York por um tempo. Fungando, atordoada. Incerta do que me deixa mais chateada: meu conto de fadas com Zach virar fumaça, Ben me rejeitar tão enfaticamente ou ser demitida do único emprego de verdade que já tive. Botada pra fora do restaurante aos gritos como uma pária. A feira livre está acontecendo na Union Square hoje, as várias barracas carregadas com vegetais coloridos, delícias assadas, potes de geleia artesanal e ovos orgânicos. As pessoas estão tocando suas vidas. Nova York segue. Sempre em frente, sem olhar para trás. Eu achava que vir para cá seria o começo de uma grande aventura, mas só tem ficado mais difícil dia após dia. Não sei se sou corajosa o suficiente para esse lugar.

A caminho do Washington Square Park, percebo que estou perto da Parsons, a faculdade de Luz. Continuo por mais alguns quarteirões, então pego o celular quando passo por baixo do arco e mando uma mensagem.

> Oi, tá por onde?

Preciso que ela me sacuda pelos ombros e diga que nada daquilo acabou de acontecer, que eu não arruinei a vida com que sempre sonhei.

> Na aula... 🤓

Encaro a tela conforme lágrimas escorrem por minhas bochechas.

> Foi mal, *bella*. Ligo assim que puder

Até parece que ela pode me ver nesse momento.

Luz sempre sabe do que preciso até mesmo antes de mim. Eu a amo, mas ela tem estado muito ocupada esses dias. O semestre está a todo vapor e ela tem passado mais tempo com os amigos da faculdade, feito novos e, claro, ainda tem Ari. A vida dela está cheia, completa. Achei que eu estava chegando lá também, mas agora me sinto incompleta, uma pilha de ingredientes crus que não servem para nada.

Mando uma mensagem para Julien, meu melhor amigo da época da escola, mas ele não responde. Já é tarde da noite na França, ele deve estar na rua, se divertindo. Sem mim.

Eu não tenho para onde ir. Meus pais, Miguel e Jacques têm uma reserva no Nutrio para esta noite. Essa seria — vai ser — a última despedida antes dos recém-casados partirem para o México para a lua de mel amanhã. Apesar de ter sentimentos conflitantes sobre isso, minha mãe estava ansiosa para ver onde trabalho, o famoso restaurante em ascensão na cena nova-iorquina! Ela conferiu o cardápio e me fez falar sobre os melhores pratos. Não estou apenas envergonhada. Eu me sinto morta por dentro. Como vou explicar para eles que meu grande sonho desmoronou? O que eu deveria dizer? *Você estava certa*, maman. *No fim das contas, não tenho o que é necessário.*

Por um bom tempo, meu lar é um banco no parque, não muito longe de onde Zach e eu nos beijamos apenas alguns dias atrás. Patinadores fazem infinitas manobras na minha frente. Ao meu lado, um cara oferece recitar poesia por dois dólares. Fui largada no meio de um belo nada, com minha falta de planos. O vazio da minha vida.

Como boa parte das pessoas solitárias, encaro meu celular, esperando que ele me dê respostas mesmo que eu não saiba quais são as perguntas. Tem uma coisa que quero fazer e não posso esperar mais. Encontro minha conversa com Zach, respiro fundo e a deleto. Então é a vez do número dele e do nosso breve passado. Eu não sei onde ele mora, onde vai trabalhar na próxima semana ou como poderia encontrá-lo novamente. Estou bem com isso. Porque se eu ainda tivesse o número dele, estaria tentada a mandar mensagem agora. Eu ia querer ele aqui comigo, para acalmar meu coração, para me embalar em seus braços. Eu ia querer que ele fosse Ben.

Óbvio, penso em Ben. Penso nele o tempo todo desde o casamento, cada segundo desde que o chef praticamente nos expulsou do restaurante. Esperei por ele do lado de fora depois que peguei minhas coisas e saí, a cabeça baixa de vergonha. Não sei quem me ouviu ou o que ouviram — eu só não conseguia encarar ninguém. Desisti depois de meia hora esperando do outro lado da rua. Ben deve ter saído pelo fundos. Ele não queria ouvir o que eu tinha a dizer, não aguentava me ver. E por que ele faria isso? Eu o magoei, e não apenas uma vez. Eu fiz com que ele fosse demitido. Nunca vou me perdoar.

Sempre tive certeza de que era isso que eu queria. Uma aventura na cidade grande. Uma história de amor épica. Viver intensamente. O que vai acontecer agora que perdi tudo? Eu deveria seguir em frente quando me machuco a cada esquina? Mais lágrimas chegam, e eu não as afasto. Na verdade, me permito botar tudo para fora, alto e feio. Pessoas passam por mim, umas me ignorando e outras olhando para mim com pena. Uma até pergunta gesticulando com a boca: *Você está bem?*

Assinto, mas não estou. O que há em Nova York que permite que você demonstre suas emoções, que você chore em público e sinta que essa é a coisa certa a se fazer? Alguns meses atrás, quando chorei na Times Square, morri de vergonha. Mas agora sou essa pessoa. Veja bem, Nova York, você me pegou. Eu não achei que fosse esse bicho de sete cabeças. Mas você não funciona dessa forma, não é? Você não faz concessões. Não responde a ninguém. Você nos permite libertar nosso lado mais vulnerável em público, como se cada rua, cada banco, fosse nosso lar. Você é maravilhosa e terrível por isso.

Um bom tempo se passa antes que eu decida me desgrudar do banco. A ameaça de passar ainda mais vergonha é o que me motiva: não posso deixar que meus pais apareçam no restaurante e falem com o chef. Eles precisam ouvir de mim.

Quando chego em casa, as malas de meu pai e Miguel estão abertas no chão da sala de estar, apenas meio feitas. Há montes de roupas de verão no sofá, pilhas de sapatos ao lado.

— Alguém aí? — chamo.

— Margot? — Meu pai sai do quarto carregando três shorts de praia. — Você não deveria estar no trabalho?

— O que aconteceu? — Agora é Miguel, que está no banheiro arrumando seu nécessaire.

Não consigo respirar. Desculpas e mentiras borbulham no meu peito, tentando escapar. Nenhuma delas vai me ajudar. Nenhuma delas vai mudar o fato de que arruinei minha vida tão monumentalmente.

— Fui demitida. — Não falo nada além disso, sem enfeites.

— Aquele chef — diz meu pai, balançando a cabeça. Ele tira as sungas do braço do sofá e abre espaço para que possamos nos sentar. — Você tinha razão. Ele é difícil.

— Não. — Encaro meu colo. — Eu estraguei tudo sozinha.

— Quer me contar o que houve?

Antes de fazer isso, mandamos mensagem para minha mãe, que chega com Jacques em um piscar de olhos, boquiaberta, cuspindo uma série de palavrões em francês. Eu conto a eles, bom... o suficiente da história. Falo da briga com Ben, mas não a razão por trás dela. Descrevo os gritos, o barulho das panelas, o azeite por toda parte. Os investidores que, para ser sincera, pareciam estar gostando do espetáculo, apesar de o chef não.

No fim, meus pais se olham e soltam um longo suspiro ao mesmo tempo.

— Você quer falar ou eu falo? — pergunta meu pai.

Minha mãe parece considerar enquanto eles trocam outro olhar. Estou esperando um longo discurso, algo que não vou gostar de ouvir, então fico surpresa quando tudo o que ela fala é:

— Você se cobra demais.

— Não cobro, não. Eu perdi meu emprego. *Papa* e Miguel vão se mudar para Miami em algumas semanas. Não vou conseguir encontrar um lugar para morar se eu não tiver um trabalho, e não posso... — Não sei nem o que ia dizer. — Não posso, não posso, não posso.

— Margot — chama minha mãe, suspirando.

— Por favor, não fale "eu te avisei".

— Eu não ia falar. Entendo como essa situação é chata.

— Dê tempo ao tempo e você vai ver. Uma porta se fecha e outra se abre — diz meu pai.

Olho de um para outro, perplexa. Esse voto de confiança parece um pouco exagerado.

Fico de pé, sentido necessidade mexer as pernas.

— Vocês não ouviram o que acabei de dizer? Eu fui demitida do meu emprego. Pude praticamente ver a fumaça saindo das orelhas do chef. E Ben perdeu o emprego por minha causa também!

Eu me sento em uma das cadeiras da mesa de jantar, longe deles, meu rosto ardendo de todas as lágrimas que já derramei. Jacques pega um copo d'água para mim. Tenho certeza de que ele não incluiu "ouvir drama de garota" na sua lista de coisas a se fazer em Nova York. Todos me encaram enquanto tomo alguns goles.

— Acabei com minha vida — digo, agora em voz baixa.

— Margot — diz meu pai, calmo. — Você não está nos ouvindo. Você acabou com seu dia, claro. Sua semana também, sem dúvidas. Mas sua vida? Não chegou nem perto disso.

— Você precisa cometer *alguns* erros na sua idade. É... — continua minha mãe.

— Praticamente obrigatório — completa meu pai.

Meus pais sempre agem como um casal de anos, instintivamente sabendo o que o outro quer dizer e terminando as frases um pelo outro.

Em geral acho isso fofo, mas não acho que eles entenderam a gravidade da situação.

— Onde eu vou morar? O que vou fazer para ganhar dinheiro?

— Você vai ficar aqui pelo tempo que precisar — diz meu pai.

— Eu já comi sua comida. É maravilhosa — elogia Jacques.

— Você vai arrumar outro emprego já, já — encoraja Miguel.

Começo a chorar, baixando a cabeça.

— Sei que você não vai gostar do que vou falar — começa minha mãe —, mas talvez você precise voltar para as receitas clássicas.

Levanto a cabeça, intrigada.

— O que você quer dizer?

— Lembra do *mi-cuit au chocolat*? — pergunta minha mãe, enquanto meu pai assente entusiasmado à menção do petit gateau de chocolate. — Você devia ter dez anos, talvez onze. E passou horas, dias até, tentando criar uma nova receita. Você queria dar seu próprio toque a ela, e fez experimentos em todos os aspectos. Em uma versão usou azeite de oliva, em outra botou uma pitada de pimenta-caiena. Em uma tentativa você reduziu tanto o tempo de cozimento que o resultado foi quase um suco de chocolate.

— Essa versão não ficou tão ruim — argumenta meu pai.

Eu me lembro agora. Era férias de verão e meu pai tinha ido nos visitar. Ainda consigo sentir minha frustração, os fracassos repetidos apesar de todo o meu trabalho duro.

— Achei mesmo que poderia fazer a receita de forma diferente.

Meus olhos se enchem de lágrimas ao lembrar.

— Então, depois que você tirou tudo aquilo da sua cabeça, pegou minha velha receita, a que venho fazendo desde que tinha a sua idade — continua minha mãe.

— E dei meu toque pessoal a ela!

Eu fiz a receita testada e aprovada pela minha mãe, mas também fiz um creme de pistache de acompanhamento, em vez do clássico *crème anglaise*.

— Deu mesmo — concorda meu pai.

— Algumas coisas não acontecem como a gente tinha planejado, mas e daí? — questiona minha mãe.

— Você pode sempre simplificar tudo e voltar ao clássico — conclui meu pai.

— A vida adulta é assim para a maioria das pessoas. Nós experimentamos coisas novas e no fim, depois de muita tentativa e erro, descobrimos o que realmente importa pra gente: os ingredientes básicos da receita. E então, quando descobrimos isso, quando nos descobrimos, podemos acrescentar nosso próprio creme de acompanhamento.

Penso nisso por um bom tempo, aproveitando o silêncio confortável.

E então tenho uma ideia. Isso coloca um sorriso no meu rosto pela primeira vez hoje.

Capítulo 32

Passei o dia inteiro na cozinha. Apenas eu, meus pensamentos e silêncio completo. Bom, o tanto de silêncio que é possível alcançar em um apartamento em Nova York. Sirenes passam pela minha janela, alguém está gritando ao telefone, gritos indescritíveis chegam até meu pequeno pedaço da cidade. Os noivos foram para a lua de mel. Luz está na faculdade. Minha mãe e Jacques estão explorando a cidade — o roteiro de hoje ia desde ver a *Fearless Girl* na Wall Street até visitar o museu pós-moderno Guggenheim Museum no Upper East Side.

É bom ficar sozinha. Acho que não dediquei muito tempo a mim mesma desde que cheguei aqui. Eu estava sempre correndo — pela cidade com Luz ou Ben ou pela cozinha do restaurante, tentando fazer com que não gritassem comigo. Aqui, posso deixar minha mente vagar enquanto minhas mãos praticam seus movimentos ensaiados: *la danse de la soupe à l'oignon*.

Encontro um Tupperware enfiado em uma gaveta e guardo a mistura no pote. Não faço sopa de cebola do zero há anos. Na verdade, não lembro nem quando foi a última vez que a comi antes de provar a de Ben. Me senti um pouco enferrujada enquanto seguia o passo a passo — mandando mensagem para minha mãe para confirmar meus instintos em relação ao toque de vinho tinto que ela coloca e o mix de queijos que usa —, mas repeti para mim mesma que, para variar, isso não é sobre a comida. Ainda não tenho certeza do que *é*; vou ter que esperar para descobrir.

Enquanto carrego minha embalagem preciosa, saio do prédio para o ar frio de novembro. O casamento foi há menos de uma semana, mas parece ter acontecido em uma vida diferente, uma cidade diferente. Tanta coisa mudou em um intervalo de poucos dias.

— É o efeito Nova York — declara Luz depois de ouvir o que aconteceu. — Uma hora você está no topo do mundo e na outra...

Ela esperou que eu reagisse, que concordasse, que entendesse, mas fiquei apenas aguardando as palavras seguintes, esperando respostas, um caminho a seguir.

— Sei que você provavelmente não vai concordar comigo agora, mas isso é o que torna as coisas emocionantes.

Foi o que achei de Nova York pelos últimos três meses. *Que emocionante! Que movimentada!* Mas, sinceramente, não fica um pouco exaustivo depois de um tempo?

Ando até a Oitava Avenida para pegar a linha L do metrô, ouvindo um homem mais velho tocar um jazz na plataforma de embarque até chegar o próximo trem com destino ao Brooklyn. Algumas paradas depois, desço na avenida Bedford, em Williamsburg. Ao descer a rua, percebo que alguns dos meus cartazes ainda estão colados aos postes no caminho. Talvez eu esteja apenas nervosa e tentando desacelerar o tempo, mas sinto que preciso parar. Raspando com as unhas, arranco cada um dos cartazes até que toda essa parte do meu grande sonho seja apenas história, jogada numa lixeira na cidade de Nova York.

Ninguém responde quando toco o interfone; tudo o que ouço é o bipe contínuo de alguém abrindo a porta para mim.

Conforme subo os degraus, tento afastar as lembranças da última vez que vi Ben, a expressão no rosto dele quando o chef nos mandou sair da cozinha dele. Mais uma vez, é o colega de apartamento de Ben, Karim, quem abre a porta quando bato. Ele me olha com uma expressão de interrogação, como se não me reconhecesse. Não é um bom começo, mas sigo em frente mesmo assim.

— Eu tava esperando uma entrega — diz ele, se explicando.

— E eu *tô* aqui para entregar uma coisa. — Aponto para a bolsa na minha mão. — Ben tá aí?

Karim balança a cabeça.

— Ele tinha uma entrevista de emprego.

— Em qual restaurante? — pergunto, cheia de esperança. O chef foi tão impulsivo ao demiti-lo. Qualquer pessoa menos temperamental e com mais visão de negócio vai contratar Ben na mesma hora.

— Não sei se ele ia querer que eu te contasse... — responde Karim, suspirando.

Vejo que as notícias sobre como sou horrível correram rápido.

— Eu juro que quero o melhor para ele. Só me diz se é em algum lugar bom.

Karim olha para o outro lado.

— Ou pelo menos me diga que não é em uma das churrascarias de franquia sobre as quais ele tem falado.

O rosto de Karim se contorce.

— Que fique registrado que eu falei que ele merecia mais do que trabalhar em uma fritadeira para atender uma multidão de turistas na Times Square. — Ele deve ver o desespero no meu olhar, porque acrescenta: — Vou falar com ele de novo, mas ele precisa de um emprego.

— Será que posso esperar por Ben? Preciso mesmo falar com ele.

— Ele acabou de sair, e vou pra rua daqui a pouco também.

— Tudo bem, você pode dar isso a ele? — Entrego a bolsa a Karim. — E pode dizer a ele que... — Mais há coisas demais a se dizer, coisas particulares. — Na verdade, você teria uma folha de papel e uma caneta?

Ao receber o que pedi, me sento no último degrau da escada. Karim perguntou se não queria entrar para escrever meu bilhete, mas eu entendi a expressão em seu rosto: ele não queria trair o amigo. Está tudo bem, de qualquer forma. Preciso de um tempo para pensar.

Após alguma reflexão, escrevo o seguinte:

Querido Ben,

Acho que nunca vou parar de me culpar por como as coisas aconteceram entre nós. Você foi o primeiro amigo que fiz em Nova York, meu único amigo além de Luz. Muitos dos meus momentos favoritos aqui aconteceram com você. Por sua causa. Você é tão animado e gentil, uma pessoa linda por dentro e por fora. Eu quis estar perto de você desde o momento em que nos conhecemos. Só que estava focada demais nas minhas fantasias para entender o que isso significava.

Aprendi tantas coisas nos meus poucos meses aqui, mas uma das minhas maiores lições tem sido que nossos planos não fazem sentido nenhum se deixarmos que eles atrapalhem nossas vidas. Eu tinha uma ideia tão específica de como eu queria que fosse minha experiência em Nova York que esqueci de deixar a cidade me surpreender. Por causa disso, não machuquei apenas a mim, mas a você também, a pessoa que mais significou para mim desde que cheguei aqui.

Sei que perdi sua amizade, além de todo o resto, mas eu queria te dizer isso: Por favor, escute seu coração. Não faça o que eu fiz. Você merece tudo aquilo com que sonha e mais, mesmo que isso não faça sentido ou não seja parte de um grande plano. Eu acredito em você. Sempre vou acreditar.

Com amor,
Margot

P.S.: Como você em breve descobrirá, sua sopa de cebola é melhor que a minha. Não há dúvida quanto a isso, mas estou tentando. Estou mesmo.

Assim que piso no Nutrio, vejo a última pessoa que eu esperava encontrar. Ari está sentado à mesa para a refeição dos funcionários, assim como boa parte da equipe. Estou surpresa, mas não demoro para entender que ele não está aqui a passeio.

Ele é o primeiro a falar comigo.

— Ei, Margot.

O sorriso de Ari é gentil, talvez até um pouco pesaroso. Ele e eu temos uma história, boa e ruim. Mas eu não o julgo por voltar para cá. Todos nós temos que tomar as melhores decisões pra gente no momento certo.

Afasto o desconforto; eu vim aqui por um motivo.

— Oi, pessoal, vim aqui para me despedir. Me desculpem por ter saído daquele... vocês sabem, naquele dia.

Raven sai da cozinha nesse momento, e deixo escapar um suspiro de alívio ao ver que o chef não está com ela. Não estou pronta para lidar com ele.

— É bom te ver — diz Raven. Há uma delicadeza na voz dela, em seu rosto. Então, mais baixo, ela acrescenta: — Queria que você pudesse ficar. Você é uma das boas.

Sinto minha garganta apertar.

— Obrigada.

Não tem muito tempo que ela estava disposta a fazer apostas com Ari sobre quanto tempo eu duraria. Naquela época, não gostava de como as coisas mudavam rápido. Mudança é inevitável em um lugar como esse. Tanto no Nutrio quanto em Nova York.

Ela me dá um abraço e então, um por um, meus ex-colegas de trabalho se levantam e fazem o mesmo, até Ari. Consigo me manter firme o suficiente para retribuir todos os abraços.

— O chef vai sair a qualquer minuto — avisa Raven, depois que abracei a última pessoa. Ela olha na minha direção para ver se entendi o que quer dizer. Eu entendi, mas preciso falar com ele também.

Sem pedir permissão, dou a volta até os fundos e o encontro no escritório. A porta está aberta, e entro depois de uma batida rápida. Ele pode me colocar para fora a qualquer momento — vai saber qual é o humor dele hoje —, então é melhor eu ser breve.

— Bonj... — Então me interrompo. Não preciso mais impressioná-lo. E nem quero fazer isso. — Oi.

O chef levanta a cabeça e franze o cenho, mas então sua expressão vira um sorriso.

— Margot! Que bom que está aqui.

— Quê? — Devo ter ouvido errado.

— Por favor, sente-se. Quero falar com você.

Faço o que ele pede, mas não consigo evitar olhar para a porta, como se eu fosse precisar fazer uma saída de emergência porque algo terrível está prestes a acontecer.

— Sempre me senti culpado por como sua mãe e eu deixamos as coisas. Eu esperava conversar com ela quando viesse para o jantar, mas eles cancelaram a reserva de última hora.

— Hum, sim, porque você me demitiu naquele dia.

— Eu imaginei — diz ele com um suspiro. — E eu não gostei de perceber que sempre cometo o mesmo erro.

— Você demitiu minha mãe também? — brinco.

Ele ergue uma sobrancelha.

— Você não sabe a história?

— Que história?

Ele me conta.

Minha mãe e o chef não eram apenas colegas. Eram sócios prestes a abrir seu primeiro restaurante juntos. Eles estavam trabalhando no circuito de restaurantes de Nova York há alguns anos naquela época e se sentiram prontos para dar o próximo passo, juntos, como cochefs. Eles trabalharam sem parar para tornar o plano realidade, e aí minha mãe me teve. Depois que nasci, ela passou para o ramo de bufê para ter uma agenda mais flexível.

— Por fim, as coisas começaram a se encaixar — continua o chef. — Chegamos a um conceito e um bairro e começamos a testar receitas enquanto você cochilava no canto. Nós éramos tão diferentes: Nadia não conseguia se afastar dos clássicos franceses e eu era bem mais experimental. Mas era por isso que funcionava. Nós nos complementávamos.

"Quando começamos a ir atrás de investidores, você ainda estava aprendendo a andar e sua mãe não trabalhava em um restaurante havia três anos. — O chef faz uma pausa; ele não quer me contar o que aconteceu depois. Um lampejo se vergonha cruza seu olhar. — Bom, os 'engravatados' não gostaram disso. Eles a ignoravam nas reuniões ou perguntavam como ela ia conseguir comandar um restaurante sendo mãe solteira, deixando de lado as respostas dela sobre como seu pai se envolvia na sua criação. Eles agiam como porcos misóginos... — acrescenta, com um suspiro. — Mas eu não falei nada. Eu queria o dinheiro. Tinha sonhado com esse restaurante por tanto tempo.

"Depois de muito vai e vem, os investidores nos ofereceram o capital com uma condição: que eu tomasse as rédeas e colocasse sua mãe como sous-chef. — Nesse momento, ele afasta o olhar, cheio de vergonha. — Eu aceitei. Nadia comprou a passagem de volta para a França logo depois."

Estou sem palavras. É então que entendo: não era de mim que minha mãe desconfiava esse tempo todo. Era de Nova York. Ela tinha experimentado em primeira mão como alguém pode ser esmagado aqui. Principalmente se você for uma mulher, ainda mais mãe, em um mundo de homens. Ela não queria isso para mim porque ela me ama, não por achar que eu não conseguiria dar conta.

Penso em meu pai, que apoiou a decisão dela de voltar para a França apesar de isso significar que ele não me veria tanto. Ele não seria mais um homem sufocando as ambições de minha mãe: se Nova York não a deixaria ser chef, então ela não deixaria Nova York entrar em seu caminho.

— Aquele restaurante, o meu primeiro, faliu em menos de dois anos — conta o chef. — Faltou o toque especial da sua mãe, e eu não era organizado o suficiente para tocar o negócio sozinho. E então, quando tentei abrir outro negócio, foi ainda mais difícil conseguir apoio financeiro.

— É para eu sentir pena de você?

Ele ri.

— Não. O que estou tentando dizer é que eu tive uma segunda chance, e quero oferecer isso a você também. Não deveria ter te demitido e não deveria ter me importado tanto com o que os investidores iam achar. A vaga é sua. Vá pegar um avental e começar esta noite mesmo.

Esse homem é cheio de surpresas, mas não estou aqui por elas. Eu não quero trabalhar para ele, nem agora nem nunca.

Eu assinto e me levanto.

— Não, obrigada. E, sinceramente, seu camembert assado não é nada demais. Provei uns muito melhores na França. Você não precisa modificar receitas que já são perfeitas como são.

O chef ajeita a postura, mas não parece irritado; está mais para impressionado.

— E o que você vai fazer? Vai ser difícil, não importa o restaurante em que trabalhe na cidade.

Dou de ombros.

— Eu aprendi tantas coisas nos últimos meses. Foi uma experiência única, e serei sempre grata por ela. E apesar de eu não querer que acabasse assim, ela me ensinou uma lição valiosa: ninguém tem apenas um futuro perfeito pela frente, nem apenas um sonho. Achei que isso aqui era o meu e talvez eu estivesse errada. Ou talvez não fosse o momento certo. Mas como você disse, eu mereço outra chance. Só não aqui.

E não é apenas em relação ao trabalho. Se Zach nunca tivesse me desapontado, eu nunca teria enxergado que não fomos feitos um para o outro. Acontece que não existem garotos dos sonhos. Especialmente se você tiver que adiar seu futuro por eles.

O chef assente.

— Boa sorte pra você.

— Boa sorte pra você também.

Quando volto para o salão, Ari está esperando por mim.

— Vou te levar até a porta — diz ele.

Aceno um tchau para todo mundo de novo e piso para fora do Nutrio pela última vez.

— O chef me ligou — explica Ari assim que chegamos à rua. — Meu novo emprego não era tudo o que parecia, então pensei em tentar aqui de novo. Não vim para roubar o trabalho do Ben.

— Não achei que você tinha feito isso. Não é sua culpa que ele tenha sido demitido. É minha.

— O *chef* demitiu Ben. Ele é impulsivo e temperamental, mas valoriza talento e trabalho duro. Ele me contratou de volta. Não desligou o telefone até que eu aceitasse vir. Parecia desesperado. — Acho que ele consegue ver o deboche na minha cara. *Ótimo jeito de tornar isso sobre você, Ari.* — Enfim, o que eu estava tentando dizer é que já conversei com o chef. Ele não falou com todas as letras, mas acho que ele sabe que precisa de Ben em sua cozinha. Há vários cozinheiros por aí, mas um bom e educadíssimo? Não é tão comum. Ben vai voltar pra cá rapidinho.

— Sério? — Essa é a melhor notícia que ouvi o dia todo.

— Eu não estava suportando a ideia de ir embora de Nova York sem pelo menos tentar consertar alguns dos meus erros.

— Você vai embora?

Ainda não falei para ninguém, mas me decidi alguns dias atrás. Preciso de um tempo longe dos meus planos e sonhos. Quero respirar fundo e apertar o pause por um minuto. E um minuto em Nova York não será o suficiente para isso.

Ari olha de volta para o interior do restaurante. Estão esperando por ele. O show já vai começar; todos os artistas precisam assumir suas posições.

— Ei, Ari — chamo, sentindo a atenção dele desviar. — Já que vou embora, você vai ter que ter o dobro de cuidado com Luz, ok? E se você fizer alguma besteira e partir o coração dela, eu vou voltar aqui e te picar em tantos pedacinhos que você não vai caber nem num prato de sushi. Escutou?

— Sim — responde ele, sorrindo. — Em alto e bom som.

É isso, então. Acabei por aqui.

Capítulo 33

Luz e eu estamos sentadas nas arquibancadas da Times Square, canto inferior direito, apesar de eu ter demorado para convencê-la a vir aqui. Sim, sei que é muito coisa de turista — as barracas de comida amontoadas, a abundância de personagens de desenho animado e as luzes de néon que vão do chão ao céu —, mas é isso o que sou agora. Uma turista. Em pensar que já achei que esse seria o lugar mais romântico para encontrar o amor da minha vida. Errada em todos os aspectos, Margot.

— Não acredito que você vai me abandonar — diz Luz, olhando para um Woody, de *Toy Story*, em tamanho humano.

— Ei — digo com mágoa fingida. — Foi você quem me abandonou primeiro. Com seu namorado novo e coisa e tal.

— Admita: você gosta dele agora.

Eu rio. Nós duas rimos. Não sei se já chorei tudo que tinha para chorar, mas não quero que meus últimos momentos com Luz sejam manchados com tanta tristeza.

— Não estou pronta para admitir nada — respondo.

Explodimos em risadas novamente.

— Estou feliz por estarmos juntas — responde Luz, passando um dos braços ao redor dos meus ombros. — E isso é tudo o que importa.

Suspiro. Essa parte dói.

— Vou sentir *tanta* saudade.

— Não tanto quanto eu. Prometa que você vai voltar.

Eu estendo meu braço.

— Prometo! Tem tanta coisa que não vi ainda, que não fiz. Uma garota que amo uma vez me disse que nada é eterno em Nova York. Tudo é "por hora". Esse é um adeus... por hora.

— Essa garota parece absurdamente inteligente e bonita — diz Luz, a voz séria.

— E muito convencida — acrescento.

— Tem uma coisa que eu queria te falar antes de você ir embora. — Ela está com uma expressão envergonhada.

— Sobre Nova York?

— Não, sobre Ari. A gente... ficou ainda mais sério agora.

Espero que ela elabore, mas tudo o que faz é afastar o olhar e... Bingo!, a ficha cai.

— Ficaram?

Um sorriso brilhante toma conta do seu rosto.

— Vou precisar de mais detalhes que isso. Quando? Onde? Como?

Ela ergue uma sobrancelha, então respira fundo.

— Você quer mesmo falar sobre isso?

— Hum, sim.

— Mas sua...

— Mas minha vida amorosa é um total e completo desastre? Verdade.

Eu a encaro, silenciosamente exigindo respostas.

— Beleza — cede ela dramaticamente. — Ontem à noite, no quarto dele, e eu nem sei o que você quis dizer com a última pergunta. Você sabe como as coisas funcionam, né?

Inflo as narinas; não vou aceitar comentários sarcásticos como resposta. Ari não é o primeiro de Luz, mas algo na expressão dela me diz que é diferente. Não que eu saiba algo sobre o assunto. Ou saberei em algum momento em breve, dada minha situação atual.

Ela suspira, cedendo.

— Foi muito, *muito* bom. Não aceitarei mais perguntas.

— Você conheceu ele graças a mim. Vamos nos lembrar disso para o casamento.

Luz revira os olhos e nós mudamos de assunto. Temos tão pouco tempo juntas e tantas coisas sobre as quais falar. Então, Luz me atualiza sobre as aulas da faculdade — ela está amando aprender sobre a arquitetura dos anos 1970 — e os alunos que ainda está conhecendo. Todos são tão criativos e determinados: fazem arte, fazem as próprias roupas, causam impacto nas redes sociais. Moldam seus futuros desde já.

— Não te incomoda que eu esteja falando essas coisas? — pergunta Luz, depois de já estar falando há algum tempo.

— Por que me incomodaria? Estou feliz por você. Na verdade, é mais que isso. Estou orgulhosa de você. Mal posso esperar para contar para todo mundo que conheço uma designer de interiores supertalentosa que está decorando as casas de ricos e famosos da cidade inteira.

— Já eu mal posso esperar para contar para todo mundo sobre uma chef franco-americana incrível e talentosa que comanda um restaurante incrível, qualquer que seja o lugar onde você vai trabalhar.

— Na cozinha da minha mãe — digo, com uma risada. — Bem onde comecei.

Vou para casa. Assim que a ideia começou a tomar forma na minha mente, eu soube que era a decisão certa. Nunca valorizei de verdade o restaurante de minha mãe, as receitas que passaram de geração em geração, a horta que ela cultivou para ter ingredientes frescos à mão. Ela queria me ensinar as técnicas dela e eu estava ocupada demais esperando pelo novo e emocionante para entender o que minha mãe estava tentando fazer: honrar a tradição, se fazer presente todos os dias, buscar a beleza e a excelência. Ao estilo francês. Ben me ajudou a enxergar isso de uma forma diferente.

Talvez algum dia eu vá estudar na Le Tablier, em um dos cursos com duração de um ano. Ou talvez eu volte para Nova York e tente a sorte novamente. Mas uma coisa que sei é que não vou desperdiçar o que tenho no momento para esperar por algo melhor. E então não ver o melhor quando ele está bem na minha frente.

— Margot! — exclama Luz, com uma careta. Ela não gosta de quando me perco nos meus pensamentos.

— Luz!

Nós rimos. *Precisamos* rir, ou isso vai ser triste demais, deixá-la aqui. Ela prometeu que vai me visitar também, mas não temos ideia de quando ou como.

— O que você vai fazer no resto do dia? — ela pergunta por fim, mudando de assunto.

Luz precisa ir para a faculdade esta tarde e estou com passagens compradas para o mesmo voo de minha mãe e Jacques, daqui a dois dias. Foi escolha minha, mas o prazo parece sufocante: apenas algumas horas antes de tudo isso acabar.

— Eu tenho um encontro — digo, me levantando. — A cidade está esperando por mim.

Passando o restante do dia assimilando tudo mais uma vez. Caminho ao redor do Central Park por um tempo, então passo no Levain para um "almoço" tardio: um cookie de nozes com gotas de chocolate que como no mesmo banco azul em que Ben e eu nos sentamos semanas atrás. Depois volto para o centro da cidade, passeando pelas ruelas charmosas do West Village e então pelas lojas no SoHo e até mais longe, até Tribeca. Estou olhando as vitrines na Broadway quando meu celular toca.

— Jacques quer comprar um boné do Yankees mesmo sem nunca ter ido a um jogo de beisebol — diz minha mãe em francês. — Isso não é errado?

— Não, acho que é só Nova York. Você pode fingir ser quem você quiser.

— *D'accord, vous avez gagné.* — Posso praticamente vê-la revirar os olhos para ele enquanto admite a derrota. — Você vai jantar com a gente hoje?

— *Oui.* Volto daqui a pouco.

Quando encontrei minha mãe depois da conversa com o chef, minhas pernas pareciam gelatina. Eu estava tão indignada por ela, e entendi completamente por que ela nunca me contou aquela história. O mundo pode ser difícil para garotas — mulheres! — que ousam ir atrás de seus sonhos. Talvez ela não quisesse que eu ficasse um pouco mais de tempo sem saber quão difícil. Naquela noite, ela me contou tudo sobre a vida que teve em Nova York, a história completa: de grandes receitas a dates ruins, de experiências de trabalho esquisitas até conquistas emocionantes. Ainda não sabia o que ia fazer, mas percebi isso: eu ainda tinha tanto a aprender com ela.

Nós desligamos a ligação quando chego ao One World Trade Center, o maior arranha-céu na ponta sul de Manhattan. Não há fila na entrada. Por impulso, compro um ingresso e subo direto até o centésimo andar, onde fica o deque de observação.

Um pouco tonta da subida rápida do elevador, dou uma volta lenta no deque, soltando gritinhos silenciosos toda vez que reconheço um ponto de referência. O Empire State! O Chrysler! A Ponte do Brooklyn! Eu conheço esta cidade. Eu estive aqui. Eu pertenci a este lugar, mesmo que não tenha sido por muito tempo. E então, quando termino minha volta ao redor do observatório, eu a vejo. A francesa mais amada de Nova York. Não posso ir embora sem dizer *au revoir.*

Ao sair, viro na direção oeste e sigo até o rio Hudson, e então caminho pela orla, fazendo todo o caminho até o terminal de balsa de Staten Island. Meu coração aperta quando embarco sozinha. Não, não sozinha. Ben não está aqui, mas a cidade me acompanha, sempre. As alegrias, os medos, as emoções, as decepções. Talvez este seja meu grande amor de Nova York. Não um cara que conheci uma noite, mas este lugar irritantemente fascinante, sempre mantendo você alerta, mudando as regras.

A balsa se aproxima da estátua e eu cubro mais a echarpe ao redor do pescoço para me proteger do vento de novembro. E quando ela entra no meu campo de visão, faço o que qualquer um faria ao perceber o tipo de magia que Nova York desperta: grito tão alto que minha voz ecoa ao redor, reverberando na água.

Até a próxima, *Liberté*. Espero sentir sua luz brilhante do outro lado do oceano Atlântico.

Capítulo 34

Meu último dia em Nova York é bem parecido com os outros que passei na cidade até o momento. Estou ocupada, correndo de uma tarefa para outra com pouco tempo para respirar. Faço uma ligação de FaceTime para meu pai e Miguel, que atendem de suas espreguiçadeiras enquanto seguram mojitos e usam chapéus de palha. Faço as malas, o que não é nada fácil. Não só minha mãe trouxe um monte de coisa que agora estou levando de volta, mas talvez eu tenha extrapolado nas minhas compras. E ela não pode me ajudar com isso, pois também está voltando para casa com uma mala lotada, cheia de tênis Converse, jeans vintage da Levi's e caixas de biscoito Oreo, seu calcanhar de Aquiles.

Pouco a pouco, risco itens da minha lista de coisas a fazer. Consigo sair durante o horário de almoço de Luz para dar um último abraço nela. Passo pela minha cafeteria favorita para pedir o que agora é meu "o de sempre" — um chai latte e uma tigela de açaí com banana e pasta de amêndoas. Nunca cheguei a provar um pumpkin spice latte; nunca me prestei a esse papel. Na verdade, estou indo embora de Nova York sem que um grama sequer de canela tenha entrado no meu corpo, o que, segundo Luz, é um feito e tanto.

Arrumo meu quarto e o restante do apartamento, deixando minha mãe me zoar sobre como sou muito mais organizada nos Estados Unidos. E porque já não tenho muito o que fazer, testo uma nova receita de cookie que eu estava lendo e guardo a massa no congelador, para que meu pai e Miguel tenham um agrado quando chegar, um presente de despedida da filha deles.

No caminho até o aeroporto, pressiono o rosto contra a janela do táxi, tentando absorver cada gota da cidade. Não me arrependo de nada. Esta não é a última vez em que vejo Nova York, tenho certeza disso. Mas estou animada para minha próxima aventura: voltar para casa e, de fato, aproveitar isso. Aprender sobre minhas raízes novamente, em vez de ficar sentindo que existe algo muito melhor mundo afora.

— *Ça va aller?* — pergunta minha mãe depois que passamos pelo check-in e pela segurança. *Você vai ficar bem?*

Ela está me olhando estranho o dia todo. Acho que está preocupada que seja mudança demais, rápido demais, mas nada é eterno. Tudo é "por hora".

— *Maman*, você vai estar literalmente dez fileiras na minha frente. Não vou me perder no avião, prometo.

Ela olha para mim quando embarco. Por ter comprado a passagem de última hora, estou no último grupo a entrar no avião. Um tempo depois, está quase na minha vez quando meu celular manda uma notificação.

> Salut.

É Ben.

Congelo, meu coração parece parar. Eu estava tão certa de que ele nunca mais falaria comigo que não senti como se o estivesse deixando para trás também. Por um momento de loucura, me pergunto se é tarde demais para voltar atrás. Uma palavra dele é tudo de que preciso. Encaro a tela, minha respiração descontrolada. O que eu faço?

> Olha pra cima.

Não olho. Não consigo. Estou confusa demais, com medo demais. Ele nunca respondeu minha carta. Vai saber se provou minha sopa de cebola. Não que isso importe agora, mas não consigo evitar o pensamento quando estou sempre pensando em comida.

— Margot.

É a voz dele. A voz suave e tranquila dele, vindo de cima de mim. Finalmente, olho para cima, e Ben está bem no portão de embarque para o avião que me levará para a França. Exibindo seu lindo sorriso.

— Eu li sua carta — diz ele enquanto tento entender o que está acontecendo. — E aí pensei: *por que* não corro atrás do meu sonho? O que está me impedindo? Tipo, além da praticidade, do dinheiro e dos meus planos cuidadosamente pensados?

— O que você está fazendo aqui? — pergunto, finalmente conseguindo pronunciar as palavras. Quer dizer, é bem óbvio. Eles não deixam as pessoas entrarem na área de embarque dos aeroportos por qualquer motivo. Mas preciso de detalhes, preciso saber sobre tudo que nos manteve separados nessas últimas semanas.

— Depois que recebi sua carta, liguei para a Le Tablier. Eu estava lendo o formulário de inscrição da escola e tinha algumas dúvidas. Acho que só queria falar com alguém de lá, sentir que isso poderia acontecer.

— E? — pergunto, minha respiração falhando.

— Eles falaram que tiveram um cancelamento de última hora para o curso de inverno.

— Você vai para a Le Tablier?

Ele franze os lábios e seus olhos brilham, como se estivesse segurando um sorriso.

— Eu neguei. Não poderia fazer isso. Estava cedo demais, corrido demais. Até tentei ser fofo, *merci mais non merci*. E aí, assim que desliguei, Luz me mandou uma mensagem. Ela falou que você estava indo embora, que estava cansada de Nova York por enquanto. Caso eu quisesse saber. De início não estava acreditando. Então entendi o que estava acontecendo: era um sinal.

— Eu gosto disso — digo, sentindo o coração martelar o peito.

—Aconteceu tão rápido. Me desculpa por não ter respondido suas mensagens. Eu tinha muita coisa em que pensar.

Eu não ligo mais para isso.

— Onde você vai morar?

— Uns amigos de amigos dos meus pais vão me ceder um quarto por umas semanas, enquanto me ajeito. Vou fazer o curso de meio-período pra poder trabalhar enquanto isso.

— Você vai amar tanto.

— Eu sei. Mal posso esperar. — Ele olha para baixo por um instante. Então respira fundo antes de seu olhar encontrar o meu novamente. — Estou animado pra essa nova aventura, mas também estou com medo.

— Posso te dar meu número da França — ofereço. — Para caso você queira companhia. Estarei a apenas duas horas de trem de você.

Ben se aproxima e segura minha mão. Deixo que faça isso. Claro que deixo.

— E facilitar tanto assim pra mim? Margot, isso não é nada romântico da sua parte.

Dou de ombros.

— Romance é superestimado. Assim como…

Mas nunca chego a terminar minha frase, porque Ben me puxa para si e me beija.

Eu sei que disse que tinha desistido de sonhos loucos, mas talvez eu tenha acabado de ter uma ideia do que farei pelo restante do voo. E todos os dias depois disso.

Tchau, Nova York, e obrigada pelo melhor presente de todos. Porque esta, meus amigos, será uma história de amor épica.

Nota da autora

Comecei a pensar neste livro no fim de 2019, quando Nova York ainda era a cidade vibrante, emocionante e inspiradora que sempre conheci. Ao escrevê-lo por boa parte de 2020 e 2021, percebi que, embora eu não tivesse como saber o que a cidade se tornaria depois da pandemia — ou se a pandemia sequer acabaria —, não poderia roubar de Margot a experiência mágica de se mudar para Nova York pela primeira vez. Considere esta história uma carta de amor à cidade mais legal que já conheci. Que ela saia dessa ainda mais brilhante e reluzente que nunca. Se é que isso é possível.

Agradecimentos

Muito obrigada a Laura Barbiea, Sara Shandler, Josh Bank, Hayley Wagreich, Romy Golan e Josephine McKenna, todos da Alloy Entertainment, por serem parceiros tão incríveis.

À lendária Wendy Loggia e toda a equipe da Random House e da Delacorte Press: me sinto honrada de trabalhar com vocês. Obrigada a Nancee Adams, Amber Beard, Emma Benshoff, Lili Feinberg, Colleen Fellingham, Becky Green, Beverly Horowitz, Alison Kolani, Kimberly Langus, Casey Moses, Alison Romig, Tamar Schwartz e Caitlin Whalen por tudo o que vocês fazem para colocar livros no mundo. Nunca deixa de me surpreender quantas pessoas talentosas são necessárias para publicar um livro, e sou grata demais a essa equipe.

Um grande obrigada a Rachel Ekstrom Courage pelo apoio caloroso e entusiasmado. Ele é muito (*muito, muito*) valorizado.

Obrigada a Loubna e Fabien Pichard, do restaurante St Tropez, na cidade de Nova York, e também a Sandrine Jabouin e Clara Kasser, pela ajuda preciosa ao longo da minha pesquisa.

À minha família de autores, o 21ders: é uma alegria escrever e publicar ao lado de vocês. Um grande abraço especialmente para Alysa, Alyssa, Anya, Caroline, Christina, Erica, Kate, Nicole B., Nicole C. Shakirah, Sylvia e Yvette, por todo o poder de escrita e amizades forjadas quarenta e cinco minutos por vez.

Serei eternamente grata a meus amigos de longa data, cuja gentileza, encorajamentos e entusiasmo em geral significam muito para mim. Para nomear apenas alguns deles: Allison, Amélie, Assetou, Beth, Cécile, Clara, Émilie, Emma, Kate, Kirsty, Marie, Pip, Solenne... Aff, é tão difícil parar. Se você me conhece pessoalmente e já me perguntou sobre meu trabalho, leu um pouco dele ou talvez tenha comprado um livro meu: obrigada, obrigada, obrigada.

Todos os *bises* franceses e abraços australianos para a minha família: Françoise, François-Xavier, Typhaine, Louis, Patrick, Marie, Lyn, Andrew, Kerry, Ryan, Zach e Ben.

À minha amada Aggie, obrigada por todos os carinhos e *tanto* amor. Este livro não existiria se eu não grudasse minha bunda no sofá para não atrapalhar suas sonecas (e acidentalmente escrevesse um pouco nesse processo).

A Scott, por ter cozinhado basicamente todas as refeições para que eu pudesse dedicar minha atenção a cozinheiros imaginários trabalhando em cozinhas imaginárias e por tudo mais. Você sabe o que fez e o quanto isso significa para mim.

Por último, quero estender minha mais profunda gratidão a todos os bookgramers, blogueiros, resenhistas, livreiros e bibliotecários. Obrigada por compartilhar seu amor pelos livros e por promover a leitura. Que presente incrível é poder dedicar seu tempo a se perder na mente de desconhecidos, a levar histórias para suas próprias jornadas e dar a elas novas vidas.

**Confira nossos lançamentos,
dicas de leitura e
novidades nas nossas redes:**

𝕏 editoraAlt
◎ editoraalt
♪ editoraalt
f editoraalt

Este livro, composto na fonte Fairfield,
foi impresso em papel Ivory Slim 65g/m² na gráfica Grafilar.
São Paulo, Brasil, outubro de 2024.